Blutige Reben

Thomas Eppensteiner ist Kriminalbeamter, Autor und Redakteur für regionale Medien. Seit seiner Jugend schreibt er Kurzgeschichten und Gedichte. Er lebt mit seiner Familie in Mödling.

Dieses Buch ist ein Roman. Handlungen und Personen sind frei erfunden. Ähnlichkeiten mit lebenden oder toten Personen sind nicht gewollt und rein zufällig.

THOMAS EPPENSTEINER

Blutige Reben

KRIMINALROMAN

emons:

Bibliografische Information der Deutschen Nationalbibliothek
Die Deutsche Nationalbibliothek verzeichnet diese Publikation in der Deutschen Nationalbibliografie; detaillierte bibliografische Daten sind im Internet über http://dnb.d-nb.de abrufbar.

FSC www.fsc.org
MIX
Papier aus verantwortungsvollen Quellen
FSC® C083411

Umschlaggestaltung: Tobias Doetsch
Gestaltung Innenteil: César Satz & Grafik GmbH, Köln
Lektorat: Susanne Bartel
Druck und Bindung: CPI – Clausen & Bosse, Leck
Printed in Germany 2014
ISBN 978-3-95451-371-0
Originalausgabe

Für Wolfgang Eppensteiner.
Du bist viel zu früh gegangen.

Prolog

Bashir nahm den unerträglichen Gestank nicht mehr wahr. Er war am Ende, kämpfte gegen den immer stärker werdenden Drang an, sich der Verzweiflung hinzugeben und in heillose Panik zu verfallen. Atmen, immer wieder gierig einatmen. Die nach menschlichen Exkrementen, Urin und Schweiß stinkende Luft tief in die Lungen saugen. Noch gelang es ihm, die Herrschaft über seinen Verstand zu bewahren, nicht in hysterische Raserei zu verfallen und wie von Sinnen um Hilfe zu schreien. Das Gefühl, dass hier etwas nicht stimmte, hatte sich in den letzten Minuten eingestellt. Die Fahrt verlief nicht nach Plan. Sie hatten schon seit Stunden keine Pause mehr gemacht, und Bashir war klar geworden, dass er einen besonderen Rhythmus einhalten musste, wollte er überleben. Er atmete durch die Nase ein, zählte in Gedanken bis zwanzig und ließ die Luft anschließend so langsam wie möglich wieder durch den Mund entweichen. Trotzdem wuchs die Angst mit jeder Minute, die er in dem engen Verschlag verbringen musste. Panik hüllte ihn ein wie ein Schleier aus schwerem Samt. Sie nagte an seiner Psyche wie eine gefräßige Ratte. Ein weiterer Atemzug. Er versuchte, sich abzulenken. Unruhig wanderten seine Blicke durch das undurchdringliche Schwarz, fanden jedoch nichts, an dem sie hätten hängen bleiben können. Die Finsternis verhöhnte ihn.

Als der Wagen über eine unebene Stelle fuhr, biss Bashir sich auf die Zunge. Sofort kam der brennende Schmerz, der metallische Geschmack von Blut breitete sich in seinem Mund aus. Er presste die Lippen fest zusammen und schluckte mehrmals, aber eine unsichtbare Klaue legte sich um seinen Hals. Mechanisch wie ein Schraubstock, ganz ohne Hast, drückte sie zu, fester und fester. Bashir wollte es nicht glauben. Er hatte so viele Entbehrungen auf sich genommen, so sehr gelitten. Sollte am Ende alles umsonst gewesen sein?

Jetzt erst fiel ihm auf, dass die Geräusche verschwunden waren. Keiner seiner Begleiter gab mehr einen Ton von sich.

Das Schaben unter ihm hatte aufgehört. Finger, die vergeblich versucht hatten, ein unnachgiebiges Hindernis zu überwinden. Tritte, die als wütendes Poltern aus dem hinteren Bereich des Wagens zu Bashir nach vorn gedrungen waren. Das Klopfen, das Husten, die Gebete. Alles war verstummt. Nur das monotone Summen des Motors war als einziger Begleiter geblieben. Selbst Najmuddin war schon längere Zeit still. Er war im gleichen Dorf aufgewachsen, sie standen sich nahe wie Brüder. Der um drei Jahre jüngere Najmuddin hatte schon immer zu Bashir aufgeblickt, ihm, seinem Vorbild in allen Belangen, nachgeeifert und ihm blind vertraut. Trotzdem hatte es Monate gedauert, bis Najmuddin in Bashirs Vorschlag einwilligte, an einem anderen Ort ein neues, ein besseres Leben zu beginnen.

»Versprich mir, dass wir einander immer beistehen werden. Keiner darf den anderen jemals im Stich lassen«, hatte Najmuddin immer wieder verlangt, als hätte er schon damals geahnt, in welch ausweglose Situation sie geraten würden.

»Ich verspreche es dir. Bei meinem Leben«, hatte Bashir jedes Mal geantwortet: bei ihrer Abreise aus dem Dorf, vor jeder Grenze, über die man sie schleuste. In frostigen Nächten in unbekannter Wildnis und in stinkenden Kellerlöchern fremder Städte. »Ich verspreche es dir. Bei meinem Leben. Du wirst sehen, alles wird gut ausgehen.«

Jetzt war Najmuddin tot. Sein Klagen hatte sich in einem lang gezogenen Stöhnen verloren. Eingepfercht zwischen Kartoffelsäcken und Weinkisten war sein Leben zu Ende gegangen. Ein Leben, das zu schützen Bashir so oft geschworen hatte. Najmuddin war ebenso verstummt wie die anderen fünf Männer. Der Griff der Klaue um Bashirs Hals wurde wieder stärker. Er atmete aus und zählte bis zwanzig. Sein Geist verließ das Gefängnis und flog weit weg, zurück in die Freiheit.

Der herbe Duft der Erde. Das Singen des Windes in den Baumwipfeln. Er war wieder daheim. Die Häuser des Dorfes schmiegten sich an die Flanke eines mächtigen Berges, als suchten sie Schutz vor den Elementen, vor heißen Sommern und strengen Wintern. Der Gipfel des steinernen Beschützers verbarg sich das ganze Jahr über oberhalb einer dichten Wolkendecke.

Als Kind hatte sich Bashir oft gefragt, ob der Berg überhaupt irgendwo endete. Er malte sich aus, dass dort oben Drachen und Dämonen seit Jahrtausenden die Pforte zu einer anderen Welt bewachten. Er lächelte, damals hatte alles so echt gewirkt.

Ein sanfter Luftzug streichelt sein Gesicht. Der Frühling ist ins Tal gekommen und erfüllt das Land mit Leben. Auf den Weiden gedeihen wilde Kräuter, das Gras tanzt im Wind. Bashirs Mutter und seine Schwestern sitzen unter Pistazienbäumen, kneten Brotteig und tauschen den neuesten Dorftratsch aus, der Vater liegt ausgestreckt unter einer uralten Weide, er hat die Augen geschlossen. Als zwei von seinen Töchtern laut lachen, schreckt der weißhaarige Mann aus seinem Mittagsschlaf hoch. Er weist sie zurecht, hebt mahnend den Finger und sagt, sie sollen mit ihren Gedanken gefälligst bei der Arbeit bleiben. Während er den Mädchen die Leviten liest, steht Mutter auf, hebt ebenfalls den Zeigefinger und ahmt Vater täuschend echt nach. Bashirs Schwestern rollen sich im Gras und halten sich die Bäuche vor Lachen. Vater wendet sich von den Frauen ab. Er schüttelt den Kopf, kann aber nur schwer ein Schmunzeln unterdrücken.

Ghulam, Bashirs älterer Bruder, kommt mit den Ziegen ins Dorf zurück. Er winkt, ruft, ist froh, wieder daheim zu sein. Daheim. Eine fette Fliege landet auf Bashirs Wange. Er riecht die fruchtbare Erde an seinen Händen und hört das Meckern der Ziegen.

Langsam atmete er ein.

»Bashir, bist du das? Ich kann dich hören.« Die Stimme drang in seinen Traum ein und ließ die Bilder verschwimmen.

»Wer ist da?«, antwortete er zögernd mit einer Gegenfrage. In seinen Schläfen begann es zu pochen, Schwindel überkam ihn, sein Mund war staubtrocken. Durst. Bashir bemühte sich, den Sprecher zu orten. Woher kam die Stimme? Von rechts? Für einen Moment keimte Hoffnung in ihm auf. »Najmuddin? Allmächtiger, du lebst! Du lebst!«

»Nein … Ich bin es, Haibullah«, kam es heiser aus der Dunkelheit.

Ausgerechnet Haibullah. Sie hatten ihn bei ihrer letzten Rast aufgelesen. Ein feuchtes Versteck in einer Stadt, deren Namen man ihnen nicht verraten hatte. Der Fettkloß Haibullah war ihnen allen auf Anhieb unsympathisch gewesen.

»Woher kommst du? Wie heißt dein Heimatdorf? Wie viele Geschwister hast du? Was hat deine Familien für die Reise bezahlt? Was wirst du in Europa tun?« Wenn Haibullah ausnahmsweise einmal nicht schwatzte, dann aß er ihre Vorräte, griff sich in den Schritt, rülpste oder schiss. Der fette Haibullah hatte selbst dann den Mund nicht gehalten, als man sie schon in die Boxen gesteckt hatte. »Ist ja sicher nicht für lange. Die wissen schon, was sie tun. Ich vertraue ihnen.«

Aber Stunden nach ihrer letzten Pause war selbst dem einfältigen Haibullah klar geworden, dass hier etwas nicht mit rechten Dingen zuging. »Warum bleiben die nicht mal stehen? Ich krieg keine Luft und habe schrecklichen Durst. Bashir, was ist los?«

Haibullah lebte, und Najmuddin war tot. Die nicht mehr zu ändernde Tatsache beschäftigte Bashir mehr als die Frage, warum der Lenker des Wagens entgegen ihrer Abmachung keine Pausen mehr machte. Das Motorengeräusch hatte sich verändert, offenbar fuhren sie mit höherer Geschwindigkeit als bisher. »Atme ein, zähle bis zwanzig und atme wieder aus!«, rief Bashir halbherzig, doch er hätte sich die Luft besser für sich selbst aufgehoben. Er spürte, dass seine Kräfte zur Neige gingen.

»Aber ... solchen Durst ...«

Bashir hörte nicht mehr hin und konzentrierte sich wieder auf seinen Atemrhythmus. Schließlich wichen Haibullahs Worte einem Pfeifen, das bald von einem Dröhnen überlagert wurde. Bashir dachte sich weit weg.

Vater verlässt den Schatten spendenden Platz unter der Trauerweide, um Ghulam zu begrüßen. Während sich die Männer freundschaftlich umarmen, trotten die Ziegen an ihnen vorbei. Wie gern wäre Bashir jetzt bei ihnen. Die Hand des Vaters in seinem Haar, ein anerkennender Klaps auf die Schulter. Es riecht nach Schweiß, Tabak und nach Ziegen. Ghulams Lächeln erstarrt, als er nach oben blickt. Entsetzen packt ihn. Auch die

Frauen sehen es und stellen ihre Arbeit ein. Graue Schatten wandern den Bergrücken hinab und senken sich über die eben noch so lebendige Szenerie. Die Bilder in Bashirs Kopf beginnen zu verblassen. Dichter Nebel legt sich über die Idylle, und während die Sonne irgendwo in einem anderen Tal untergeht, füllt sich der vom Berg herabführende Pfad mit Gestalten. Die letzten goldenen Lichtstrahlen werden vom Metall ihrer Waffen zurückgeworfen. Geräusche einer marschierenden Masse, die sich als bedrohliches Ganzes auf sie zuwälzt. Entschlossen hält sie auf das Dorf zu. Die Frauen laufen um ihr Leben. Die Männer stehen wie versteinert da. Die Soldaten kommen. Bashir schreit.

Langsam atmete er aus.

1

Das in öffentlichen Gebäuden bestehende Rauchverbot war an diesem Nachmittag stillschweigend außer Kraft gesetzt worden. Im völlig überfüllten Keller des Bezirkspolizeikommandos Mödling vermengten sich blaugraue Schwaden mit den Ausdünstungen tanzender Menschen, von denen der überwiegende Teil bereits betrunken war. Dieser Bereich des Gebäudes wurde für gewöhnlich von den vierzig im BPK ihren Dienst versehenden Beamten als Ruhe- und Freizeitraum genutzt, nun aber waren mindestens doppelt so viele Menschen anwesend und bildeten die Kulisse für die Jubiläumsfeier. Chefinspektor Heinrich Müller, seines Zeichens Kommandant der Polizeiinspektion Mödling, war fünfzig Jahre alt geworden. Bereits am frühen Vormittag hatten er und seine Mitarbeiter mit den Vorbereitungen für das Fest begonnen, keiner von seinen Beamten war ohne Auftrag davongekommen. Stahlrohrbetten, Fitnessgeräte und sämtliches sonstige Inventar wurden aus dem Raum geschafft, Unmengen von Wurst- und Käseaufschnitt, Lachs, Braten und Gebäck so arrangiert, dass alles auf den beiden zum Büfett umfunktionierten Tischtennisplatten Platz fand. Bier im Fünfzig-Liter-Fass, eine Auswahl erlesener Weine, Mineralwasser sowie Limonaden rundeten das Angebot ab. Neun Stunden später würden nur noch die Überreste des kulinarischen Feuerwerks übrig sein. Dann würde es aussehen, als wäre eine Herde Elefanten darüber hinweggetrampelt.

Chefinspektor Harald Schirmer, Leiter der Kriminalpolizei Mödling, lehnte an einem der Tische, auf dem sich Essensreste, umgestürzte Papp- und randvolle Aschenbecher in einem unappetitlichen Chaos miteinander vermengt hatten. Während er einen weiteren Knopf seines Hemdes öffnete, erweckte ein Stück Hartkäse sein Interesse. Kurz entschlossen griff er nach der hellgelben Verlockung, die allem Anschein nach noch immer genauso dalag, wie sie am Vormittag arrangiert worden war. Eine Ausnahme im unansehnlichen Durcheinander.

»Diese Idioten fressen und saufen, als gäbe es kein Morgen«, murmelte Schirmer vor sich hin, während er den Käse, dessen nussiges Aroma sich sofort auf Gaumen und Zunge ausbreitete, in den Mund steckte. Doch auch, wenn er die Feststellung laut hinausgeschrien hätte, hätte niemand der Anwesenden etwas davon mitbekommen. Aus den Boxen der Stereoanlage donnerte der Bass, der Betonboden schien unter den Füßen der tanzenden Meute zu schwanken wie ein Schiff bei starkem Seegang. Mindestens vier Dutzend Menschen hoben entrückt in gleichmäßigen Abständen die Hände, ganz wie es die Stimme in dem Song verlangte. Schirmer kannte den Interpreten nicht. Jedenfalls war es keiner von denen, zu denen er in seiner Jugend getanzt, geküsst und gefummelt hatte. Hot Chocolate, Nazareth und Lionel Richie waren weit entfernt von diesem von allen Musikgöttern verlassenen Ort. »Die Hände zum Himmel.« Alle folgten, nur Schirmer nicht. Über ihren Köpfen gab es nichts, nur eine Dichtbetondecke und verstaubte Neonröhren, die kaltes Licht spendeten. Hände, Arme und sonstige Körperteile, die in zuckenden Verrenkungen den Himmel suchten, waren Schirmers Ansicht nach hier völlig fehl am Platz. Und selbst wenn sich da oben ein noch so blau strahlender Himmel befunden hätte, eines hätte Schirmer mit Sicherheit niemals getan: getanzt.

»Kannst du dir vorstellen, was mich der ganze Rummel hier kostet? Bin ich froh, dass ich nur einmal ein halbes Jahrhundert alt werde!«, schrie Heinrich Müller in Schirmers rechtes Ohr.

Schirmer zuckte merklich zusammen, er hatte sein uniformiertes Pendant nicht kommen sehen. Schirmer leitete die Kriminaldienstgruppe, während Heinrich Müller über alle uniformierten Beamten der Polizeiinspektion Mödling das Sagen hatte. Obwohl es eine Menge dienstlicher Anknüpfungspunkte gab, gemeinsame Streifen und Planquadrate zum Beispiel, mied Schirmer seinen Kollegen, wo es nur ging. Doch um von Schirmer nicht gemocht zu werden, bedurfte es nicht einmal einer besonders schlechten Eigenschaft, kein von der Norm abweichender Charakterzug war notwendig, um in den Augen des Ermittlers als unsympathisch zu gelten. Schirmer war da eigen. Er tolerierte Arno Hasler, seinen treuen Assistenten, und empfand echte Zuneigung für seinen Hund Erhard, dem Überbleibsel aus Schirmers geschiedener Ehe, und das war es dann auch schon.

Da Heinrich Müller weder seine rechte Hand war noch bellte, lag es für Schirmer also nahe, ihn einfach in die Reihe der annähernd sieben Milliarden Menschen einzuordnen, die ihm nicht zu Gesicht standen.

»Hier, mein Freund, trink das.« Müller hielt Schirmer eine Flasche vor die Nase, der am Etikett erkannte, dass es sich um alkoholfreies Bier handelte. »Nicht mal an meinem Ehrentag wirst du eine Ausnahme machen?«, setzte Müller nach und bemühte sich redlich, die als Feststellung getarnte Frage mit einem vorwurfsvollen Blick zu garnieren.

Schirmer winkte ab. Er wusste, dass selbst ein einziger Schluck Wein oder Bier, und mochte er noch so klein sein, die alten Muster und Bedürfnisse in seinem Gehirn wieder aktivieren konnte. Schon der Geschmack von alkoholfreiem Bier hätte ausgereicht, um einem Rückfall den Weg zu ebnen. Schirmer war seit sechs Monaten trocken und wollte es bleiben, solange es ihm leichtfiel. »Also, wie viel, Heinrich?«, griff er Müllers Frage auf und war froh, als sein Gegenüber die Flasche auf dem Tisch hinter ihnen abstellte. »Was hast du für den ganzen Firlefanz bezahlt?« Schirmer hob das Kinn und nickte in Richtung der tanzenden Menschentraube. Einfach widerlich.

Heinrich Müller hatte sich nicht lumpen lassen und sämtliche Führungskräfte des Bezirkspolizeikommandos, einschließlich aller Kommandanten der umliegenden Polizeiinspektionen, eingeladen. Und alle waren gekommen, lediglich Major Martin Plasch, seit fast einem Jahr der neue Leiter des BPK Mödling, hatte sich entschuldigen lassen. Eine Besprechung in der Landespolizeidirektion Niederösterreich erforderte seine persönliche Anwesenheit in Sankt Pölten. Schirmer war froh über sein Fortbleiben, fühlte er sich doch in Gegenwart seines neuen Vorgesetzten nie wirklich wohl. Plasch war ein Offizier mit viel Erfahrung im Kriminaldienst, jemand, der auch dann nicht zurücksteckte, wenn Schirmer in einem seiner cholerischen

Anfälle die Konfrontation suchte. Die entschlossene Art, mit der Plasch ihm begegnete, behagte Schirmer nicht, und Schirmers Kollegen war dieser Umstand natürlich nicht entgangen. Manch einer vertrat die Ansicht, dass es bald zu einem offenen Konflikt zwischen Plasch und Schirmer kommen werde, aber niemand wünschte sich, an diesem Tag in der Nähe der beiden zu sein.

Müller stillte seinen Heißhunger an den Überresten des Büfetts und überschlug im Kopf noch einmal die Kosten des heutigen Abends, während Schirmers Aufmerksamkeit weiterhin den Tanzenden galt. Hin und wieder konnte er im Gewirr einen seiner Mitarbeiter entdecken. Erwin Wenzel wanderte bei seinen Annäherungsversuchen von einer Kollegin zur nächsten, Sarah Baloghs schlanker Körper wirbelte ohne Pause über das Tanzparkett, und sogar Haslers Stirnglatze hatte Schirmer schon mehrmals aufblitzen sehen.

»Zweitausend, alles in allem, stell dir das mal vor. Dabei kann ich es mir eigentlich gar nicht leisten, so pleite, wie ich bin. Die Unterhaltszahlungen für meine Ex fressen mich auf, und ein neues Auto brauche ich auch bald. Seit die Bürokraten in Wien Überstunden nur mehr mit Zeitausgleich abgelten, muss ich jeden Euro zweimal umdrehen, bevor ich ihn ausgebe. Aber soll ich dir was sagen, Kumpel? Ich scheiß drauf. Man feiert nur einmal seinen Fünfzigsten!«

Hatte er ihn eben Kumpel genannt? Schirmer führte die ungewöhnliche Vertrautheit auf den Rotwein zurück, dem Müller schon reichlich zugesprochen hatte.

»Wo sind die Hände?« Als die Stimme die Tanzenden unnachgiebig zu mehr Einsatz aufforderte, klopfte Müller Schirmer kräftig auf die Schulter, hob seine Arme und verschwand ohne weiteren Kommentar, hüpfend wie ein Hase, in einem Knäuel tanzender Menschen.

Doch kaum war Heinrich Müller verschwunden, bahnte sich neues Unheil an. Erwin Wenzel, jüngster Neuzugang im Kriminaldienst, löste sich wankend aus der Menschentraube und kam breit grinsend auf seinen Vorgesetzten zu. Mit seiner Linken stützte er eine bereits sichtlich angetrunkene Frau, der Schirmer schon einmal flüchtig im Gang begegnet war, wahrscheinlich eine Sekretärin der Stabsabteilung, Wenzels rechter Arm wurde von Nadine Reiter in Beschlag genommen. Die Assistentin von Major Plasch hatte zwar auch schon einiges intus, besaß aber im Gegensatz zu ihrer Kollegin noch die volle Kontrolle über ihren Körper. Im Näherkommen streckte sie den Zeigefinger lasziv in Schirmers Richtung. Eine eindeutige Aufforderung zum Tanz, untermalt von ABBAs »Dancing Queen«. Der Himmelsanbeter war zum Glück endlich ins Konservenmusiknirvana entschwunden.

»Auf geht's, Herr Chefinspektor. Haben Sie heute schon Ihre Hüften kreisen lassen?«

»Nehmen Sie lieber einen der jüngeren Kollegen, Nadine. Bei mir hat bereits die Verwesung eingesetzt«, versuchte Schirmer, den Ball weiterzuspielen, doch Nadine Reiter legte nur den Kopf in den Nacken und wieherte laut los. Wenzel und seine Begleiterin taten es ihr gleich, obwohl sie bei dem Lärm nichts verstanden haben konnten.

»Also, ich muss schon sagen, Herr Chefinspektor«, ließ Reiter nicht locker, »so viel Understatement haben Sie doch überhaupt nicht nötig. Jetzt, wo Sie so viel abgenommen haben, schauen Sie doch glatt wieder aus wie dreißig. Für Sie würde ich heute Abend alles tun.«

Schirmer wich instinktiv zurück und entging dabei dem ohne Vorwarnung kommenden Biss, der anscheinend seinem Ohrläppchen gegolten hatte. »Wenn das so ist, dann tun Sie mir einen Gefallen und passen gut auf Ihre Freundin auf, sonst ist sie heute Wenzels Beute.«

»Ach was, die ist schon so besoffen, da geht heute sicher nichts mehr«, winkte Reiter ab, ohne wegen der Abfuhr beleidigt zu sein. »Ihr neuer Kollege ist aber auch ganz ein Süßer.« Während sie sich zu Wenzels Begleiterin beugte, berührte ihr Busen wie zufällig Schirmers Oberarm.

Erwin Wenzel tat gerade, was Nadine Reiter bei Schirmer nicht gelungen war: Er bearbeitete das Ohrläppchen seiner Begleiterin und scherte sich dabei nicht um die Anwesenheit seines Vorgesetzten.

Entschlossen trennte Nadine Reiter Erwin Wenzels Gebiss

vom Ohr ihrer Freundin und zog sie beiseite. »Jaqueline, ich muss mal. Kommst du mit?«

Die Angesprochene nickte, lallte Unverständliches, und griff nach Reiters Hand, dann stolperten die beiden Schönheiten gemeinsam davon.

Wenzel sah ihnen kurz nach und berichtete Schirmer dann freudestrahlend, dass Jaqueline Unbekannt seit drei Wochen solo sei und heute Abend noch mit zu ihm kommen würde.

»Tu nichts, was du in zehn Stunden bereust, Junge«, sagte Schirmer lapidar. »Die gute Jaqueline ist Schreibkraft in der Stabsabteilung. Dir muss klar sein, dass sie dir auch nach diesem Abend ab und zu über den Weg laufen wird. Aus den Augen, aus dem Sinn gibt es bei der nicht.«

Wenzel blickte drein, als wäre er von hohem Fieber heimgesucht worden. Sein Jagdtrieb war nur zu offensichtlich, und Schirmer war klar, dass jeder weitere Appell an Wenzels Vernunft ungehört im hintersten Winkel von dessen Beamtengehirn verpuffen würde. Als die Frauen zurückkamen, richtete Wenzel seinen muskelbepackten Körper kerzengerade auf, fuhr sich über den blonden Bürstenhaarschnitt und blickte Schirmer euphorisch an. »Und was ist jetzt mit Ihnen, Chef? Die Reiter ist heute so was von spitz, da können Sie doch locker einen wegstecken.« Er zwinkerte ihm verschwörerisch zu.

»Ob ich irgendwas irgendwohin stecke, das lass mal meine Sorge sein, Wenzel.« Obwohl ein Fehltritt mit Nadine Reiter für ihn im Bereich des Unmöglichen lag, wertete Schirmer die Anmache von Plaschs Assistentin als Kompliment. Affären mit Kolleginnen waren für ihn immer schon ein Tabu gewesen. So wie er niemanden in sich hineinblicken ließ, trennte er auch das bisschen Privatleben, das ihm blieb, vom Beruflichen. Und dennoch sah er an seinem Körper hinab und gab Nadine Reiter insgeheim recht. Im letzten Jahr hatte er einiges erreicht. Er trank nicht mehr, hatte das Rauchen reduziert und quälte sich einmal pro Woche mit seinen Wanderstöcken durch den Wienerwald. Regelmäßiger Schlaf, mindestens sechs Stunden pro Nacht, tat ein Übriges. Schirmer, vor einem Jahr noch ein Wrack, wirkte heute wie grunderneuert.

»Hast du Hasler gesehen?«, wechselte er das Thema, als die Schreibkräfte nur mehr wenige Schritte von ihnen entfernt waren. Nadine winkte angriffslustig, und die Vorstellung, dass ihm möglicherweise ein weiterer Angriff auf sein Ohrläppchen bevorstand, machte Schirmer nervös.

»Der ist vorhin abgebogen, hat nicht besonders gut ausgesehen. Hat wahrscheinlich ein bisschen zu viel erwischt.« Ohne seinen Chef weiter zu beachten, ging Wenzel den beiden Frauen entgegen, breitete die muskulösen Arme aus und nahm Jaqueline Unbekannt in Empfang. Ein Tanzpaar schob sich für wenige Sekunden zwischen Schirmer und Wenzel, sodass der routinierte Ermittler den taktischen Vorteil nutzte, um an der Wand entlangschleichend den Keller ungesehen zu verlassen.

***

Die Tür zu den Räumlichkeiten der Kriminaldienstgruppe stand weit offen. Sanfte Streicher kämpften zaghaft gegen den Bass an, der dumpf aus dem Keller nach oben wummerte und die Wände vibrieren ließ. Hasler bevorzugte klassische Musik, wenn er über komplizierten Fällen brütete. Er war überzeugt, dass sie seine Gehirnleistung förderte und ihn logische Zusammenhänge schneller erkennen ließ. Doch im Kampf gegen den Krach aus der Tiefe des Gebäudes war das Radio heillos überfordert. Als Hasler es mit einem resignierenden Kopfschütteln abdrehte und aufschaute, war er überrascht. Er hatte nicht bemerkt, dass Schirmer den Raum betreten hatte.

»Was ist los mit dir, Alter? Wenzel meint, du hättest zu viel erwischt?« Obwohl fünf Schreibtische zwischen ihnen standen, sah Schirmer sofort, dass sein Assistent nicht betrunken, sondern todmüde war. »Dann wirst du wohl nicht mehr runterkommen.« Es war eine Feststellung. Schirmer ließ sich in einen der Stühle fallen und seufzte laut.

»Eher nicht, Chef. Ich bin ziemlich fertig. Außerdem muss ich morgen eine Menge Papierkram erledigen. Heinrich wird mir schon nicht böse sein, wenn ich mich nicht mehr unten blicken lasse.« Hasler streckte sich, wobei sein Leibchen nach oben rutschte und den Blick auf eine hässliche Narbe freigab. Bei einer Verfolgungsjagd im vorigen Jahr war es zu einem tragischen Zwischenfall gekommen. Nachdem die Beamten einen Mordverdächtigten in einem Parkhaus angehalten hatten, hatte dieser Hasler ein Küchenmesser in den Bauch gerammt. Mehrere Operationen waren nötig gewesen, um ihm das Leben zu retten, und Schirmer fragte sich beinahe täglich, ob die inneren Wunden seines Assistenten genauso schlecht verheilt waren wie dessen äußeren.

Hasler bemerkte Schirmers Blick und zog hastig das Leibchen hinunter.

»Dann fahr besser nach Hause und gönn dir eine Mütze Schlaf. Ich werde auch nicht mehr allzu lange bleiben.«

Während Hasler Autoschlüssel, Geldbörse und Notizblock in seine Herrenhandtasche packte, erzählte Schirmer von Wenzels Bemühungen, die unbekannte Schreibkraft abzuschleppen.

Hasler lächelte müde. »Der Junge liegt dir am Herzen. Das habe ich sofort gemerkt.«

»Mir gefällt, wie er die Dinge angeht.«

»Er ist manchmal ein wenig ungestüm.«

»Das waren wir doch früher auch. Er muss sich noch die Hörner abstoßen, das ist völlig normal.« Schirmer drehte sich weg und suchte nach seinen Zigaretten. Wieder einmal. »Frisches Blut tut uns gut. Sieh uns doch mal an, Arno. Wir zwei werden heuer ebenfalls fünfzig. Wenn wir das hier einmal in gute Hände legen wollen, sollten wir uns jetzt schon nach einem geeigneten Nachfolger umsehen.«

»Ganz ehrlich? Wenn ich in Rente gehe, ist es mir völlig egal, was nach mir geschieht, Chef. Und in deinem Leben sollte es dann auch etwas anderes geben als nur die Polizei.« Hasler winkte ihm im Hinausgehen.

Schirmer legte die Beine auf den Tisch und dachte über die Worte seines Assistenten nach. Was sollte es für ihn denn noch geben? Er war geschieden, kinderlos, und sein einziger Freund war ein dicker Hund mit kurzen Beinen. Die Vorstellung, einmal in Pension gehen zu müssen, behagte Schirmer nicht. Er zündete sich eine weitere Zigarette an, obwohl die vorige noch im Aschenbecher glomm. Er wurde fünfzig. Das bedeutete noch zehn, vielleicht noch fünfzehn Jahre Dienst. Genügend Zeit, um sich die Gedanken auch ein anderes Mal zu machen. Schirmer stand auf und ging zu dem Spiegel, der neben der Kleiderablage an der Wand hing. Nachdem er sich eine Weile selbst betrachtet hatte, schnaufte er tief durch. Er sah alt aus. Im einst so dichten pechschwarzen Schopf zeigten sich da und dort die ersten grauen Strähnen. An manchen Stellen lichtete sich das Haar bereits. Seine Tränensäcke schienen im Laufe der letzten Monate größer geworden zu sein. Sie hingen schwer unter müden braunen Augen. In seiner besten Zeit war er immer wieder mit dem jungen Sean Connery verglichen worden. Schirmer lächelte beim Gedanken daran. Er zog den Kragen seines Hemdes ein Stück weit nach unten. Sogar der Pelz auf seiner Brust machte Anstalten, grau zu werden. Dass er nichts daran ändern konnte, machte ihn an manchen Tagen wütend, an anderen nachdenklich. Heute spürte er den Ärger über das aufsteigen, was er da vor sich sah. Er drehte seinem Spiegelbild den Rücken zu, ging zu dem Schreibtisch zurück und blätterte die vor ihm auf dem Tisch liegenden Berichte durch. Er überlegte, ob er nach Hause fahren oder noch einmal nach den tanzwütigen Menschen im Keller sehen sollte.

Die Entscheidung wurde ihm abgenommen, als Schuhsohlen auf dem billigen PVC-Boden quietschten und ihn herumfahren ließen. Hasler war mit Heinrich Müller im Schlepptau zurückgekommen. Das Geburtstagskind schien schlagartig nüchtern geworden zu sein.

Hasler warf seine Herrenhandtasche verärgert auf einen der Tische und setzte sich seine Lesebrille auf. Während er in einer der Schubladen seines Schreibtisches nach seinem roten Notizblock kramte, streifte er Schirmer mit einem Blick, der nichts Gutes verhieß. »Unser Dienstschluss muss verschoben werden, Harald. Die Party ist vorbei.«

2

Der Berufsverkehr hatte bereits deutlich nachgelassen, Schirmer lenkte den Dienstwagen über die Bundesstraße und gab sich der Geschwindigkeit hin. Vor einer Woche waren dem BPK Mödling drei neue Dienstfahrzeuge zugeteilt worden, von denen eines für den Kriminaldienst bestimmt gewesen war. Schirmer und der schwarz lackierte Volvo, getönte Scheiben, hundertsechzig Pferdestärken unter der Motorhaube, es war Liebe auf den ersten Blick gewesen.

»Ein Wagen wie ein Araberhengst, stolz und stark!«, hatte Schirmer durch das Büro gerufen, nachdem er die Fahrzeugpapiere in Empfang genommen hatte. Für den Leiter der Mödlinger Kriminalpolizei war von Anfang an klar gewesen, dass für den Platz hinter dem Lenkrad nur eine Person in Frage kam. Und diese Person, nämlich er selbst, beschleunigte den Wagen nun auf hundertzehn Stundenkilometer und folgte dem Straßenzug stadtauswärts nach Guntramsdorf. Die Marktgemeinde war von Mödling nur durch die Hauptverkehrsader des Bezirks getrennt, die B 17. Mödling war im Verlauf der letzten Jahrzehnte zu einem riesigen Ballungsgebiet urbaner Prägung zusammengewachsen, lediglich die Hinweisschilder am Straßenrand verrieten, dass man in das Gebiet einer anderen Gemeinde wechselte. Das Blaulicht warf seinen Schein auf den Asphalt vor ihnen, während der Volvo die Bundesstraße verließ und nach links abbog. Sarah Balogh saß auf der Rückbank des Fahrzeuges und klammerte sich mit beiden Händen an die Kopfstütze des Beifahrersitzes, auf dem Arno Hasler Blut und Wasser schwitzte. Wie immer bei Einsatzfahrten erfüllte Schirmers Assistent seine Rolle als menschliches Navigationsgerät vorbildlich.

»Jetzt vielleicht ein bisschen langsamer, Chef. Hier gilt Tempo dreißig, und da vorn kommt gleich ein unbeschrankter Bahnübergang, über den wir müssen. Lebend, wenn möglich.« Hasler zog unbewusst an den Enden seines Schnauzbartes, während Schirmer durch die Mödlingerstraße bretterte und den Umstand ignorierte, dass die Fahrbahn wegen einer Baustelle am Straßenrand bedrohlich schmal wurde.

»Bis zum Bahnhof Kaiserau ist es noch ein gutes Stück«, antwortete er betont lässig. In Wahrheit bereitete die erhöhte Geschwindigkeit Schirmers Körper ungeahnte Glücksgefühle. Sein Puls raste, und die Tatsache, dass ein makabrer Fund Heinrich Müllers Geburtstagsfeier so plötzlich beendet hatte, trug ein Übriges zum Hochgefühl des Ermittlers bei.

»Die sind doch schon tot, Chef. Da hilft Rasen auch nicht mehr. Wenn Sie in dem Tempo weiterfahren, muss die Spurensicherung heute Abend womöglich noch drei Leichen mehr untersuchen«, meldete sich Balogh zu Wort. Sie hatte ihr hüftlanges Haar notdürftig mit einem Reifen gebändigt und ab dem Nacken zu einem Zopf gebunden, der mit Gummibändern in Abschnitte geteilt wurde. Partys wie die heute Abend waren für die alleinerziehende Mutter einer sechsjährigen Tochter genauso selten wie freundliche Worte ihres Vorgesetzten. Umso größer war Baloghs Enttäuschung gewesen, als Chefinspektor Müller seiner eigenen Feier mit einer bestürzenden Nachricht ein vorzeitiges Ende bereitet hatte. Ein Großteil der Bezirksstreifen und alle verfügbaren Kräfte des Kriminaldienstes waren daraufhin sofort nach Guntramsdorf beordert worden, und Sarah Balogh hatte sich auf der Rückbank des Volvos wiedergefunden, Harald Schirmers Fahrkünsten auf Gedeih und Verderb ausgeliefert.

»Sei froh, dass du endlich bei etwas Aufregendem dabei sein darfst«, blaffte Schirmer seine Mitarbeiterin an und blickte dabei streng in den Rückspiegel, statt auf die Straße vor ihnen zu achten. »Mit deiner Zwanzig-Stunden-Woche hast du kaum mal die Möglichkeit, so etwas Spektakuläres zu erleben.« Wie immer verwendete der Leiter der Mödlinger Kripo dabei das Du, während er von seinen Untergebenen erwartete, dass sie ihn siezten. Einzig Hasler, mit dem Schirmer schon seit einer halben Ewigkeit zusammenarbeitete, durfte sich herausnehmen, Schirmer zu duzen und ihn sogar mit dem Vornamen anzusprechen.

Es war richtig, dass Balogh aufgrund ihrer herabgesetzten Wochenstunden nicht viel Zeit blieb, um an der Front zu kämpfen, wie Schirmer es gern bezeichnete. Dass sie aber den überwiegenden Teil der anfallenden Büroarbeit erledigte und ihren Kollegen damit ein ordentliches Stück Arbeit abnahm, fand in Schirmers Analyse keine Beachtung.

»Und damit haben Sie natürlich recht. Wie immer.« Balogh lehnte sich zurück und blickte aus dem Fenster. Gegen Schirmers oftmals bissige Bemerkungen war sie mittlerweile immun. Zehn Jahre Streifen- und Kriminaldienst hatten ihr ein dickes Fell wachsen lassen. »Wirklich ein Jammer, dass Sie keine Kinder haben, Chef. Dann hätten Sie sich vielleicht auch einmal karenzieren lassen können«, fuhr sie einen geschickten Konter. »Das Ganze ist nämlich ein Kinderspiel: Von Montag bis Sonntag kümmere ich mich alleine um meine Kleine, laufe meinem Ex wegen der Unterhaltszahlungen nach und bin zwanzig Stunden pro Woche einem griesgrämigen Vorgesetzten ausgeliefert. Sie wissen gar nicht, wie viel Spaß mir mein Leben macht.«

»Und warum bist du dann nicht im BKA geblieben? Die Theoretiker in Wien hätten deine Zuteilung doch liebend gern verlängert.« Schirmer suchte abermals den Rückspiegel, dieses Mal war sein Blick schon zorniger. Er hupte wütend und überholte knapp vor dem Bahnübergang einen Motorradfahrer. »Wirtschaftsermittlerin Balogh! Klingt doch gut, oder?«, spielte Schirmer auf Baloghs vorübergehende Zuteilung zum Wirtschaftsreferat im BKA an, die vor einem Monat zu Ende gegangen war. Auf einen weiteren Verbleib im kriminalpolizeilichen Kompetenzzentrum des Landes hatte Balogh verzichten müssen, da eine dauerhafte Stelle in Wien für die Alleinerziehende aus organisatorischen Gründen nicht möglich gewesen war.

»Weil ich mich schon so nach Ihnen gesehnt habe, Chef. Sechs Monate ohne Sie und Mödling, das hält doch kein normaler Mensch aus.«

»Da! Links abbiegen, Harald! Und ein bisschen langsamer und bitte mit dem Streiten aufhören, wenn's denn geht!« Hasler zwirbelte nervös seinen Schnauzbart und erntete für die guten Ratschläge eisiges Schweigen vom Fahrersitz.

***

»Inder?« Schirmer inhalierte gierig den Rauch seiner Zigarette und blickte dabei dem Verlauf der Straße neben den Bahngleisen nach, die sich als braunes Band im Nordosten verlor. Der Qualm brannte in seiner Lunge. Er versuchte sich vorzustellen, wie die beiden Lungenflügel mittlerweile aussahen. Schwarz wie die Nacht, verklebt vom Teer, der sich während seiner fünfunddreißigjährigen Raucherkarriere darauf abgelagert hatte. Trotz einer deutlichen Verringerung seines Tagespensums quälte Schirmer seine Lunge immer noch zwanzigmal am Tag. Zwanzig Zigaretten täglich, nicht mehr, aber auch keine weniger. Sich das Rauchen komplett abzugewöhnen, würde sein nächstes Projekt sein. Der Dreck bringt mich mit Sicherheit ins Grab, dachte er, und es wunderte ihn nicht, dass ihn sein eigenes Ende ausgerechnet jetzt beschäftigte, hier, im Angesicht von so viel Tod.

»Das wissen wir noch nicht. Inder, Pakistanis, jedenfalls in der Richtung.« Leo Kropek, Leiter der Spurensicherung, streifte durchsichtige Einweghandschuhe von seinen Händen und steckte sie in eine Tasche seines Overalls. »Wir haben keine Dokumente bei den Leichen gefunden. Und auch sonst nichts, nicht einmal einen Groschen Geld oder irgendetwas, das auf die Herkunft der Toten schließen lässt. Ich wage zu behaupten, dass die einfach hier abgelegt wurden. Und zuvor hat man ihnen anscheinend alles abgenommen, was sie bei sich gehabt haben.«

Hasler stand neben den beiden und schrieb unentwegt auf einen rot eingebundenen Notizblock. Im grellen Licht der Polizeischeinwerfer wirkte er noch erschöpfter als vorhin im BPK. Sein Gesicht schimmerte wie vergilbtes Pergament. Schirmer überlegte, ob die sieben Toten dafür verantwortlich waren, die vor ihnen im Staub der Bahnstraße lagen, unterdrückte das aufkommende Mitgefühl für seinen Assistenten aber sofort. Er musste jetzt den Kopf frei haben für wesentlichere Dinge, und Hasler war Profi genug. Wenn es ihm nicht gut ging, sollte er sich gefälligst krankmelden.

»Wo ist Sarah?«, fragte Schirmer.

»Die steht drüben bei der Absperrung.« Hasler schrieb im Reden weiter, sah nicht einmal auf.

Schirmer wandte sich um. Sarah Balogh stand am gegenüberliegenden Ende des abgesperrten Bereichs und unterstützte zwei uniformierte Kollegen bei ihren Versuchen, einen Schaulustigen von der Fundstelle der Leichen fernzuhalten. Doch etwas an Baloghs Körpersprache kam ihm unstimmig vor. Unstimmig wie die sieben Toten vor ihm, die man wie Abfall achtlos zu Boden geworfen hatte, die Gliedmaßen unnatürlich verrenkt.

»Sie sehen aus wie weggeschmissener Müll, findest du nicht auch, Leo? Kannst du schon was zu den Kopfverletzungen sagen? Die wurden doch einfach irgendwo rausgeworfen, vielleicht aus einem Lastwagen?« Hasler war sichtlich bewegt. Im Gegensatz zu Schirmer und Kropek stellten diese armen Teufel für ihn nicht bloß eine Arbeitsgrundlage dar. Er blickte in die zerschundenen Gesichter der Toten und versuchte, sich das Leid jedes Einzelnen von ihnen vorzustellen. Ihre Leben und ihre Geschichten, die im Dreck der Bahnstraße ein so grauenhaftes Ende genommen hatten. »Keiner älter als zwanzig, keiner älter als meine Töchter …«, flüsterte er noch immer fassungslos. Die Schädel waren allesamt deformiert, teilweise sogar aufgebrochen. Einem der Männer stand der Mund offen. Seine Zunge war beinahe durchgebissen und hing unnatürlich weit aus dem Mund heraus, nur mehr von einem dünnen roten Faden gehalten.

»Hinausgeworfen? Was ist mit der Bahn?« Schirmer drehte sich um und blickte auf die parallel verlaufenden Eisenbahnschienen. »Sie könnten auch aus einem im Schritttempo fahrenden Zug geworfen worden sein.« Er klatschte so laut in die Hände, dass Kropek unwillkürlich zusammenzuckte. Schirmer wies seinen Assistenten an, sich unverzüglich um die Fahrpläne für den Güter- und den Personenverkehr zu kümmern. Vielleicht hatte ja ein Fahrgast eines vorbeifahrenden Zuges etwas gesehen. »Und den Schrotthändler da drüben fragst du auch. Der Platz hier ist aber auch bestens geeignet für so einen Mist. Keine Straßenbeleuchtung, und Fahrzeuge kommen auch nur alle heilige Zeiten durch. Kropek soll die Fingerabdrücke der Toten durch die Datenbanken laufen lassen, und du verständigst die umliegenden Bezirke und Interpol. Und das alles natürlich so schnell wie möglich, Alter.«

Während Hasler eifrig mitschrieb, fiel Schirmer auf, dass Balogh sich noch immer mit dem lästigen Kerl abmühte. Wer auch immer dieser Typ war, im Gespräch mit Balogh und den zwei uniformierten Beamten hatte er Oberwasser, wie Schirmer am Verhalten seiner Kollegin zu erkennen glaubte. Sie schaffte es offenbar nicht, dieser Laus verständlich zu erklären, warum sie nicht weitergehen durfte. Als Schirmer sich dem Geschehen näherte, sah er, dass der Mann eine Kamera in seiner Hand hielt und ein Schlüsselband um seinen Hals trug, an dem gut sichtbar eine rot-weiß gestreifte Karte hing. Ein Presseausweis. Schirmers Nackenhaare sträubten sich. Er lief los.

3

Wenn Albrecht allein sein wollte, dann rannte er. Er verließ das Haus, überquerte den gepflasterten Vorplatz und schlüpfte durch ein Loch in der baufälligen Mauer. Dahinter führte ein Wirtschaftsweg entlang, der am höchsten Punkt des Grundstücks vor einer Halle endete, in der sich Albrechts Versteck befand. Das vor sich hin rostende Gebäude diente offiziell als Garage und Werkstatt für den Fuhrpark und fügte sich in seinem Aussehen nahtlos in das Gesamtbild des Anwesens ein. Das Weingut Schornitz hatte schon bessere Zeiten gesehen. Gut die Hälfte der Weinberge, die sich von Mödling über Gumpoldskirchen bis vor die Tore Badens erstreckten, wurden nicht mehr bebaut. Der traditionsreiche Betrieb war zu einem Zulieferer für ungarische Discounter verkommen, die den Wein in Plastikflaschen abfüllten und zu einem Dumpingpreis anboten. Die Lagerhalle thronte über der Landschaft wie ein geschlagener König, der mit geneigtem Haupt auf das bittere, endgültige Ende wartet.

Die windschiefen Torflügel waren für Albrecht kein Hindernis. Der schmächtige Junge legte sich auf den Rücken und schob sich durch den engen Durchlass ins Innere. Die Halle war sein Reich. Hier fand er sich selbst bei Dunkelheit zurecht, die Stirnlampe benötigte er nur, wenn er an seinen Zeichnungen arbeitete. Das Gebäude verfügte über einen Zubau, in dem Ersatzteile für die Fahrzeuge und leere Weinfässer aufbewahrt wurden, und am Ende dieses Zubaus, hinter zu hohen Türmen aufgeschichteten Autoreifen, befand sich Albrechts Versteck. Niemand wusste davon. Selbst seine Mutter stellte nicht einmal dann Fragen, wenn er erst Stunden nach seinem Verschwinden wieder im Haus erschien, schmutzig vom Kopf bis zu den Füßen, einen Packen neuer Zeichnungen unter dem Arm, ein glückliches Lachen im Gesicht. Wenn er zeichnete, dann stellte er sich vor, dass sein Vater ihm über die Schulter sah und ihn für seine Bilder lobte.

»Jeder von uns hat seine kleinen Geheimnisse, mein Schatz.

Hauptsache, du bleibst auf dem Grundstück und treibst dich nicht herum«, sagte Mutter manchmal zu ihm, fuhr ihm dabei liebevoll durch das Haar und drückte ihn dann fest an sich.

Wenn sein Stiefvater mit ihm sprach, hörte sich das anders an. Albrecht fürchtete sich vor der aufgedunsenen Grimasse, die selten ein Lächeln zeigte. Und wenn, dann war es ein unechtes, bei dem sich nur die Mundwinkel hoben, der restliche Teil des Gesichts aber kalt und hart blieb, so als wäre es von einem unbegabten Bildhauer in Stein gemeißelt worden. Dietrich Schornitz verabscheute seinen Stiefsohn und versäumte keine Gelegenheit, ihn dies spüren zu lassen. Wenn Albrecht seinem Stiefvater über den Weg lief, das Mäppchen mit den Stiften und den Zeichenblock unter dem Arm, erntete er im besten Fall mitleidiges Kopfschütteln. Für den Mann seiner Mutter war Albrecht nicht mehr als ein Tier, das sich stundenlang in irgendeinem Erdloch verkriecht und erst dann wieder herauskommt, wenn es Hunger und Durst zurück in den Stall treiben. Ein Tier. Wenn niemand sonst in der Nähe war, bekam Albrecht auch dieses Wort zu hören.

»Du bist nichts weiter als ein degeneriertes Stück Fleisch. Eine Milchkuh ist nützlicher als du. Es ist noch gar nicht so lange her, da ist so etwas wie du ins Gas geschickt worden.« Dietrich Schornitz hatte auch nichts dagegen, seiner Meinung mit Prügel Nachdruck zu verleihen. Gut platzierte Schläge, die schmerzten, aber keine Spuren hinterließen. In diesen Momenten schwor Albrecht sich immer wieder, dass er Mama eines Tages bei der Hand nehmen und mit ihr davonlaufen würde. Fort von hier, weg von Dietrich und weg vom Großvater.

Heute Abend hatte er die Männer belauscht. Nach dem Essen hatten sie noch in der Bibliothek gesessen, Cognac getrunken und Zigarren geraucht.

»Das mit dem Jungen muss endgültig geklärt werden«, hatte Opa gesagt. »Linda muss einsehen, dass er hier nur im Weg ist. Wir müssen uns auf den Betrieb konzentrieren. Nur wenn alle an einem Strang ziehen, wird das Gut wieder schwarze Zahlen schreiben. Ein Schwachsinniger wie er ist da fehl am Platz. Du bist ihr Mann, sprich noch einmal mit ihr. Ich erwarte, dass du die Angelegenheit löst.«

***

Seine Lungen brannten, seine Beine schmerzten. Albrecht rannte, so schnell er konnte, bis er die Halle erreichte. Nachdem er das Tor überwunden hatte, überquerte Albrecht die freie Fläche mit gezählten fünfunddreißig Schritten, bog kurz vor den Fahrzeugen nach rechts ab, zählte weitere zehn Schritte und betrat den Zubau anschließend durch eine Verbindungstür. Ein schmaler Gang führte zwischen Reihen von Schwerlastregalen bis ans Ende des Raums. Siebenundsechzig Schritte, dann hatte Albrecht die mannshoch aufgetürmten Reifen erreicht. Zwischen den Reifen und der Rückwand war so wenig Platz, dass sich der junge Mann gerade einmal mit angewinkelten Beinen hinsetzen und anlehnen konnte. Obwohl es hier besonders stark nach Öl und Gummi roch und ab und zu sogar eine fette Ratte an ihm vorbeihuschte, liebte Albrecht diesen Ort, an dem er zeichnete. Er war das kleine Geheimnis, von dem Mutter immer sprach. Hier konnten ihm Dietrich und Großvater nichts anhaben. Albrecht nahm einen Stift aus dem Etui, schaltete die Stirnlampe an, richtete sie auf den Block und begann zu zeichnen.

Als die Verbindungstür laut ächzte, erschreckte Albrecht so sehr, dass er den Stift fallen ließ. Jemand hatte die Halle betreten. Obwohl sein Versteck durch die Verbindungstür und den langen Gang vom Hauptteil der Halle getrennt war, konnte er deutlich schwerfälliges Schlurfen hören, das langsam näher kam. Es waren mindestens zwei Personen, die immer wieder anhielten und aufgeregt miteinander sprachen. Albrecht wagte nicht, sich zu bewegen, blickte angespannt zwischen den Reifen hindurch. Sollten die Personen den Zubau betreten, würde er sie sehen. In diesem Moment wurde ihm bewusst, dass er gefangen war. Der Raum verfügte nur über diese eine Tür, die nun von außen geöffnet wurde.

»Da rein?«, hörte er einen Mann keuchen.

»Ja, Idiot. Und nicht so laut. Warum hast du ihn überhaupt hergebracht? So war das nicht ausgemacht.«

Albrecht schloss die Augen, seine Gedanken überschlugen sich, verschlangen sich in seinem Kopf zu einem Chaos. Was sollte er tun? Wegrennen war zwecklos, er würde den Männern direkt in die Arme laufen. Die Lichtpunkte zweier Taschenlampen tanzten über die Regale, suchten systematisch jeden Meter ab. Jetzt erst bemerkte Albrecht, dass seine Stirnlampe noch brannte. Die Hand fuhr nach oben und fand auf Anhieb den Knopf. Klick. Er hielt die Luft an und wartete, dass die Eindringlinge ihn entdeckten. Mochten sie auch das Licht der Stirnlampe nicht gesehen haben, das Geräusch beim Ausschalten war ihnen zweifellos nicht entgangen.

»Was war das?«

»Ich habe nichts gehört. Los, weiter, du Idiot.«

Albrechts Herz raste, er kannte eine der Stimmen. Sie klang heiserer und gefährlicher als gewöhnlich, aber für Albrecht bestand kein Zweifel. Der junge Mann zwang sich, die Augen zu öffnen, und spähte wieder zwischen den Reifen hindurch. Zwei Lichtstrahlen wanderten über die Wände und den Boden, bevor sie vor den Gestalten zueinanderfanden. Er war es. Im Schein der Lampen stand der Mann, vor dem Albrecht sich so sehr fürchtete.

»Aus, ich kann nicht mehr. Wir machen noch eine Pause. Leg ihn hier ab«, befahl Dietrich Schornitz dem anderen, der sich außerhalb des Lichtkegels befand.

Albrecht verfiel in Panik. Er zitterte, seine Blase versagte ihm den Dienst. Augenblicklich durchnässte der Harn seine Bermudas, er biss die Zähne zusammen, bis sein Kiefer wehtat.

»Warum hast du ihn hergebracht?«, fragte Dietrich Schornitz seinen Begleiter erneut.

Plötzlich erfüllte ein kehliges Stöhnen die Garage. Ein Laut, wie ihn Albrecht noch nie zuvor gehört hatte. Ausdruck reinsten Schmerzes. Die Lichtstrahlen kreuzten sich zwischen den Männern. Albrecht sah vier Beine und das, was zwischen ihnen auf dem Boden lag: einen Menschen, der mühevoll den Kopf hob und irritiert in das Licht blickte. Flehend hob er die Hände. Da, wo einmal sein Gesicht gewesen war, befand sich nur noch ein geschundenes Stück Fleisch, das aus mehreren Wunden blutete. Aufgeplatzte Lippen, nur mehr vage zu erkennen, formten ein Wort: »Bitte.«

»Boss, die Sau will uns noch was sagen«, machte sich der Unbekannte über den Schwerverletzten lustig.

»Scheiß drauf. Er hat mich lange genug zum Narren gehalten. Hättest du deinen Auftrag anständig erledigt, dann wäre das hier nicht notwendig gewesen«, antwortete Dietrich Schornitz verärgert.

Der Mann am Boden heulte auf wie ein verletztes Tier.

»Habe ich ja auch vorgehabt, Boss. Aber wie er dann von diesen Aufzeichnungen gesprochen hat, da habe ich mir gedacht –«

»Überlasse das Denken besser mir und tu einfach nur, was man dir sagt. Eine schöne Scheiße, in die du uns da reingeritten hast. Dass dich bloß keiner gesehen hat.«

Für Sekunden herrschte Stille. Nur das angestrengte Atmen des Verletzten war zu hören. Albrecht kam es vor wie Stunden.

»Wir müssen ihm den Rest geben.« Emotionslos hatte Albrechts Stiefvater das Todesurteil verkündet.

»Den Rest geben. Das nenne ich mal eine Ansage.« Die Erregung seines Begleiters war nicht zu überhören. Offenbar machte es ihm große Freude, anderen Schmerzen zu bereiten. »Wie machen wir es, Boss?«

»Pack mit an. Wir bringen ihn nach hinten zu den Reifen.«

4

Der Schirmer-Airbag war von Montag bis Sonntag, vierundzwanzig Stunden am Tag, im Bereitschaftsmodus. Hasler war gerade damit beschäftigt, die eben erhaltenen Aufträge seines Vorgesetzten in Stichworten zusammenzufassen und niederzuschreiben, als er aus den Augenwinkeln eine Bewegung wahrnahm. Ein Schatten, der zwar nicht katzenartig, aber doch energisch an ihm vorbeirannte, oder besser noch, vorbeirollte. Harald Schirmer, fleischgewordene Dampfwalze, rollte in eindeutiger Absicht auf das Kunststoffband zu, vor dem Sarah Balogh noch immer mit dem Unbekannten diskutierte. Dank einer glücklichen Fügung befand sich auf dem Weg dorthin kein Hindernis, aber Schirmer hätte auch alles plattgemacht, was ihm in die Quere gekommen wäre. Der Speckring um Schirmers Bauch war in den letzten Monaten beträchtlich zusammengeschmolzen, doch seine neuen, ungewohnten Proportionen bereiteten dem Ermittler in der gegenwärtigen Situation ein unvorhergesehenes Problem. Schirmer hatte die Geschwindigkeit unterschätzt, zu der er mittlerweile fähig war. Wie wild ruderte er mit den Armen, versuchte verzweifelt zu stoppen und hatte dennoch nicht die geringste Chance. Als er Balogh, den Reporter und die Streifenbeamten rammte, wurde die Luft aus seinen Lungen gepresst. Ein dumpfer Schrei begleitete das Menschenknäuel auf seinem Weg zu Boden.

Hasler war seinem Chef etwas langsamer gefolgt und traf keine Sekunde zu früh am Unglücksort ein. Derweil sich Balogh und die Streifenbeamten noch am Boden wälzten und sich das Kunststoffband mit jeder ihrer Bewegungen enger um sie zusammenzog, befreite er den Reporterhals vom Würgegriff zweier wütender Polizistenhände.

»Du dreckiger Nacktmulch! Kaum wird hier ermittelt, seid ihr Schmierfinken auch schon zur Stelle. Geilt dich das auf?«, schrie Schirmer zum Entsetzen aller über Haslers schmächtigen Körper hinweg, der sich zwischen ihn und sein Opfer gedrängt hatte. Sämtliche Anwesenden hielten inne in dem, was sie gerade taten, die Beamten der Tatortgruppe beobachteten das Geschehen aus sicherer Entfernung, und auch von den übrigen Anwesenden wagte niemand den wahnwitzigen Versuch, einzugreifen. Schließlich begibt sich kein vernünftiger Mensch freiwillig zwischen den Wolf und seine Beute – außer Hasler.

Der versuchte nach Leibeskräften, eine weitere Eskalation der Lage zu vermeiden. »Jetzt … So hör doch auf, Harald! Es ist ja nichts passiert«, redete er beschwörend auf seinen Vorgesetzten ein und klopfte diesem beschwichtigend den Staub von der Kleidung.

»Was heißt hier, es ist nichts passiert? Der Presseheini hat polizeilichen Anordnungen nicht Folge geleistet. So geht das nicht, schau dir Sarah doch mal an!« Schäumender Speichel rann aus Schirmers Mundwinkeln. »Sie ist gestürzt! Und Schuld daran trägt allein dieser Typ hier.«

Nachdem Balogh wieder auf den Beinen war, streckte sie ihren Rücken durch, strich sich einige Haarsträhnen aus dem Gesicht und reichte dem Streifenpolizisten neben ihr dessen Dienstmütze. »Wir haben dem Herrn nur erklärt, dass er hier nicht durchgehen kann und sich an die Pressestelle wenden soll. Wahnsinn, Chef. Sie drehen manchmal ganz schön am Rad.« Balogh schüttelte den Kopf, klopfte dabei den Staub von ihren Jeans und hustete mehrmals. »Unfassbar«, murmelte sie, wandte sich dabei von Schirmer ab und bedeutete den beiden Polizisten, ihrem Beispiel zu folgen. »Kommt, Jungs, nach dem Schrecken holen wir uns erst mal einen Kaffee aus dem Wagen der Spurensicherung.«

Unter Getuschel und Geflüster wurden die Arbeiten wieder aufgenommen. Zum Glück schien die Sache glimpflich ausgegangen zu sein, Hasler hatte sich wieder einmal eine Tapferkeitsmedaille verdient.

Jonas Friedl, Redakteur der »Mödlinger Zeitung«, brachte einige Meter zwischen sich und den Angreifer, der sich Hals über Kopf auf ihn gestürzt hatte. »Chefinspektor Schirmer hat eben versucht, mir den Hals umzudrehen? Wenn das mal keine Schlagzeile wert ist.« Über dem blond gefärbten Kinnbart erschien ein provozierendes Grinsen.

Zu viele Zeugen, dabei hätte Schirmer diesem zu spät geschlüpften Achtundsechziger tatsächlich liebend gerne den Hals umgedreht. Langsam, ganz langsam, bis knirschende Halswirbel signalisieren würden: Auftrag ausgeführt, wir sind gebrochen.

»Harald!« Haslers Ruf vertrieb Schirmers rabenschwarze Gedanken.

»Lass mich endlich los, Arno. Ich tu diesem Affen schon nichts. Dafür bin ich mir ohnehin zu schade. Hast du Dreckfink eigentlich auch einen Namen?«, rief er über Hasler hinweg und spürte, wie sein Assistent sofort wieder auf Tuchfühlung ging.

»Das wird teuer für Sie!« Friedl grinste noch immer, während er sich an den Hals fasste.

»Das ist der Friedl von der ›MZ‹. Der ist so etwas wie ein Polizeireporter, hat uns aber noch nie wirklich wehgetan«, erklärte Hasler.

Eine viel zu große schlammgrüne Leinenhose. Dazu ein schlabbriges Baumwollshirt, sicher aus einem Altkleidercontainer geklaut. Dieser abartige Kinnbart. Wasserstoffblond wie das Kopfhaar einer schwedischen Schönheitskönigin. Das perfekte Opfer für einen Polizeiübergriff. Jonas Friedl, den würde er sich merken.

Wenig später verabschiedete sich Hasler mit einem langen Händedruck von Jonas Friedl, der ihm noch etwas zusteckte, bevor er ging. Schirmer lehnte in sicherer Entfernung an einem Streifenwagen und fischte die letzte Zigarette aus der Packung. Zwanzig Stück. Ende für heute.

Auch die Bestandsaufnahme der Spurensicherung war für die Kürze der Zeit schon weit fortgeschritten. Leo Kropek und seine Jungs bauten die Kameras und die Scheinwerfer bereits wieder ab.

Schirmer nahm sich für den nächsten Tag vor, Sarah Balogh die Daumenschrauben anzusetzen. Ihre Körpersprache hatte ausgedrückt, dass sie Hilfe benötigte. So war es gewesen. Schirmer war von der Richtigkeit seiner Sicht der Dinge überzeugt. »Das hat man davon, wenn Frauen mit im Spiel sind«, brummte er mehr für sich denn für andere, während er seine zur Hälfte gerauchte Zigarette wegschnippte. Einen Moment lang bedauerte er, Erwin Wenzel auf der Dienststelle zurückgelassen zu haben. »Mit dem Jungen wäre mir das nicht passiert.«

»Erwin, du bleibst hier, klemmst dich hinter einen PC und wartest, ob du uns unterstützen kannst. Vielleicht werden wir die eine oder andere Datenbank bemühen müssen, und es ist mir lieber, wenn einer von uns das macht«, hatte er Wenzel beim Verlassen des Büros angewiesen. Der in allen Lagen des dienstlichen Alltags übermotivierte Beamte war zwar nicht erfreut gewesen, hatte aber natürlich die Anordnung Schirmers befolgt und war in den Schreibraum verschwunden. Dass Schirmer den auf Probe dienstzugeteilten Wenzel damit auch aus der Schusslinie raushalten wollte, musste er nicht erwähnen. Hasler, Balogh und vermutlich auch Erwin Wenzel selbst wussten, dass der Heißsporn bei Müllers Feier zu viel getrunken hatte, und wer konnte denn ausschließen, dass ein hohes Tier am Tatort erschien? Schirmer stellte sich einen zwischen den Leichen herumwankenden Wenzel vor, der Major Plasch oder vielleicht sogar der Landespolizeidirektorin in die Hände fiel. Wenzels Dienstzuteilung zum Kriminaldienst wäre in diesem Fall wohl auf der Stelle beendet gewesen. Im besten Fall hätte sich der Unglückliche im Streifendienst wiedergefunden.

Ein Wagen bog in die Bahnstraße ein. Das Licht der Scheinwerfer blendete Schirmer.

»Weißt du, wer da im Anmarsch ist?« Schirmer hatte Hasler nicht bemerkt. Der Assistent stand neben ihm und hielt ein kleines Stück Karton in der Hand.

»Wenn das eine Frage war: nein. Wenn du mich nur testen wolltest: raus mit der Info.«

»Das ist der Wagen von Major Plasch.«

»Gott sei Dank ist Wenzel im Büro geblieben.«

»Ich habe hier die Visitenkarte von Jonas Friedl«, fuhr Hasler fort. »Wir haben Glück, Herr Friedl wird keine Schritte gegen dich unternehmen. Als Gegenleistung habe ich ihm versprochen, dass du ihn anrufst, bevor wir mit Informationen an die Öffentlichkeit gehen.« Er streckte seinem Chef Friedls Visitenkarte entgegen.

Schirmer griff danach und betrachtete sie eine Weile, bevor er sie zu einer Art Trichter formte und diesen in Haslers Brusttasche zurücksteckte. »Hast du etwa nicht gehört, was dieser Kretin zu mir gesagt hat? Dieser Rotzlöffel! Ich bin der Leiter der Mödlinger Kriminalpolizei, verdammt, ich lasse mich von niemandem vorführen, und von so einem Bengel schon gar nicht. Die Visitenkarte steckst du dir am besten in den –«

»Guten Abend, meine Herren. Nadine Reiter hat mir am Telefon mitgeteilt, was hier geschehen ist, also bin ich direkt von Sankt Pölten hergefahren. Geben Sie mir bitte einen kurzen Lagebericht.« Major Plasch war ein drahtiger, gut aussehender Mann in den Vierzigern. Er war überdurchschnittlich groß und fiel durch seinen aufrechten Gang und die stramme Haltung auf. Im sonnengebräunten Gesicht funkelten zwei schneeweiße Zahnreihen. Ein Offizier durch und durch, er hätte auch als Kommandant einer Eliteeinheit der Streitkräfte durchgehen können.

»'n Abend, Major. Lagebericht, nun ... Die Toten werden gerade eingepackt, Kollegin Balogh weist den Leichenabholdienst ein. Chefinspektor Kropek ist auch schon fertig, für weitere Details frag einfach meinen Assistenten.« Schirmer klopfte Hasler auf die Schulter. »Meinen Bericht hast du morgen auf dem Tisch, Major.« Grußlos stieg Schirmer in den schwarzen Volvo und brauste mit quietschenden Reifen davon.

»Was für eine Laus ist dem denn über die Leber gelaufen, Herr Abteilungsinspektor?«, fragte Plasch den verdutzten Hasler.

»Keine Laus«, lächelte Hasler verlegen, »eher ein Reporter.«

5

Sie kamen näher. Schritt für Schritt bewegten sich die Männer auf die Reifen zu. Am liebsten wäre Albrecht mit dem Fußboden verschmolzen. Wie gern hätte er sich jetzt in Luft aufgelöst oder einen anderen Einfall gehabt, um unbeschadet diesem Schlamassel zu entkommen. Starr wie das sprichwörtliche Kaninchen vor der Schlange saß er da und beobachtete, was passierte.

Die Eindringlinge blieben einen Moment lang stehen und ließen ihre Last einfach fallen. Ganz nah waren sie jetzt. Als der massige Körper den Boden berührte, konnte Albrecht den aufwirbelnden Staub spüren. Das Licht der Lampen strich über seine Deckung, blendete ihn. Warum nur hatten die Männer seine Anwesenheit noch nicht bemerkt? Hätte er die Hand durch die Reifen gesteckt, er hätte sie beinahe berühren können. Ohne ein Wort zu verlieren, wuchteten die Männer ihr Opfer ein letztes Mal hoch und zerrten es über den Boden. Der Reifenstapel zitterte bedrohlich, als sie den Sterbenden dagegen lehnten. Albrecht hielt die Luft an, zog den Kopf ein und wartete darauf, dass sein Stiefvater ihn entdeckte. Doch wieder geschah nichts.

Der Leib des Mannes verdeckte nun den schmalen Durchlass zwischen den Autoreifen. Das schwerfällige Keuchen von Albrechts Stiefvater und seinem Gehilfen vermengte sich mit den unmenschlichen Lauten ihres Opfers. Sie sehen mich nicht, dachte Albrecht.

»Der ist immer noch nicht hinüber, Boss. Der schnauft wie ein sterbendes Schwein«, stellte der Unbekannte fest und klang dabei so, als würde er über etwas völlig Belangloses sprechen. Eine kurze Stille folgte, und Albrecht betrachtete ein Paar Schuhe, Stiefvaters Schuhe.

»Das sehe ich selbst, du Trottel. Geh mir aus dem Licht.«

Albrecht kannte den bedrohlichen Tonfall seines Stiefvaters gut genug, um zu wissen, dass der andere besser tun sollte, was von ihm verlangt wurde. Sosehr er auch nachdachte, er konnte den Begleiter nicht zuordnen. Niemand, den er vom Gut her kannte, keiner von Großvaters Geschäftsfreunden, die dann und wann bei ihnen auftauchten und von Mutter bekocht wurden.

»Gut, mein Freund«, wandte sich Dietrich Schornitz schließlich an den am Boden Liegenden. »Du hast dich wirklich tapfer gehalten. Mein Partner hat mir erzählt, dass ihm noch nie ein so zäher Bursche wie du untergekommen ist. Und ich kann dir sagen, es sind schon einige durch seine Finger gegangen. Aber du musst nicht noch länger leiden. Es liegt einzig und allein an dir. Ich stelle dir die Frage jetzt ein allerletztes Mal: Wo hast du die Unterlagen versteckt?«

Der Angesprochene bäumte sich auf, röchelte, holte Luft, aber ein Grunzen war alles, was er zustande brachte.

»Das führt doch zu nichts«, flüsterte Dietrich Schornitz. Was immer ihnen dieser Mann bis jetzt verschwiegen hatte, jetzt war es zu spät, das war ihm nun klar. »Du Idiot!«, schrie er auf einmal.

Albrecht zuckte zusammen. So kannte er ihn. Bei ihm wusste man niemals, woran man war.

»Sieh dir das fette Schwein doch an!«, brüllte er. »Du hast ihm den ganzen Kiefer zertrümmert. Wie soll er uns da noch was verraten? Kannst du Urmensch deine Kräfte nicht kontrolliert einsetzen?« Er schlug seinen Gehilfen mit der Faust ins Gesicht. »So groß und stark kannst du gar nicht sein, dass ich dich nicht durchprügeln werde, bis du endlich parierst.«

Urmensch hatte den Hieb nicht kommen sehen. Stiefvaters Faust traf krachend auf sein Jochbein, er jaulte auf wie ein streunender Hund, der sich überraschend einen Tritt eingefangen hatte.

»Eines schwöre ich dir. Wenn wir das nicht geregelt kriegen, bist du genauso dran wie ich. Für den Mist werde ich nicht allein geradestehen. Und jetzt halt dein Maul und hör auf rumzuheulen. Ich muss nachdenken.«

Urmensch hielt sich den Kopf, sein Wimmern verstummte. Er war es gewohnt, Befehle zu erhalten und zu befolgen.

Nachdem Dietrich Schornitz einige Minuten vor Albrechts

Versteck auf und ab gelaufen war, blieb er stehen und überdachte die Lage noch einmal. Der Mann am Boden wusste einfach zu viel, und in seinem Zustand würde er ihnen keine große Hilfe mehr sein. Sie durften ihn nicht am Leben lassen. »Beende es«, bestätigte er die bereits vorhin getroffene folgenschwere Entscheidung.

Schon einmal hatte Albrecht einen Menschen sterben sehen, aber die Tragweite dieses flüchtigen Moments war ihm erst viele Monate später bewusst geworden. Damals war Vaters Körper einfach zwischen den Wellen verschwunden. Der Tod war still gekommen, und der Junge fragte sich bis heute, ob er daran die Schuld trug. Er hatte gesehen, wie Vater verschwand, und nicht Alarm geschlagen.

»Deine Mutter ist krank. Sie kann den Verlust ihres Mannes nicht verkraften«, erklärte Großvater dem damals elfjährigen Albrecht. »Du bist ein Schornitz. Ich erwarte von dir in diesen schweren Stunden ein Verhalten, das unserer Familie würdig ist. Deinen Vater kann dir nichts und niemand zurückbringen, und je früher du dich damit abfindest, umso besser.« Kurz legte Großvater die Hand auf Albrechts Schulter, wandte sich anschließend von ihm ab und ließ ihn allein mit seinen Ängsten und dem Gefühl zurück, etwas falsch gemacht zu haben. In diesem Moment war Albrecht davon überzeugt gewesen, die Schuld am Tod seines Vaters zu tragen. Anders hatte er sich Mutters Verhalten nicht erklären können. In den Wochen nach dem Unglück sperrte sie sich die meiste Zeit in ihr Zimmer ein und mied Albrecht und alle anderen Menschen, wann immer es ging. Irgendwann verlor Großvater die Geduld mit ihr und schickte sie fort. Erst Monate später kam sie zurück nach Hause. Schon am Tag ihrer Rückkehr lächelte sie wieder, und von da an war sie für Albrecht wieder da, wann immer er sie brauchte. Ihre Trauer wurde ihm nur bewusst, wenn er sie abends im Nebenzimmer weinen hörte. Erst langsam realisierte er, dass mit Vater auch ein Teil von ihr gestorben war. Der Schock über das Erlebte fraß sich wie eine Made in die Seele des Jungen. Der Verlust des Vaters und die Angst, er könnte auch die Mutter verlieren, betäubte sein Inneres. Er vergaß, wie Lachen funktionierte. Wie man weinte. Wie man sprach. Eiseskälte umklammerte sein Innerstes. Nur seine Angst hatte dann und wann begonnen, sich in Form von Panikattacken den Weg nach außen zu bahnen.

Urmensch durchsuchte seelenruhig die Schwerlastregale, während er fröhlich vor sich hin pfiff. Albrecht hörte Klimpern und Scharren, das Öffnen und Schließen von Schränken und Laden.

»Na, also. So könnte das gehen.« Der Lichtkegel tauchte hinter einem der Regale auf, und Urmensch kehrte zurück. »He, Fettsack! Ich habe etwas gefunden, mit dem wir noch ein wenig Spaß haben werden!«, rief er im Näherkommen.

Albrecht zog den Kopf ein. Der Sterbende vor ihm versuchte, sich aufzurichten. Das, was Urmensch in der Hand hielt, bereitete ihm offenbar große Angst. Er versuchte zu sprechen. Heiseres Rasseln begleitete sein Flüstern, Worte ohne Sinn, doch sein letztes Aufbäumen blieb erfolglos. Kraftlos sank er wieder in sich zusammen, spuckte Blut. Das Rasseln wurde leiser, dann folgte ein neuer Laut. Er begann zu weinen.

»Ich tue ja auch nur, was mir aufgetragen wird, obwohl es mir bei dir schon besonders große Freude bereitet, wenn ich ehrlich bin.« Breitbeinig stand Urmensch vor seinem Opfer. »Wir haben es dir oft genug gesagt, aber du hast ja nicht hören wollen. Hast du denn wirklich geglaubt, der Boss lässt sich zum Narren halten, du blöder Fettsack?« Urmensch lachte und ließ ein Eisenrohr singend durch die Luft schneiden.

Der Mann vor seinen Füßen machte Anstalten, eine Hand zu heben.

»Reden kannst du dir sparen.« Urmensch hatte den Satz noch nicht zu Ende gesprochen, als das Rohr auf den Schädel des Verletzten niedersauste. Doch damit nicht genug. Immer und immer wieder hieb er auf den Körper ein, aus dem schon nach dem ersten Schlag der letzte Rest Leben gewichen war.

Albrecht zuckte zusammen. Splitter des Schädelknochens und Blut trafen sein Gesicht, während Urmensch vor Anstrengung keuchte. In wilder Raserei schlug er auf den Kopf des Mannes ein, bis nichts mehr darauf hindeutete, dass er einmal zu einem menschlichen Wesen gehört hatte. Als Urmensch die Kraft verließ, glitt das Mordwerkzeug aus seinen Händen. »Wenn der Boss damit nicht zufrieden ist, kann ihm keiner mehr helfen. Komm, mein Freund. Wir gehen.« Er packte den Toten bei den Füßen und schleifte ihn aus der Halle.

Lange nachdem sie fort waren, wagte Albrecht sich endlich aus seinem Versteck. Er kannte den stillen Tod, die schleichend vor sich gehende Änderung eines Zustandes und die Einsicht, nichts daran ändern zu können. Und das Gefühl, verantwortlich dafür zu sein. Doch das, was er in den letzten Stunden erlebt hatte, war etwas anderes gewesen. Kein leiser Abschied, sondern ein lautes, qualvolles Sterben. Eine spürbare Bosheit, die von seinem Stiefvater und dem Unbekannten ausgegangen war. Gleich an diesen beiden von Albrecht erlebten Toden war nur die Empfindung, die in ihm zurückblieb. Er hatte sich hinter den Reifen versteckt und nichts unternommen. So wie Vater damals hätte auch der Erschlagene heute seine Hilfe gebraucht.

Sein Blick folgte der roten Spur, die sich durch die Halle zog. Vor ihm lag ein Auge, ein Stück weiter ein Teil eines Kieferknochens, aus dem drei Zähne ragten. Die Teile, die einmal zu einem Menschen gehört hatten, leuchteten gespenstisch im Strahl seiner Stirnlampe, die er kurz zuvor wieder eingeschaltet hatte. Albrecht übergab sich. Dann rannte er.

6

So mochte Schirmer das, genau so. Der Besprechungsraum war bis auf den letzten Platz gefüllt. Er versuchte, sich daran zu erinnern, wann dies zuletzt der Fall gewesen war. Das Unglück in der Hinterbrühl fiel ihm ein. Damals waren mehrere Touristen in einem unterirdischen See ertrunken, nachdem ein Ausflugsboot untergegangen war. Fernsehstationen aus halb Europa waren in Mödling eingefallen wie ein Heuschreckenschwarm.

Oder der Fall von Mord und Selbstmord im letzten Frühling. Ein Rentner hatte zuerst seine um viele Jahre jüngere Frau und dann sich selbst erschossen, und die minderjährige Tochter des Paares hatte alles mitansehen müssen. Die ausführliche Berichterstattung der Medien hatte tiefe Einblicke in die dunkelsten Ecken trügerischer Kleinstadtidylle geboten. Bei der Erinnerung an die Hartnäckigkeit, mit der die Journalisten in der Psyche der Vierzehnjährigen herumgewühlt hatten, graute Schirmer noch heute. Das Schicksal des Mädchens war für die Öffentlichkeit so lange von Interesse gewesen, bis woanders etwas noch Schlimmeres geschehen war und der Medienzirkus seine Zelte in Mödling abgebrochen hatte, um weiterzuziehen. Seine Erinnerungen kehrten zum Schiffsunglück zurück. Schirmer sah die Wasserleichen vor sich. Blau angelaufene Gesichter, am Tod zerbrochene Blicke. Ein Mädchen, das hysterisch lachend neben ihren toten Eltern am Boden saß. Mit einem Kopfschütteln vertrieb Schirmer die Dämonen der Vergangenheit.

Er blickte in die Runde. Hasler sah man an, dass er die ganze Nacht durchgearbeitet hatte, um Schirmers Aufträge zu erledigen. Auch Wenzel und Balogh wirkten auf Schirmer nicht unbedingt ausgeruhter, obwohl ihre Schicht sofort nach Schirmers Einrücken ins Bezirkspolizeikommando geendet hatte. Leopold Kropek von der Spurensicherung saß neben Schirmer. Sein blauer Arbeitsmantel war ein untrügliches Zeichen dafür, dass er die letzten Stunden im forensischen Labor verbracht hatte, um die beim Bahnhof gesicherten Spuren auszuwerten.

Major Martin Plasch, Heinrich Müller und die übrigen Leiter der umliegenden Polizeiinspektionen vervollständigten die Runde. Einigen von ihnen waren die Nachwirkungen von Heinrich Müllers Feier noch deutlich anzumerken. Insgesamt zählte Schirmer neunzehn Personen, die darauf warteten, dass Plasch die Sitzung eröffnete. Schirmer stutzte, beinahe hätte er den Unbekannten übersehen, der rechts von Plasch, an der Ecke der L-förmig angeordneten Tische, Platz genommen hatte. Jetzt beugte sich der Fremde vor, um nach einer Kaffeetasse zu greifen. Sein erschöpfter Gesichtsausdruck verriet Überarbeitung. Die Lippen waren wulstig, bewegten sich unmerklich und verliehen dem teigigen Gesicht Ähnlichkeit mit einem Fisch. Wer war diese Person, die gerade den Inhalt eines dicken Ordners studierte und dabei immer wieder hochblickte, als würde sie in Dossiers über die Anwesenden blättern? Hasler erwiderte Schirmers fragenden Blick, indem er die Augenbrauen nach oben zog. Auch er kannte ihn nicht. Pünktlich um acht löste Major Plasch das Rätsel um den Fremden auf. Keine Sekunde zu früh, denn Schirmer wäre vor Neugierde beinahe geplatzt. Major Plasch stellte den Besprechungsteilnehmern den Mann als Abteilungsinspektor Simon Graf vom Bundeskriminalamt vor.

»Ich habe gestern Abend noch das BKA von der Sache in Kenntnis gesetzt. Wenig später hat sich Kollege Graf bei mir gemeldet. Er leitet momentan Ermittlungen gegen eine Tätergruppe, die Menschen und Drogen durch Österreich schleust und nebenbei die Bordelle im Osten unseres Landes mit Prostituierten versorgt. Ein Teil der Transfers soll über Mödling verlaufen, sodass man im BKA der Meinung ist, dass der gestrige Vorfall auf das Konto dieser kriminellen Organisation geht.«

Nachdem Plasch Graf das Wort erteilt hatte, stand dieser auf und erläuterte ohne Umschweife die Einzelheiten. »Morgen. Wir ermitteln seit zwei Jahren gegen eine Organisation, die Menschen- und Drogenhandel im großen Stil betreibt. Die Gruppe ist europaweit tätig und schmuggelt vorwiegend Afghanen, Iraker und Inder von Südeuropa kommend über Österreich, Deutschland und Holland bis nach Großbritannien. Die

Flüchtlinge werden in Lastwagen und Güterwaggons versteckt über die Grenzen gebracht und bezahlen für so einen Trip zwischen acht- und zehntausend Euro. Geld, das sie oftmals im Vornherein nicht aufbringen können, sodass sie ihre Schulden hinterher jahrelang als Drogenkuriere, auf dem Bau oder in der Gastronomie abarbeiten müssen. Wir schätzen, dass pro Monat ungefähr fünfhundert Menschen auf diese Weise Österreich durchqueren. Die Organisation nutzt die Transporte auch für Heroingeschäfte. Die Drogen kommen in guter Qualität aus Afghanistan und werden dann in Holland gestreckt und an Abnehmer verteilt. Erst vorige Woche hat das bayerische LKA in München einen Transport stoppen können und in einem umgebauten Lkw sechzehn Inder und drei Kilogramm reines Heroin gefunden.«

Schirmer dauerte der Vortrag bereits jetzt zu lange. Er brauchte dringend eine Zigarettenpause. Er hob die Hand. »Entschuldige, dass ich dir ins Wort falle, aber wo soll die Verbindung zu unseren Toten bestehen?«

»Wenn du mich ausreden lässt, wirst du gleich klarer sehen«, antwortete Graf gereizt. Er war es offenbar nicht gewohnt, dass man ihm ins Wort fiel. »Vor einiger Zeit ist es uns gelungen, einen Informanten in die Gruppe einzuschleusen. Durch ihn wissen wir, dass der Geschäftsführer des ›Zeus Club‹, ein gewisser Mehrdad Heinzbauer, für die Transporte der Bande verantwortlich ist, die über die Ungarn-Route der Organisation ins Land kommen. Heinzbauer übernimmt die Illegalen im Umland von Mödling und versteckt sie im Keller seines Etablissements, bevor sie von Mittelsmännern weiterverfrachtet werden. Laut unserem Informanten erreichen Mödling momentan mehrmals pro Woche Transporte dieser Art. Und in der vergangenen Nacht soll Heinzbauer sich furchtbar über etwas aufgeregt haben. Wir gehen davon aus, dass der gestrige Transport schiefgelaufen ist. Den Beweis dafür habt ihr ja am Bahnhof Kaiserhof gefunden.«

»Kaiserau«, verbesserte Schirmer mit einem boshaften Grinsen. Er verlor allmählich die Geduld mit dem Mann vom BKA. Seiner Meinung nach war Graf ein Selbstdarsteller, der den Kollegen in der Provinz zeigen wollte, wie richtige Polizeiarbeit funktionierte. »Und wieso holen wir uns diesen Heinzbauer nicht einfach? Du hast die Angaben deines Informanten, wir haben sieben Tote. Das reicht auf jeden Fall für einen Haftbefehl. Worauf warten wir noch?«

»Du bist vermutlich Kollege Schirmer.« Graf nahm wieder Platz, ließ den Leiter der Mödlinger Kripo aber nicht aus den Augen.

Schirmer wurde bewusst, dass er sich nicht vorgestellt hatte und ihm sein Ruf offenbar vorausgeeilt war. Schirmer, der Rüpel, war in nahezu jeder Dienststelle im Osten des Landes bekannt. Er nickte knapp und etwas stolz.

»In Kürze erwarten wir einen weiteren Transport aus Ungarn. Sobald dieser bei Heinzbauer eingetroffen ist, erhalten wir eine Nachricht von unserem Informanten und stellen den ›Zeus Club‹ auf den Kopf. Einige Illegale und vielleicht das eine oder andere Kilo Heroin werden uns in Netz gehen. Und Heinzbauer wird singen wie ein Kanarienvogel, das verspreche ich dir.«

Schirmer lehnte sich zurück, kapitulierte und beschloss, Graf machen zu lassen. Er hoffte, dass die Razzia im »Zeus Club« bald anstehen würde. Sollten sich Grafs Mutmaßungen dann als richtig herausstellen, wäre die Sache erledigt. Das BKA würde einen spektakulären Schlag gegen einen Menschenhändlerring melden können und die Verantwortlichen im Ministerium wohlwollend feststellen, dass die Mödlinger Polizei auch einen gewissen Anteil daran gehabt hatte und die überregionale Zusammenarbeit bestens klappte. Und vor allem würde wieder Ruhe in Mödling einkehren. Schirmer kannte das Spiel gut genug, um zu wissen, dass er gegen Graf nichts ausrichten konnte. Schirmers Dienststelle befand sich in der Hierarchie weit unter dem BKA. Er würde bei den Ermittlungen wohl nur in der zweiten Reihe stehen. Als Graf zu Ende gesprochen hatte, merkte Plasch noch an, dass ab nun alle weiteren Schritte mit dem BKA abgesprochen werden mussten, dann verlangte er einen Bericht von Schirmer, der, ohne ein Wort zu verlieren, auf seinen Assistenten zeigte.

Hasler öffnete den roten Notizblock, zwirbelte die Enden seines Schnauzers nach oben und fasste zusammen: »Die Obduktion hat ergeben, dass alle sieben Männer erstickt sind. Die zum Teil schweren Kopfverletzungen sind post mortem zustande gekommen, ich vermute, durch den Aufprall auf die Straße. Es ist davon auszugehen, dass sie aus einem Wagen geworfen wurden. Ein Waggon scheidet aus, da die Schienen zu weit entfernt sind. Ich habe mit dem Stationsaufseher telefoniert, der gestern Dienst hatte. Er hat den letzten Zug nach neunzehn Uhr abgefertigt und ist gleich darauf nach Hause gefahren, ohne dass ihm etwas aufgefallen ist. Der Bahnhof Kaiserau wird kaum frequentiert, Personenzüge kommen nur alle paar Stunden durch, und der Schrottplatz gegenüber der Station hat schon um sechs dichtgemacht. Auch dort hat niemand etwas Seltsames bemerkt. Die Toten sind nach ersten Schätzungen der Gerichtsmedizinerin ungefähr zwischen zwanzig und fünfundzwanzig Jahre alt und vermutlich schon mehrere Stunden tot gewesen, als man sie gefunden hat. Leo Kropek hat die Fingerabdrücke durch unsere Datenbanken laufen lassen, leider erfolglos. Wir haben sie an Interpol geschickt, vielleicht können die uns ja weiterhelfen.«

Plasch nickte zufrieden. »Sehr gut, Herr Hasler. Ausgezeichnete Arbeit.« Er wandte sich an Schirmer. »Hast du schon eine Pressemitteilung für mich vorbereitet? Die Medienvertreter werden uns in Kürze die Tür einrennen. Wir sollten uns besser wappnen.«

Beim Gedanken an seine Begegnung mit Jonas Friedl stellten sich Schirmers Nackenhaare auf. Es hatte nicht viel gefehlt, und er hätte diesen unsympathischen Typen verdroschen. »Nein. Bin aber dabei, eine zu schreiben«, log er. »Ich lege sie dir noch vor dem Mittagessen vor.«

Hasler hatte sofort begriffen, dass er im Anschluss an die Sitzung den Pressetext schreiben musste. Als der erste Teil der Besprechung vorüber war, verabschiedete sich Graf mit dem Hinweis, ausschließlich über sein Diensthandy erreichbar zu sein, und Schirmer und den anderen Rauchern wurde nur eine kurze Pause gegönnt. Nach fünf Minuten saßen alle wieder auf ihren Plätzen.

»Du hast es gehört, Herr Chefinspektor«, sagte Plasch. »Haltet

Graf auf dem Laufenden. Und sobald er es anordnet, zerlegen wir den ›Zeus Club‹. Man soll uns nicht mangelnde Kooperationsbereitschaft vorwerfen können.«

So bestimmt und eindeutig Plaschs Anweisungen auch immer waren, Schirmer konnte stets eine um ihre Karriere besorgte Führungskraft heraushören. Er fragte sich, ob alle Offiziere so waren oder er die Sache komplett falsch sah. Aber Major Martin Plasch wurde von Schirmer auch noch kritischer als seine Vorgänger betrachtet, wenn das denn überhaupt möglich war. Plasch hatte Schirmer schon mehr als einmal klargemacht, dass er in der polizeilichen Nahrungskette über Schirmer stand und nicht unter Beißhemmung litt. Das war schlimm genug, aber was Schirmer wirklich zur Weißglut brachte, war, dass Plasch unangreifbar war. Zudem konnten dem Offizier weder Kompetenz noch Erfahrung abgesprochen werden. Plasch war ein Knochen, an dem Schirmer noch lange zu kauen haben würde.

»Nein, Major, mangelnde Kooperationsbereitschaft wird man dir sicher nicht vorwerfen können«, antwortete Schirmer, und der sarkastische Unterton war keinem der Anwesenden verborgen geblieben.

Doch Plasch überging die Provokation seines Kripoleiters professionell und widmete sich wieder dem Tagesgeschäft. »›Zwangssterilisation für Moslemhuren‹ gleich neben dem Eingang zum Mödlinger Spital. ›Gegen die Judenlüge‹ auf der Tafel vor der KZ-Gedenkstätte in Guntramsdorf. ›Kein Bleiberecht für das Asylantenpack‹ in altdeutscher Schrift auf die Rückseite des Gebäudes der Bezirkshauptmannschaft gesprüht. Allein gestern drei neue Fälle. Ich bin froh, dass vergangene Nacht ausnahmsweise mal niemand zusammengeschlagen wurde«, beendete Plasch die Aufzählung der neu hinzugekommen Vandalenakte. Er griff nach seinem Füllhalter und klopfte damit auf die Tischplatte. »Ihr alle wisst ganz genau, dass ich euch unterstütze, wo ich nur kann. Geht also allen Hinweisen nach, egal in welche Richtung sie euch führen. Ungeachtet dessen muss ich dir, Herr Chefinspektor, eine Beschwerde der Patriotischen Option zur Kenntnis bringen. Otto Schornitz, der Vorsitzende der Bürgerliste, beschwert sich darin über ›das ständig unangekündigte Erscheinen der Exekutive in unseren Räumlichkeiten, welches offenbar politisch motiviert ist‹, wenn ich den Wortlaut jetzt richtig im Kopf habe. Schornitz ist empört, weil der Patriotischen Option seitens der Mödlinger Kripo offenbar eine Mitverantwortung an den Vandalenakten angelastet wird, und kündigt rechtliche Schritte an, sollten du und deine Leute weiterhin auf diese Art vorgehen.«

Schirmer lief rot an. »Ich versuche seit Wochen, mit diesem Herrn von und zu Schornitz Kontakt aufzunehmen, aber es vergeht kein Tag, an dem ich nicht von einem seiner Patrioten auf den nächsten vertröstet werde. Ich habe denen bereits mehrmals deutlich zu verstehen gegeben, dass ich sie so lange besuchen werde, bis ihr Vorsitzender mal Zeit für mich hat. Wir haben weder etwas durchsucht noch Personalien aufgenommen oder sonst was Auffälliges getan, nur immer höflich, aber bestimmt nach Otto Schornitz gefragt.« Schirmer grinste unmissverständlich.

Der gesamte Bezirk litt seit Wochen unter einer Welle von Gewalttaten und Sachbeschädigungen, die sich vornehmlich gegen Ausländer und öffentliche Gebäude richteten. Die regionalen Medien hatten schnell einen passenden Namen für die Vorfälle gefunden und berichteten täglich über die sogenannten Vandalenakte. Obwohl Schirmer und seine Leute alles in ihrer Macht Stehende taten, tappten sie noch immer im Dunkeln. Einzig eine Handvoll Aufkleber ließ auf eine Verbindung zur Patriotischen Option schließen. Ein türkischstämmiger Jugendlicher war vor wenigen Tagen am Bahnhof niedergeschlagen und ausgeraubt worden. Wenngleich er sich nach Leibeskräften zur Wehr gesetzt hatte, waren die Täter mit seiner Brieftasche und seinem Mobiltelefon entkommen, aber einem der Flüchtenden waren während des Handgemenges Aufkleber mit dem Logo der Patriotischen Option aus der Hosentasche gefallen. Trotzdem die Aktivitäten dieser am äußerst rechten Rand angesiedelten Gruppierung deutlich zugenommen hatten und ihr Antreten bei den kommenden Gemeinderatswahlen im Raum stand, war die Personalstruktur der PO derzeit noch überschaubar. Und genau aus diesem Grund hielt Schirmer es für wahrscheinlich, dass ihm der Vorsitzende der Liste Auskunft darüber geben konnte, wer für die Verteilung der Aufkleber zuständig war. Bei einem Treffen, sollte es denn zustande kommen, wollte sich Schirmer aber auch ein Bild von der Person Otto Schornitz machen.

»Ich habe Wenzel und Balogh damit beauftragt, sich in Mödling ein wenig umzuhören. In Kneipen, im Stadion und so weiter. Vielleicht verplaudert sich jemand. Auf jeden Fall werde ich denen nicht von der Pelle rücken, bis Schornitz mich empfängt.«

»Meinen Segen habt ihr«, antwortete Plasch, legte den Füller beiseite und stand auf, »aber ich muss euch trotzdem darauf hinweisen, dass ihr ein wenig mehr Fingerspitzengefühl an den Tag legen solltet. Geht nicht mit dem Brecheisen vor. Meine Erfahrung sagt mir, dass sich diese Idioten früher oder später ohnehin selbst verraten werden, und ich kann mir nicht vorstellen, dass Otto Schornitz persönlich Leute zu Gewalttaten anstachelt. Er ist ein erfolgreicher Geschäftsmann, von uraltem Adel noch dazu.«

»Der Adel ist in Österreich abgeschafft.« Schirmer steckte sich eine Zigarette in den Mund und ließ das Feuerzeug vor sich auf der Tischplatte kreisen. Am liebsten hätte er die Besprechung sofort beendet. »Balogh und Wenzel bearbeiten jetzt die Vandalenakte, Hasler kümmert sich um die Leichen vom Bahnhof, und ich gebe so lange keine Ruhe, bis ich einen Termin bei Schornitz kriege. Mir ist durchaus klar, dass die armen Hunde vom Bahnhof gegenüber den paar Schmierereien Vorrang haben, erledigt gehört aber dieses wie jenes. Außerdem muss die Statistik passen. Für einige. Gibt's sonst noch was, Major?«

Plasch hatte Schirmers Spitze entweder überhört oder sie bewusst ignoriert. Er ging am Tisch entlang und blieb hinter Chefinspektor Heinrich Müller stehen, der kurz vor dem Einschlafen war. Auch er spürte die Nachwehen seiner Geburtstagsfeier nur allzu deutlich am eigenen Leib. Als Plaschs Hände ihn berührten, fuhr er kerzengerade auf.

»Die Kripo erhält für die Bekämpfung der Vandalenakte personelle Unterstützung«, kündigte Plasch ein Vorhaben an, das Schirmer in den folgenden Tagen das Leben schwer machen würde. »Chefinspektor Müller wird alles, was damit in Verbindung gebracht werden kann, sammeln, aufbereiten und auswerten. Anhand seiner Arbeit werden Lagebilder und Analysen erstellt werden, die schließlich zur Ergreifung der Täter beitragen werden.«

»Ich habe noch ein Einstandsgeschenk mitgebracht«, erklärte Müller mit belegter Stimme. »Die Nachtschicht hat einen Anruf vom Weingut Schornitz entgegengenommen. Die vermissen seit Tagen einen Lastwagen samt Chauffeur und möchten Anzeige erstatten. Man erwartet dich morgen früh auf dem Gut, Harald. Du hast also deinen Termin.«

Schirmer verdrehte die Augen. Er benötigte dreimal so viel Personal, mehr technische Mittel und Geld für bezahlte Überstunden. Was er definitiv nicht brauchte, war ein Spitzel in Uniform, der Plasch über alles informierte, was im Kriminaldienst vor sich ging. Schirmer selbst war ein Kriminalbeamter der alten Sorte. Uniform und Zivil, Streifen- und Kriminaldienst waren getrennt und sollten dies seiner Meinung nach auch bleiben. Und von Müller wollte er sich schon gar nicht in die Arbeit reinreden lassen. Die Zigarette fiel aus seinem Mund, er spürte sein Herz rasen und starrte über Plaschs Kopf hinweg an die Wand. Alles wartete nur auf den Ausbruch des Schirmer'schen Vulkans, aber er holte tief Luft und betrachtete das ungleiche Paar. Plasch, noch immer hinter Müller stehend, die Hände auf dessen Schultern gelegt. Müller milde lächelnd. Vermutlich hatte er schon bei der Feier gewusst, was Plasch mit ihm vorhatte.

Schirmer ballte die Fäuste. »Dann willkommen im Team, Heinrich. Und danke fürs Geschenk.«

7

Am späten Vormittag verließ Schirmer das Polizeigebäude, um sich die Beine zu vertreten. Nachdem er den Schrannenplatz überquert hatte, ging er die Kaiserin-Elisabeth-Straße entlang. Die Gastgärten in der Fußgängerzone waren gut besucht, die Menschen genossen die noch erträglichen Temperaturen, bevor es in einigen Stunden wieder brütend heiß sein würde. Er folgte dem Straßenverlauf und ließ sich dabei noch einmal die Morgenbesprechung durch den Kopf gehen. Plasch hatte Schirmer und den Kommandanten der Polizeiinspektionen unmissverständlich klargemacht, dass künftig andere, modernere Polizeiarbeit geleistet werden müsse, wollte man den steigenden Anforderungen gewachsen sein. Die Vandalenakte und die Zusammenarbeit mit dem BKA hinsichtlich der Leichenfunde waren laut Plasch ein Gradmesser, an dem später abgelesen würde, ob das Bezirkspolizeikommando Mödling gut aufgestellt war.

Während Schirmer an einer Buchhandlung vorbeiging, kickte er eine Getränkedose aus dem Weg. Es gab unzählige Statistiken für jede Art polizeilichen Handelns. Riesige Abteilungen, die sich nur mit Analysen und Evaluierungen beschäftigten, die dort arbeitenden Beamten waren Sicherheitsmanager, keine gestandenen Polizisten. War das die Zukunft der Polizei? Mindestens zehn Dienstjahre lagen noch vor ihm, und es war abzusehen, dass sich im letzten Drittel seiner Laufbahn noch einiges ändern würde. Wann immer er an das Ende seiner Karriere dachte, beschlich ihn ein unbehagliches Gefühl. Konnte es einen Harald Schirmer ohne Polizei überhaupt geben? Er schloss die Augen und blieb für einen Moment stehen. »Mir so einfach den Müller vorzusetzen! Was denkst du dir eigentlich dabei, Plasch?«, rief er plötzlich laut und erntete dafür ängstliche Blicke von einer Frau, die einen weiten Bogen um ihn machte. Die Vorstellung, dass sich Müller von nun an in seine Ermittlungen einmischen würde, machte Schirmer wütend. Er fühlte sich entmachtet, hatte plötzlich große Lust, in die nächste Kneipe zu verschwinden und sich zu betrinken.

Er schaute sich um. Aus einem Wirtshaus zu seiner Rechten drangen durch die offen stehende Tür verlockende Aromen. Es roch nach Gulasch, Wiener Schnitzel und frischem Gebäck. Rasch ging Schirmer weiter und bog in die Babenbergergasse ein.

Vor dem Stadttheater blieb er stehen und sah sich die Programmankündigung im Schaukasten an. Das Stück »Der Selbstmörder« beendete den diesjährigen Theatersommer. Schirmer betrachtete das Plakat, auf dem Josef Stalin abgebildet war, lange Zeit schweigend: Der Diktator hielt sich lächelnd den Lauf einer Pistole an die Schläfe.

»So ein Schwachsinn«, entfuhr es dem Ermittler, nachdem er die Inhaltsangabe des Stückes gelesen hatte. Auch in den kommenden Jahren würde er kein Theater betreten. Vielleicht würde er ja in seiner Pension die Spiele der Mödlinger Eintracht besuchen oder mit Erhard lange Spaziergänge unternehmen, vorausgesetzt, dass der Hund dann noch lebte, aber Theater? Nie und nimmer. Gemeinsam mit Erhard drängte sich plötzlich Katja in Schirmers Bewusstsein. Sie hatte ihn vor Jahren in die Wiener Staatsoper gezerrt. Zehn Minuten nach Beginn der Vorstellung war Schirmer geflüchtet und hatte sich bei einem nahe gelegenen Würstelstand betrunken. Erlebnisse wie dieses waren während ihrer achtundzwanzig gemeinsamen Jahre an der Tagesordnung gewesen, und Katja hatte alles ertragen. Einen cholerischen Mann, der nur dann wirklich zufrieden war, wenn er sich im Dienst befand. Kam er doch einmal nach Hause, schimpfte er über seinen Job und die inkompetenten Kollegen. Neben seinem Beruf als Kriminalbeamter waren der Sportteil der »Mödlinger Zeitung«, die samstägliche Fußballsendung im TV und sein Bier- und Zigarettenvorrat die einzigen Dinge, die für ihn wirklich von Interesse waren. Heute wusste er, dass die Gier nach dem anderen, von der die ersten beiden Jahre ihrer Beziehung geprägt gewesen waren, den Blick auf die Realität verdeckt hatte. Wären sie nicht blind vor Liebe gewesen, hätten sie bald bemerken müssen, dass sie grundverschiedene

Persönlichkeiten waren, die nicht zueinanderpassten. Als die Leidenschaft mit der Zeit wich, blieben Alltag, Verpflichtungen und Trott übrig. Der Stoff, aus dem langjährige Beziehungen sind. Im vorigen Jahr hatte Katja dann die Notbremse gezogen und die Scheidung eingereicht. Das Einzige, was sie beide noch verband, war Erhard. Der Hund verbrachte die ungeraden Wochen bei Katja, die geraden bei ihm.

Der Hund. Seit gestern war er wieder mit dem Hund dran! Ein Schauer durchfuhr ihn. Schirmer zückte das Mobiltelefon und wählte Katjas Nummer. Warum hatte sie sich nicht gemeldet und ihn an seine Pflicht erinnert? Während er es klingeln hörte, blicke er ein letztes Mal in Stalins grinsendes Gesicht.

»Bei Neuberger?« Eine Männerstimme. Schirmer drückte den roten Knopf seines Telefons. Dass Katja wieder ihren Mädchennamen angenommen hatte, wusste er bereits. Aber ein neuer Mann an ihrer Seite war bis gerade eben nur ein vager Verdacht gewesen. Die Realität traf ihn wie ein Blitz, und Zorn stieg in ihm auf. Zorn auf Katja, weil sie ihm nicht davon erzählt hatte. Er betrachtete das Display seines Handys und überlegte, ob er noch einmal anrufen sollte. Was konnte denn schon passieren? Er hatte verdammt noch einmal das Recht, mit seiner Exfrau zu sprechen. Immerhin ging es auch um Erhard. Als das Telefon zu vibrieren begann, wäre es Schirmer vor Schreck beinahe aus der Hand gefallen. Aber es war nur Hasler, der sich mit ihm zum Essen verabreden wollte.

***

Alis Kebabhaus war wie immer zur Mittagszeit gut besucht, und Schirmer war froh, an den Tischen kein bekanntes Gesicht zu sehen und keinen Kollegen begrüßen zu müssen. Einzig Hasler saß an ihrem Stammtisch im hinteren Bereich der Gaststätte, nippte an einem Glas Ayran und war in einen Ordner vertieft.

»Was geht, Alter? Das mit Ali war eine gute Idee. Ich war ohnehin unschlüssig, was die Befüllung meines Magens betrifft«, begrüßte Schirmer seinen Assistenten, während er sich beide Zeigefinger in den Bauch drückte.

»Mahlzeit, Harald. Ich habe mir Mehrdad Heinzbauers Akte angeschaut und dachte, wir könnten uns beim Essen darüber unterhalten«, antwortete Hasler pflichtbewusst und schloss den vor ihm liegenden Ordner.

»Ein Arbeitsessen also.« Schirmer klang wenig begeistert, setzte sich aber und hob den Arm. Ali kam zum Tisch, und Schirmer bestellte Kebab und stilles Mineralwasser, Hasler einen Gartensalat ohne Dressing und dazu ein weiteres Glas Ayran.

»Das Zeug wird dich noch einmal umbringen«, kommentierte Schirmer Haslers Bestellung und grunzte abfällig. »Das ist Hasenfutter, nichts für einen gestandenen Mann wie dich.«

Hasler überging die Bemerkung seines Vorgesetzten mit einem stillen Lächeln und schlug den Ordner wieder auf. »Ich habe in unseren Datenbanken einiges über Mehrdad Heinzbauer gefunden. Können wir das durchgehen, bevor das Essen kommt?«

Einmal mehr wunderte sich Schirmer über die Leistungsfähigkeit seines Assistenten. Hasler hatte die Nacht durchgearbeitet, sämtliche erforderlichen Recherchen zu den Toten angestellt und gleich nach der Morgenbesprechung damit begonnen, Informationen über Mehrdad Heinzbauer zusammenzutragen. Wahrscheinlich lag die Pressemitteilung, zu der er ihn verdonnert hatte, auch schon auf Plaschs Schreibtisch. Und wieder erkannte er, wie sehr er auf Hasler angewiesen war. Es war einfach unvorstellbar, eines Tages ohne ihn auskommen zu müssen. »Dann schieß mal los. Lange wird es ja hoffentlich nicht dauern.«

»Mehrdad Mogghabi kam 1984 aus dem Iran in unser Land. Wenige Monate später heiratete er eine Österreicherin, was ihm einen neuen Familiennamen, einen Aufenthaltstitel und drei Jahre später die Staatsbürgerschaft einbrachte. Die Ehe wurde vier Monate nach Verleihung der Staatsbürgerschaft wieder geschieden. Schon damals ermittelte die Fremdenpolizei wegen des Verdachts der Scheinehe gegen Heinzbauer, konnte ihm aber nichts nachweisen. Er hatte verschiedene Jobs als Türsteher und Chauffeur von arabischstämmigen Unterweltgrößen in Wien. Dreizehn Vorstrafen wegen verschiedenster Gewaltdelikte stehen im Register. 2001 erfolgte ein Sprung auf der Karriereleiter. Heinzbauer wurde Geschäftsführer eines Nachtclubs. Im Jahr 2007 wurde er wegen Zuhälterei, Menschenhandel und Mitgliedschaft in einer kriminellen Organisation zu vier Jahren Knast verurteilt. Heinzbauer hat keinen seiner Hintermänner verraten und die Strafe bis zum letzten Tag abgesessen. Nach seiner Haftentlassung hat man ihn zum Geschäftsführer des ›Zeus Club‹ gemacht. Offenbar die Belohnung für treue Dienste und Loyalität.«

Das Essen wurde serviert. Hasler unterbrach seine Ausführungen, lehnte sich zurück und nippte kurz an seinem Ayran, bevor er fortfuhr. »Der Club gehört einer in Wien eingetragenen Gastronomiegesellschaft. Von den Kollegen der Wirtschaftspolizei weiß ich, dass die Gesellschaft Teil eines undurchschaubaren Firmengeflechts ist. Ihr Geschäftsführer sitzt irgendwo in der Türkei und lässt sich in Österreich von den besten Anwälten vertreten.«

Schirmer versuchte, das eben Gehörte abzuspeichern, und fragte sich, was das Eingehen einer Scheinehe derzeit wohl einbrachte. Er hatte einmal einen solchen Fall zu bearbeiten gehabt. Einer Fixerin vom Mödlinger Bahnhof waren für eine Scheinehe mit einem Mann aus Serbien zehntausend Euro versprochen worden. Nach der Trauung wurde die Frau um ihr Geld betrogen, schwer misshandelt und halb tot im Wienerwald abgelegt. Erst nach monatelangen Nachforschungen hatte er mit Hasler die Täter festnehmen können.

Schirmer biss in das gefüllte Fladenbrot. Das Fett vom Fleisch rann aus seinen Mundwinkeln. Er bückte sich, hob ein auf den Boden gefallenes Stück Tomate auf und stopfte es dahin zurück, wo es hergekommen war. »Der Kuchen wird anscheinend immer kleiner. Türken, Araber, Jugos, Russen und Nigerianer kämpfen um die Vormachtstellung in der Wiener Unterwelt. Ich habe wirklich keinen Bock drauf, dass der verdammte Scheiß ausufert und wir uns auch mit solchen Sachen rumschlagen müssen.«

»Gegen den ›Zeus Club‹ liegt bis jetzt offiziell nichts vor«, sagte Hasler. »Wenzel und Balogh haben in den Berichten nachgesehen. Kein einziger Einsatz seit der Eröffnung, nicht einmal wegen Lärmbelästigung. Müllers Bericht über den Club anlässlich einer Routinekontrolle liest sich wie eine Hymne. Alles passt dort, einschließlich der feuerpolizeilichen und sanitären Gegebenheiten. In den Datenbanken steht natürlich nichts von verdeckten Ermittlungen des Bundeskriminalamtes, das müssen wir Graf einfach glauben.«

Irgendetwas in Haslers Bericht ließ Schirmer aufhorchen. Doch ehe er den Gedanken verbalisieren konnte, war er auch schon wieder weg. Schirmer ahnte bereits, dass dieser Umstand die kommenden Dinge nur noch komplizierter machen würde. Nachdem er den letzten Bissen seines Kebabs hinuntergeschlungen hatte, zündete er sich eine Zigarette an und beobachtete Hasler beim Mümmeln seines Hasenfraßes.

***

Die beiden standen noch eine Weile vor Alis Kebabhaus zusammen, Schirmer rauchte und beobachtete die vorbeifahrenden Fahrzeuge. Auf der anderen Straßenseite befand sich der Parkplatz des Bezirkspolizeikommandos. Zwei Streifenbeamte waren eben aus einem Funkwagen gestiegen, einer erblickte die Kollegen und hob die Hand. Es war einer jener Polizisten, die Schirmer am Vorabend umgerannt hatte. Hasler erwiderte den Gruß.

Schirmer drehte sich um und warf die Zigarette zu Boden. »Mit der Balogh muss ich wegen gestern noch reden«, sagte er, noch immer der Hauswand zugedreht. »Es kann nicht sein, dass sie mich vor den Kollegen und dem Presseheini bloßstellt.«

»Aber Sarah hat doch gar nichts getan. Du bist angeflogen wie der Racheengel höchstpersönlich und hast, ohne zu fragen, alles niedergewalzt. ›Sie drehen ganz schön am Rad‹, hat Sarah zu dir gesagt, wenn ich mich richtig erinnere, und das kannst du ihr wohl wirklich nicht übel nehmen. Wie würdest du als Frau denn reagieren, wenn dich ein hundertzehn Kilo schwerer Mann zu Boden reißt?«

»Ich habe keine hundertzehn Kilo mehr! Nur mehr neunzig«,

fauchte Schirmer. Er hatte sich wieder umgedreht, froh darüber, dass die Kollegen verschwunden waren. Ohne Hasler anzusehen, fuhr er fort. »Mir passt das nicht und aus. Wenn sie mit dem Presseheini nicht fertig wird, warum ruft sie dann keinen von uns zu Hilfe?«

»Aber sie ist mit Herrn Friedl doch klargekommen. Du hast die Lage nur falsch interpretiert.«

»Ja, ja, du und deine geistreichen Situationsanalysen. Lass mich bloß in Ruhe mit deinem gescheiten Gerede.« Schirmer erwog, sich Sarah Balogh gleich jetzt zur Brust zu nehmen, aber Hasler informierte ihn darüber, dass Wenzel und Balogh damit beschäftigt waren, das von Müller betreute Analyseprogramm mit den Daten der Vandalenakte zu füttern. Plasch wollte am nächsten Morgen eine professionelle Auswertung der Vorfälle auf seinem Tisch liegen haben, es war Eile geboten.

»Weil wir gerade über Friedl sprechen, ich habe da was für dich.« Hasler klemmte sich den Heinzbauer-Ordner unter den Arm und fingerte die zerknickte Visitenkarte des Journalisten aus seiner Brusttasche. »Ruf ihn bitte an und gib ihm ein paar Infos zu den Toten. Und wenn du nebenbei Graf erwähnst, lenkt das Friedls Interesse möglicherweise von uns ab.«

Schirmer hatte natürlich nicht vergessen, dass Haslers Abmachung mit Friedl ihm eine Anzeige wegen tätlichen Angriffs auf einen Journalisten erspart hatte. Friedl hatte versprochen, die Sache zu vergessen, wenn man ihm einen kleinen Informationsvorsprung vor den anderen Medienvertretern verschaffte. Plasch hatte für den nächsten Vormittag eine Pressekonferenz anberaumt, aber Friedl würde dank Schirmer schon in der Morgenausgabe der »Mödlinger Zeitung« über den spektakulären Leichenfund berichten können. Ich habe also einen Deal mit einem Schmierfink, dachte Schirmer. Weit bin ich gekommen. Wirsch riss er Hasler das Stück Karton aus den Händen. »Ich werde drüber nachdenken«, blaffte er seinen Assistenten an.

Hasler lächelte zufrieden. »Gut, sehr gut sogar, Chef. Übrigens habe ich die von Plasch verlangte Presseerklärung noch vor dem Essen geschrieben und für dich unterzeichnet. Ich hoffe, das passt dir so.«

Schirmer nickte schweigend. Ihm fiel ein Stein vom Herzen. Somit bestand kein Grund mehr, heute noch einmal ins Bezirkskommando zurückzukehren. Er teilte Wenzel telefonisch mit, den restlichen Tag mit Erhebungen beschäftigt zu sein, die unangenehme Begegnung mit Müller und seinem Analyseprogramm konnte bis zum nächsten Tag warten.

Hasler verabschiedete sich, er hatte die vergangenen dreißig Stunden durchgearbeitet, und Schirmer blickte seinem Assistenten nach, bis dieser hinter einer Häuserecke verschwunden war. Erst jetzt fiel ihm auf, dass er Jonas Friedls Visitenkarte noch immer in der Hand hielt. Er tippte die Nummer in sein Handy, speicherte Friedl als neuen Kontakt und ging anschließend seine Anrufliste durch. Bei Katjas Nummer hielt er inne und ließ das Telefon nach kurzem Zögern wählen.

8

Das Fenster stand weit offen. Die Geräusche des Weinguts drangen in sein Zimmer und vermengten sich mit den Stimmen. Anfänglich war es nur ein kaum hörbares Flüstern, aber mit jeder Wiederholung wurden die Worte zu einem immer eindringlicheren Gesang, der Albrechts Gehirn marterte.

Wir wissen, was geschehen ist,
Blut und Tod und Schmerz.
Wir wissen, was du gesehen hast,
Blut und Tod und Schmerz.

Er ballte die Fäuste und trommelte mit ihnen gegen seinen Kopf. Die Anzeichen für einen bevorstehenden Anfall kannte er nur zu gut. Zittern, Schweißausbrüche, Atemnot – und die Stimmen. Die Wände begannen, sich zu bewegen, wanderten langsam aufeinander zu. Er war gelähmt vor Furcht.

Wir wissen, was geschehen ist,
Blut und Tod und Schmerz.
Wir wissen, was du gesehen hast,
Blut und Tod und Schmerz.

Ein Schatten kroch wie ein Insekt über die Zimmerdecke und streckte eine lange knochige Hand nach Albrecht aus. Schwarze Finger wanderten über die Bettdecke, eiskalte Glieder zerrten am Stoff, die Kälte bohrte sich in Albrechts Körper. Der Schatten krächzte:

Ich weiß, was geschehen ist,
Blut und Tod und Schmerz.
Ich weiß, was du gesehen hast,
Blut und Tod und Schmerz.

Plötzlich tauchte Vaters Gesicht vor ihm auf. Sein Kopf tanzte in der Dunkelheit wie ein Korken auf dunklem Nachtwasser. Gischt schlug gegen die erstarrte Fratze. Vaters Augen weit aufgerissen in den letzten Sekunden seines Lebens. Aus dem halb geöffneten Mund drangen Worte:

Du weißt, was geschehen ist,
Blut und Tod und Schmerz.
Ich weiß, dass du mich gesehen hast,
in Blut und Tod und Schmerz.

Hitze. Das Gesicht fing Feuer. Lodernde Flammen schälten den Schädel und legten weiße Knochen frei. Vaters Augäpfel liefen aus, ihr Inneres rann in dünnen Bahnen auf Albrechts Bettdecke. Dann verwandelte sich alles, was von Vater übrig geblieben war, und wurde zum toten Mann aus der Halle. Ein Eisenrohr schnitt singend durch Albrechts Zimmer, und während der Schädel entzweibrach, flüsterte er:

Du weißt, was mit mir geschehen ist,
Blut und Tod und Schmerz.
Ich weiß, dass du es gesehen hast,
Blut und Tod und Schmerz.

Blitzschnell griff die Kralle zu. Eiskalter Tod. Dann zerbarsten die Bilder wie das Haupt des Mannes in der Halle, und jemand riss die Decke weg. Albrecht schrie stumm.

»Mein Schatz, mein armer Schatz! Alles ist gut.« Mutter stand neben Albrechts Hochbett und streichelte über seine Stirn. »Wo bist du gestern Abend so lange gewesen? Ich habe mir große Sorgen um dich gemacht. Großvater sieht es nicht gern, wenn du dich heimlich aus dem Haus schleichst. Geben wir Opa das nächste Mal Bescheid, wann wir gehen oder nach Hause kommen, tun wir das?«

Albrecht nickte und blickte zur Wanduhr. Die beiden Zeiger trafen sich gerade auf der Zwölf.

Mutter fuhr durch sein nass geschwitztes Haar und küsste ihn auf die Stirn. »Hast du wieder geträumt?« Sie begann zu weinen, sah zur Seite, um die Tränen vor ihrem Sohn zu verbergen. Unweigerlich fiel ihr Blick auf all die Zeichnungen, die ihren verstorbenen Mann zeigten. »Er fehlt mir auch«, flüsterte sie.

Nachdem seine Mutter gegangen war, lag er noch lange im Bett, seinen Blick wieder starr an die Decke gerichtet. Dort oben hatte Vater fluoreszierende Plastiksterne angebracht, die im Dunkeln leuchteten. Obwohl sich einige im Laufe der Jahre gelöst hatten, waren immer noch genügend vorhanden, um Albrecht einen Sternenhimmel vorzugaukeln. Er wünschte sich die Nacht herbei, denn in der Nacht würden Vaters Sterne wieder funkeln. Ruckartig setzte er sich auf. Er musste zeichnen. Jetzt. Wie in Trance kletterte er die Leiter hinab und setzte sich an den Schreibtisch unter dem Hochbett. Er befestigte die Lampe auf seiner Stirn, griff nach den Stiften und schlug den Zeichenblock auf. Nachdem er sich eine Decke über den Kopf gezogen hatte, begann er. Die Striche fanden ihren Weg wie von selbst auf das Papier. Albrecht schloss die Augen und verließ sich auf sein Erinnerungsvermögen. Zum ersten Mal seit Jahren zeichnete er etwas anderes als seinen Vater. Nach und nach erschien auf dem Blatt das Gesicht des Mannes, der in der Halle gestorben war.

Du weißt, was geschehen ist,
Blut und Tod und Schmerz.
Ich weiß, dass du mich gesehen hast,
in Blut und Tod und Schmerz.

9

Nach der Scheidung war Katja in den Norden der Stadt gezogen, während Schirmer eine kleine Mietwohnung an der Grenze zu Wiener Neudorf bezogen hatte. Er fragte sich oft, wie sich seine Exfrau die Miete für ihr neues Haus leisten konnte, das in einer der vornehmsten Gegenden Mödlings lag. Parkstraße 8 c, ein gelb gestrichener Prunkbau. Schon mehrmals hatte er ernsthaft darüber nachgedacht, die gemeldeten Personen für Katjas Anschrift im Melderegister abzufragen. Für Schirmer stand außer Frage, dass ein reicher Liebhaber für das Luxusdomizil aufkam. Einzig die strengen Datenschutzrichtlinien und vermehrten Kontrollen seitens der Aufsichtsbehörde hielten Schirmer davon ab, eine kleine Dienstpflichtverletzung zu begehen. Die Vorstellung, dass Katja die Geliebte für einen unbefriedigten Geldsack abgab und dafür von diesem ausgehalten wurde, machte ihn rasend, sooft er darüber nachdachte. Schirmer hatte sich immer noch nicht damit abgefunden, Katja mittlerweile völlig egal geworden zu sein. Beinahe täglich fuhr er im Schritttempo durch die Parkstraße, um einen Blick auf sie oder ihren mysteriösen Gönner zu erhaschen, doch leider bisher ohne Erfolg. Er stellte sich einen dicken, kleinwüchsigen Anwalt mit Glatze vor, der einmal, vielleicht auch zweimal pro Woche das Liebesnest aufsuchte, in dem Katja schon sehnsüchtig – oder auch nicht – auf ihn wartete. Schirmer hätte seine letzte Zigarette dafür gegeben, dem Unbekannten über den Weg zu laufen, aber jedes Mal, wenn er Erhard brachte oder holte, öffnete Katja die Tür gerade mal so weit, dass der Hund hindurchschlüpfen konnte. Nie hatte sie Zeit, war stets kurz angebunden und gab Schirmer das Gefühl, ungelegen zu kommen, obwohl die Hundetauschtreffen doch stets abgesprochen waren.

Diesmal hatte er den Wagen am Anfang der Straße abgestellt. Er wollte die wenigen Meter bis zur Hausnummer 8 c gehen und sich dabei eine Strategie zurechtlegen. Alles sprach dafür, dass Katjas Liebhaber heute da sein würde. Schirmers erster Anruf war von einem Mann entgegengenommen, der zweite Versuch, seine Exfrau telefonisch zu erreichen, mit einer SMS beantwortet worden. »Komm vor die Tür. Katja.«

Irgendwo hinter den weißen Vorhängen würde der Typ stehen, ihn und Erhard beobachten und sich womöglich über sie lustig machen. Schirmer fasste einen Entschluss. Sollte er jemanden hinter den Gardinen bemerken, würde er drohend den Zeigefinger auf ihn richten und laut fragen, ob der Grund für seine Scheidung womöglich ein ganz anderer war, als Katja ihm Glauben gemacht hatte.

Und was tust du, wenn der Mistkerl tatsächlich aus dem Schatten tritt? Wenn er jung, sportlich und testosterongesteuert ist?, fragte sich Schirmer und hatte darauf keine Antwort. Es war vermutlich die Gewissheit, die er suchte. Den erforderlichen letzten Stich in die tiefe Wunde, bevor sie endlich heilen durfte.

Die wenigen Meter zum Gebäude führten bergauf, Schirmer litt bereits nach der Hälfte unter Kurzatmigkeit. Er hatte in den letzten Monaten einiges an Gewicht verloren, ging wandern und ernährte sich halbwegs vernünftig, aber noch immer forderten die Zigaretten ihren Tribut. Als er einen heftigen Stich in der Seite spürte, blieb er stehen und lehnte sich an eine Hauswand. Während er die Hand in die Hüfte presste, fiel ihm ein längst vergangener Fall ein, der sich in dieser Gegend zugetragen hatte.

Ein prominenter Schönheitschirurg war am helllichten Tag nackt durch die Parkstraße gelaufen und hatte mit einem Skalpell die Reifen abgestellter Autos zerstochen. Nachdem ein Streifenwagen eingetroffen war, ging der Mann zuerst auf die Beamten los, bevor er eine zufällig vorbeikommende Fußgängerin als Geisel nahm und sich mit ihr in seinem Haus verschanzte. Parkstraße 197. Schirmer konnte sich an die Adresse noch genau erinnern. Eine halbe Nacht lang hatte er auf den Mann eingeredet, bis dieser schließlich die Frau gehen ließ und aufgab. Vor Gericht vertrat ein Gutachter die Ansicht, dass das Verhalten des renommierten Arztes auf eine Psychose zurückzuführen sei und keine Schuldfähigkeit vorliege. Der

Chirurg wurde in eine Nervenheilanstalt eingewiesen, aus der er sechs Monaten später als geheilt entlassen wurde. Sein Opfer litt noch Jahre später unter Angstzuständen. Hasler hatte die Frau mehrmals besucht, bis sie aus Mödling fortgezogen war. Bei der Erinnerung an die Anwälte des Mannes, die im Gerichtsaal bei der Verkündung des Urteils gejubelt hatten, ohne auf die Frau Rücksicht zu nehmen, wurde Schirmer noch heute wütend. Seit damals stellte er sich oft die Frage, ob zutraf, was ein längst verstorbener Kollege nach ein paar Bieren einmal zu ihm gesagt hatte: »Vor dem Gesetz sind nur die VOEST-Arbeiter gleich.«

Er konnte wieder gleichmäßig und ohne Seitenstechen atmen und ging weiter. Als er Katjas Haus erreichte, beschleunigte sich sein Puls aber erneut, und ihm war durchaus bewusst, dass es diesmal nicht an der körperlichen Anstrengung lag. Zu seinem Erstaunen sah er, dass ein Fenster neben der Eingangstür weit offen stand. Keine zugezogene Gardine, hinter der sich ein unbefriedigter Anwalt versteckte, kein dunkler Schatten, auf den Schirmer mit dem Finger zeigen konnte. Stattdessen befand sich hinter dem Fenster offenbar ein Arbeitsraum, in dem eine ältere Frau an einem Bügelbrett stand und Wäsche ordnete. Er klingelte.

***

»Katja da?«, fragte Schirmer forsch, nachdem ihm geöffnet worden war.

»Guten Tag. Sie holen bestimmt Erhard ab. Frau Neuberger hat mir Ihr Kommen angekündigt. Eigentlich hatte ich gestern schon mit Ihnen gerechnet.«

»Und Sie sind?«

Die Frau stand aufrecht in der Tür und blieb betont freundlich. Ein knielanger Rock und eine hochgeschlossene Bluse, beides in Mausgrau, verliehen ihr das strenge Aussehen einer Gouvernante aus dem vorletzten Jahrhundert. Sie passte perfekt in dieses Haus und in diese Gegend, in der vorwiegend Villen standen. Das hochgesteckte Haar, ebenfalls grau, erinnerte

Schirmer an seine Großmutter. Die Dame hielt dem strengen Polizistenblick lächelnd stand, und Schirmer sah ein, dass er sie mit seiner rüden Art nicht beeindrucken konnte.

»Ich bin Frau Neubergers Haushaltshilfe. Leider kann ich Sie nicht hereinbitten, ich gehe gleich.«

Das wurde ja immer besser. Wie konnte sich Katja mit ihrem kargen Gehalt als Sonderschullehrerin ein Haus in der Parkstraße samt Haushälterin leisten? In Schirmers Vorstellung nahm der gut betuchte Anwalt wieder Gestalt an.

»Kann ich wenigstens ein Wort mit meiner Ex … mit Frau Neuberger sprechen?« Er spürte selbst, dass er jetzt alles andere als souverän klang.

»Frau Neuberger ist gestern mit ihrem Verlobten verreist. Sie hat mich vorgewarnt, dass Sie viel arbeiten und den Hund möglicherweise später holen werden. Aber einen ganzen Tag später?«, wies sie Schirmer deutlich auf seine Verfehlung hin.

Ihm wurde heiß und kalt zugleich, und er sparte sich die Frage, wohin Katja gefahren war. Die Haushaltshilfe, deren Namen er noch immer nicht wusste, würde es ihm mit Sicherheit nicht verraten. Seine Gedanken galten der eben erfahrenen Neuigkeit. Katja war verlobt.

»Ihr Verlobter? Wer …?«

»Sie werden verstehen, dass ich Ihnen dazu keine Auskunft geben kann.« Wieder der abweisende Gesichtsausdruck.

Schirmer unterdrückte die aufkommende Wut. Dieses mausgraue namenlose Etwas schien im früheren Leben Türsteherin gewesen zu sein. Die Frau wich keinen Millimeter von ihrem Platz und blieb auf der Hut. Von ihr würde er garantiert nicht mehr erfahren. Das Melderegister und all die anderen Datenbanken, auf die er zugreifen konnte, stellten plötzlich wieder eine verführerische Option dar.

Wer weiß, was Katja dieser Schreckschraube über mich erzählt hat, dachte Schirmer. Vermutlich nichts Gutes, und vermutlich ist alles davon sogar wahr.

Erhard trottete unter der breitbeinig dastehenden Frau hindurch und umrundete Schirmer einmal, bevor er sich scheinbar völlig desinteressiert neben seinem Herrchen niederließ. Natürlich. Sollte der Hund bitte auch noch sauer auf ihn sein, weil er ihn gestern nicht abgeholt hatte.

Die Haushälterin räusperte sich. »Frau Neuberger lässt Ihnen ausrichten, dass Sie Erhard am kommenden Sonntag gerne wieder in Empfang nehmen wird, und bittet Sie, pünktlich zu sein.«

Es langte. »Dann richten Sie meiner Ex doch bitte auch was aus. Sie soll mir das nächste Mal gefälligst Bescheid geben, wenn sie wegfährt. Und wohin sie fährt, würde ich auch gern wissen. Ich muss meine Termine planen.« Schirmer wurde schlagartig klar, wie weinerlich-gekränkt seine Worte geklungen hatten.

Frau Mausgrau schien zum ersten Mal während ihrer Begegnung verwirrt zu sein. Schirmers sinnloser Gefühlsausbruch war unerwartet gekommen, sodass sie stirnrunzelnd den Kopf schüttelte. Eine Geste des Mitleids, wie Schirmer erkannte.

»Komm, Dicker, ich kauf dir eine fette Knackwurst.« Schirmer machte auf dem Absatz kehrt, Erhard stand auf und folgte ihm schwanzwedelnd. Nach wenigen Metern wurde er zurückgerufen.

»Herr Schirmer?«

Er drehte sich um. »Was denn noch?«

»Die Leine. Sie haben die Leine vergessen.«

10

Die Stille machte Dietrich Schornitz Angst, denn er wusste, dass der Gemütszustand seines Gegenübers binnen Sekundenbruchteilen umschlagen konnte. Und was geschah, wenn man Mehrdad Heinzbauers Zorn auf sich zog, hatte er erst vor wenigen Tagen mitansehen müssen. Er hatte auf demselben Stuhl wie jetzt gesessen und mit Heinzbauer geschäftliche Angelegenheiten besprochen, als einer der Türsteher den Raum betreten hatte, um einen ärgerlichen Vorfall zu melden. Eines der Mädchen hatte einem Stammkunden den ungeschützten Geschlechtsverkehr verweigert. Mehrdad Heinzbauer entschuldigte sich bei dem Gast, indem er eine Flasche Sekt und zwei andere Mädchen in dessen Zimmer schickte, und kurz darauf wurde der Grund der Unannehmlichkeiten an den Haaren in Heinzbauers Büro geschleift. Nachdem der Türsteher das Mädchen unsanft in einen Sessel gedrückt hatte, stand Heinzbauer auf und griff im Vorbeigehen nach einem auf einer Kommode stehenden Aschenbecher. Er beugte sich über die junge Frau und schlug ohne Vorwarnung zu. Unter dem ersten Hieb brachen dem Mädchen die Vorderzähne aus, der zweite hinterließ eine tiefe Platzwunde auf ihrer Stirn.

»Ivanka wird ab sofort nur mehr für uns putzen«, stellte Heinzbauer danach fest, als wäre es um eine unbedeutende Personalentscheidung gegangen. »Ich habe die Schlampe persönlich aus einem Kaff in der Slowakei geholt und ihr die Chance gegeben, hier gutes Geld zu verdienen. Wo sie herkommt, fahren die Bauern noch mit Pferdefuhrwerken. Kannst du dir das vorstellen? Dort gibt es nichts! Keine Jobs, keine Zukunftsperspektive, nichts! Und wie dankt mir dieses kleine Miststück meinen Einsatz? Indem sie einen guten Kunden verärgert.«

Ivanka lag zusammengekauert vor Dietrichs Füßen. Ihr Anblick faszinierte ihn und stieß ihn zugleich ab. Der junge, kaum verhüllte Körper erregte ihn, aber das durch rohe Gewalt entstellte Gesicht und das auf den Teppich sickernde Blut zwangen ihm zum Wegsehen.

Wenn Dietrich Schornitz sich an diesen Abend zurückerinnerte, wurde ihm die Gefahr, die von Mehrdad Heinzbauer ausging, nur noch stärker bewusst. Sein Geschäftspartner war skrupellos, für Dietrich bestand kein Zweifel, dass er auch über Leichen gehen würde, sollte es seinen Zielen dienlich sein. Dietrich straffte seinen Körper und schob das Bild von Ivanka weit fort. Es galt, die gefährliche Stille zu durchbrechen.

»Mir ist bewusst, dass Sie mit dem derzeitigen Stand der Dinge nicht zufrieden sind«, ergriff er die Initiative, »aber ich kann Ihnen versichern, dass so etwas nicht noch einmal passieren wird.«

Mehrdad Heinzbauer legte sein Smartphone auf den Tisch und betrachtete Dietrich Schornitz, als hätte er dessen Anwesenheit jetzt erst bemerkt. »Du musst dir was überlegen, mein Freund.«

»Mir gefällt das auch nicht. Es ist nur so –«

»Dir gefällt es nicht?« Heinzbauer schlug mit der Faust auf den Tisch. Die darauf stehenden Gläser kippten um, ihr Inhalt ergoss sich augenblicklich auf die Tischplatte. Heinzbauer griff nach seinem Telefon. »Du bist ein Amateur. Wie konnte dir die Sache so aus dem Ruder laufen?«

»Aber es war doch Ihr Mann, der Geller –«

»Aus! Ich will davon nichts mehr hören. Es geht mir nicht darum, dass Erich diesen Schwanzlutscher erledigt hat. Der Kerl ist mir komplett egal. Fakt ist, dass wir nicht wissen, wo Gellers Aufzeichnungen sind.«

Einer von Heinzbauers Gorillas betrat den Raum. Dietrich erkannte in ihm den Mann, der vor einigen Tagen Ivanka an den Haaren in das Büro gezerrt hatte. Der Muskelberg wischte den Tisch sauber, stellte zwei neue Gläser vor die beiden und verschwand ebenso leise, wie er gekommen war.

»Geller darf nicht gefunden werden, bevor wir nicht die Aufzeichnungen haben.« Heinzbauer beugte sich über die Tischplatte. Unter seinem maßgeschneiderten Hemd zeichnete sich ein durchtrainierter Körper ab. »Kriegst du das hin, Schornitz?« Er packte den anderen am Nacken und zog ihn zu sich heran, ihre Gesichter waren nur wenige Zentimeter voneinander entfernt.

»Man wird Geller nie finden«, sagte Dietrich Schornitz und erzählte dann, dass der Lastwagen mittlerweile auf dem Grund eines Teichs lag und was er mit Istvan Gellers Leiche für Pläne hatte.

»Gut. Sehr gut, mein Freund.« Heinzbauer ließ abrupt von ihm ab, lehnte sich zurück, nahm ein kleines Tütchen aus seiner Brusttasche und schob es über den Tisch.

Schornitz griff gierig danach, aber als er es an sich nehmen wollte, umklammerte Heinzbauer sein Handgelenk. Ein brennender Schmerz durchfuhr Schornitz, Heinzbauer verstärkte den Griff.

»Siebzigtausend«, flüsterte der Nachtclubbesitzer. »Zehntausend für jeden Toten. Das bist du mir schuldig. Geller ist für dich gefahren, die Scheiße musst du ausbügeln. Siebzigtausend plus deine Spielschulden. Hundertzehntausend insgesamt. Und die Unterlagen.« Heinzbauer ließ ihn los. »Alles zusammen bis Ende dieser Woche.«

»Aber wie stellen Sie sich das vor? Ich kann doch nicht so schnell so viel Geld … Und die Unterlagen … Wir wissen doch gar nicht, wo –«

»Dann lass dir etwas einfallen«, fiel ihm Heinzbauer ins Wort. »Du sitzt am Futtertrog, für deinen Schwiegervater ist das doch eine Kleinigkeit. Sieh zu, dass du an das Geld kommst, dann wird am Ende der Woche abgerechnet. Der missglückte Transport hat auch in meine Kasse ein Loch gerissen, ich kann auf das Geld von dir nicht länger warten.« Heinzbauer stand auf, umrundete den Tisch und stellte sich neben Schornitz. »Und solltest du dann nicht zahlen, bekomme ich eine Hand.«

Dietrich Schornitz drehte den Kopf und blickte Heinzbauer fragend an.

»Deine Hand. Sollte ich Ende der Woche das Geld und die Unterlagen nicht haben, schneiden dir meine Leute eine Hand ab. Dann die andere, dann ein Bein und so weiter und so fort.«

***

Dietrich Schornitz taumelte aus dem Club. Die frische Luft half. Nachdem er einige Male tief durchgeatmet hatte, schwand der Brechreiz, und er konnte wieder klare Gedanken fassen.

Er musste sich zusammenreißen. Ihm musste, ihm würde etwas einfallen. Warum nur hatte er sich darauf einlassen? Geringes Risiko und hohen Gewinn, das hatte er ihm versprochen. Und jetzt das.

Als er in den Wagen stieg, zitterte er vor Aufregung. Nachdem er die Stadt hinter sich gelassen hatte, wählte er die Nummer des Mannes, den ihm Heinzbauer zur Seite gestellt hatte. Heinzbauer hatte ihn eine Unterstützung genannt, aber Schornitz wusste, dass Erich Schreitler auf ihn aufpassen sollte. »Wo hast du ihn zwischengelagert? Wir müssen ihn von der Bildfläche verschwinden lassen, endgültig«, blaffte er ins Telefon.

***

Obwohl sie schon seit einer Stunde unablässig mit den Spaten ins Erdreich stachen, war das Loch noch immer nicht tief genug. Selbst hier, unter dem dichten Blätterdach, war der Boden nach wochenlanger Trockenheit hart wie Beton. Wurzeln, dick wie Männerarme, erschwerten ihre Arbeit zusätzlich. Immer wieder hielten sie inne und lauschten angestrengt. Der Wald lebte. Tiere krochen durch das Unterholz, neugierige Augen funkelten im Mondlicht. Irgendwo über ihnen schrie ein Kauz, der Wind sang in den Baumwipfeln. Für einen Moment schien es ihnen, als würde eine Gestalt vom nahen Forstweg aus ihr schauriges Treiben beobachten, dann war die Illusion wieder vorbei.

Schornitz richtete sich auf und drückte die Hand in seinen Rücken. »Wenn wir nicht bald schneller vorankommen, schaffen wir es bis Tagesanbruch niemals. Leg dich ins Zeug. Ich habe keine Lust, einem Spaziergänger oder dem Förster in die Arme zu laufen.«

Sein Gehilfe tippte mit dem Blatt seines Spatens auf das Paket, das neben ihnen lag. Er hatte den Leichnam in mehrere Müllsäcke gehüllt und anschließend mit Textilklebeband umwickelt, aber an einigen Stellen trat noch immer Blut aus. »Zwei Meter lang und mindestens genauso breit und tief, Boss. Wenn wir den nicht ordentlich einbuddeln, gräbt ihn der nächstbeste Hund wieder aus.«

»Halt dein Maul und schaufle gefälligst weiter.« Schornitz sah zur Burgruine hinauf. Die Überreste des verfallenen Wohnturms neigten sich bedrohlich zu ihnen herab, als wären sie ein Wächter, der das Geschehen am Fuß des Hanges kritisch beäugte. Für einen Moment dachte Schornitz, dass sich dort oben etwas bewegte, aber er musste sich täuschen. Er schüttelte den Kopf, versuchte, wieder klar zu denken. Seine Augen brannten, Blut lief ihm aus der Nase. Die Beschwerden plagten ihn schon seit Wochen. Nachdem er einen zähen Brocken Schleim ausgehustet hatte, griff er in seine Hosentasche und knetete das darin befindliche Tütchen. Sein Inhalt würde seine Belohnung sein, wenn das hier erledigt war. »Weiter, wir müssen einen Zahn zulegen.«

Gehorsam lockerte der Spaten seines Gehilfen das feste Erdreich. Hätten sie den Drecksack doch bloß woanders entsorgt. Sie hätten ihn zerstückeln und über die ganze Stadt verteilen können. Mödling verfügte über so viele Mülltonnen, niemandem wäre etwas aufgefallen. Oder in der Au! Die nahen Wälder entlang der Triesting wären ideal gewesen. Der Boden dort war mit Sicherheit um einiges weicher, das sumpfige Terrain hätte den Verräter einfach verschluckt. Es war eine Schnapsidee gewesen, hier heraufzufahren.

»Boss? Ich glaube, jetzt geht es ein bisschen leichter«, schnaufte sein Helfer. »Hier, sehen Sie?« Er lud einen großen Brocken Erde auf seine Schaufel und beförderte ihn mit einer schwungvollen Bewegung in das nahe Gehölz.

Dietrich Schornitz war zufrieden. »Gut. Dann machst du hier allein weiter, ich warte im Wagen auf dich«, stellte er unmissverständlich klar, wer hier das Sagen hatte. Ihm stand der Sinn nach etwas ganz anderem.

»Geht klar, Boss. Sie können sich auf mich verlassen.«

***

Nachdem die Wirkung des Pulvers das Zentralnervensystem erreicht hatte, begannen sich die Knoten in Dietrich Schornitz' Gehirn zu entwirren. Was sich eben noch als unlösbares Problem vor ihm aufgetürmt hatte, war plötzlich eine Nebensache geworden. Er würde auf alles die richtige Antwort finden, er wusste, was als Nächstes zu tun war. Schornitz grinste, begann hysterisch zu lachen, hämmerte mit seinen Fäusten wie von Sinnen auf das Armaturenbrett ein. Selbst das Blut, das noch immer aus seiner Nase rann, war in diesem Augenblick so unbedeutend wie Mückenschiss. Er würde einfach seine ursprünglichen Pläne ändern und früher abhauen als geplant. Das Geld musste reichen, bis er auf seine Vorräte zugreifen konnte. Und abzuhauen fiel ihm leicht: Das Gut, seine frigide Frau und der Idiot bedeuteten ihm nichts.

»Du sitzt am Futtertrog«, hatte Heinzbauer gesagt und Dietrich Schornitz damit auf eine Idee gebracht.

»Mir drohst du? Weißt du überhaupt, mit wem du dich anlegst? Legionen, ich hab Legionen hinter mir!« Er sprang aus dem Wagen und begann zu tanzen, wirbelte im Licht der Scheinwerfer herum. In diesem Moment war alles so leicht.

11

Schirmer schlief so schlecht wie schon lange nicht mehr. Nachdem er sich stundenlang im Bett herumgewälzt und über Katja nachgedacht hatte, rief er schließlich Jonas Friedl an. Zu seiner Überraschung hob der Journalist bereits nach dem ersten Läuten ab. Schirmer warf einen Blick auf die Leuchtziffern des Radioweckers: Es war kurz nach zwei.

Normale Menschen schlafen um diese Zeit, dachte er.

Schirmer entschuldigte sich weder für die nächtliche Störung noch für den Eklat beim Bahnhof, sondern erklärte in knappen Worten, was sie bislang über die Leichen in Erfahrung gebracht hatten. Das Gespräch dauerte nicht lange, auch weil Schirmer die Beteiligung des Bundeskriminalamtes und den Verdacht gegen Mehrdad Heinzbauer seinem Bauchgefühl folgend unerwähnt ließ. Aber auch mit den wenigen Infos hatte Schirmer seinen Teil der Vereinbarung erfüllt und Friedl einen Vorsprung vor der Journalistenkonkurrenz verschafft. Als Gegenleistung würde der tätliche Angriff am Bahnhof keine Folgen nach sich ziehen. Nach dem Telefonat ging Schirmer noch einmal zu Bett und sah um vier zum letzten Mal auf die Uhr, bevor er in einen unruhigen Schlaf glitt.

Zwei Stunden später erwachte er mit einer Hundezunge auf seinem Gesicht. Er konnte sich nicht erklären, wie es der übergewichtige, kurzbeinige Erhard auf das Bett geschafft hatte, aber das Tier stand auf seiner Brust und leckte unablässig über die Wangen seines Herrchens.

»Meine Herren, hast du Mundgeruch!« Schirmer griff mit beiden Händen nach dem Hund und setzte ihn vor dem Bett auf den Boden. Erhards Winseln klang nach Beleidigung. Der Hund trottete aus dem Schlafzimmer, ohne sich noch einmal umzusehen, und kurz darauf war aus der Küche das Klappern des Futternapfs zu hören. Erhard zog die Überreste der letzten Mahlzeit der schlechten Laune seines Herrchens vor.

Schirmer duschte, zog frische Kleidung an und füllte den leeren Fressnapf mit Trockenfutter, unter das er einige Chlorophylltabletten mischte, um Erhards Maulgeruch zu mildern. Als er um acht Uhr das Haus verließ, rief Hasler an.

»Guten Morgen, Harald. Wie geht es dir heute?«

»Passt. Warum rufst du an? Ich bin schon auf dem Weg ins Büro.«

»Ich wollte dich nur daran erinnern, dass wir in einer Stunde einen Termin bei Otto Schornitz haben.«

»Hab ich nicht vergessen, Alter«, log Schirmer, denn seitdem er Frau Mausgrau in der Parkstraße getroffen hatte, beschäftigten sich seine Gedanken vorwiegend mit Katja und ihrem geheimnisvollen Verlobten. Als er in den Volvo stieg, stand sein Entschluss fest. Er würde nichts unversucht lassen und herausfinden, wer der Neue in Katjas Leben war.

***

Schirmer sammelte Hasler vor dem Bezirkspolizeikommando ein. Das Gut Schornitz lag in den Weinbergen vor Mödling, auf halber Strecke nach Baden. Während der Fahrt erzählte Hasler, was sich in der letzten Nacht im Bezirk ereignet hatte. Ein Zeitungsbote war vor wenigen Stunden von Unbekannten angepöbelt und zusammengeschlagen worden. Jetzt lag Adel Halil, so hieß der Mann, mit mehreren gebrochenen Rippen und einer schweren Gehirnerschütterung im Mödlinger Krankenhaus. Wenzel und Balogh waren auf dem Weg zu ihm.

»Er wurde von den Männern um Geld angeschnorrt, und nachdem er ihnen gesagt hatte, keines bei sich zu haben, zogen sie ihn vom Rad und prügelten auf ihn ein. Drei oder vier Täter, so genau hat das die Streife vor Ort nicht erfragen können. Und wieder mal hat niemand was gesehen oder gehört.

»Wenzel und Balogh werden bestimmt bald Genaueres wissen«, sagte Schirmer. »Wenn wir nicht bald einen Ermittlungserfolg verzeichnen können, setzt man uns vielleicht noch das LKA oder den Staatsschutz vor. Mir langt schon, dass Graf sich in unsere Angelegenheiten einmischt.«

Sie hatten das Weingut erreicht. Schirmer lenkte den Wagen im Schritttempo durch eine Allee, die zu dem Hauptgebäude des Anwesens führte.

War es wirklich so einfach? Reichten Freibier, die Verteilung von Essensschecks und das Spielen mit den Ängsten der Menschen aus, um eine hasserfüllte Stimmung zu erzeugen? Einmal mehr kam Schirmer zu der Überzeugung, dass die Ursachen für die Vandalenakte auch im aggressiven Auftreten der Patriotischen Option zu suchen waren. Und in dem dreistöckigen Gebäude am Ende der Allee saß der Mann, den Schirmer für die Gewalttaten und die Schmierereien verantwortlich machte.

»Bist du schon mal hier oben gewesen? Ganz schön nobel. Da sieht man mal wieder, wo das Geld zu Hause ist.« Hasler stieß einen neidvollen Pfiff aus, während der Wagen vor dem Hauptgebäude des Guts ausrollte.

Schirmer konnte die Meinung seines Assistenten nicht teilen. Die Fassade, einst im vornehmen Schönbrunner Gelb gestrichen, war an vielen Stellen grau, teilweise liefen tiefe Risse durch das Mauerwerk oder der Verputz war großflächig abgeplatzt. Die hohen Fenster auf der Frontseite der Villa wirkten, als würden sie aus vergangenen, aus besseren Tagen in eine trostlose Zukunft blicken. Selbst die zwei steinernen Löwen, welche die Treppe zum Haupteingang bewachten, hatten ihre ursprüngliche Ausstrahlung eingebüßt. Die Raubtiere, Bestandteil des Wappens deren von Schornitz, waren von oben bis unten mit Taubenkot bedeckt. Auf den einstmals so stolzen Steintieren lag ein Schleier aus Hoffnungslosigkeit, der auch alles andere einhüllte, was Schirmer vom Gut bislang gesehen hatte.

»Wenn ich mir den Schuppen so anschaue, bezweifle ich ernsthaft, dass hier das Geld zu Hause ist.« Schirmer schloss den Wagen ab und zündete sich eine Zigarette an. »Du hast ja selbst bemerkt, dass wir die letzten zehn Minuten durch Weinberge gefahren sind, von denen ein Großteil brachliegt. Eigentlich sollte alles bepflanzt sein, es ist Mitte August, und bald beginnt die Weinlese.« Schirmer hatte sich in den letzten Wochen eingehend mit Otto Schornitz beschäftigt. Jetzt war er überzeugt, alles über den Vorsitzenden der Patriotischen Option zu wissen. »Schenkt man den Berichten Glauben, befindet sich das Weingut Schornitz seit Jahren in finanziellen Schwierigkeiten. Das bisschen Wein, das hier noch angebaut wird, wird mittlerweile ausschließlich nach Ungarn exportiert. Die verkaufen das Zeug im Tetra Pak, kannst du dir das vorstellen?«

»Schmeckt wahrscheinlich wie Essig«, antwortete Hasler, der von alkoholischen Getränken genauso viel verstand wie Schirmer vom Theater.

Schirmer pflichtete seinem Assistenten im Stillen bei. Die Nächte, in denen er zwei bis drei Liter Wein aus Plastikflaschen getrunken hatte, lagen noch gar nicht so lange zurück. »Würde sich der edle Herr Schornitz um seinen Betrieb kümmern, statt den Erlöser Österreichs zu spielen, dann hätten wir ein paar Probleme weniger.« Schirmer blätterte in den mitgebrachten Unterlagen zu den Vandalenakten, bis er die Klarsichthülle mit den Aufklebern der Patriotischen Option fand. »›Stolz und treu fürs Heimatland‹, ›Überfremdung stoppen‹, ›Gegen die Gastarbeiterlüge‹«, las er laut vor. »Wer immer sich diesen Schwachsinn ausgedacht hat, er ist mitverantwortlich für den Mist, mit dem wir uns seit Wochen herumschlagen.« Schirmers flache Hand klatschte auf den Ordnerrücken. »Heute wird mir der Typ dadrinnen endlich erklären, wer diese Sticker unter die Leute bringt.« Schirmer nahm den Zigarettenstummel aus dem Mundwinkel und schnippte ihn in ein Blumenbeet.

»Vergiss bitte nicht, dass wir wegen dem gestohlenen Wagen hier sind.« Hasler wollte ausloten, wie es um dem Schirmer'schen Vulkan bestellt war. »Wir nehmen die Anzeige einfach auf, und im Zuge dessen kannst du Schornitz ja vorladen. Ohne Anwalt wird er uns sowieso nichts sagen.«

Schirmer blickte zum Haus. Hinter einem der Fenster regte sich etwas. Der Vorhang bewegte sich, sie wurden bereits erwartet.

***

Linda Schornitz empfing die beiden Kriminalbeamten am Treppenabsatz. Die Tochter von Otto Schornitz gehörte zu der Sorte von Menschen, die in Warteschlangen gern übersehen werden und deren Geburtstag selbst enge Familienmitglieder regelmäßig vergessen. Die blasse, beinahe durchsichtige Haut ließ sie älter erscheinen, als sie tatsächlich war. Viel zu dünne Beine trugen den Oberkörper, sie hinkte leicht. Als sie den beiden Ermittlern entgegenging, musterte Schirmer das verkürzte Bein einen Augenblick zu lange.

»Das Ergebnis eines missglückten Eingriffs«, kommentierte Linda Schornitz den Blick. »Wäre ich damals ein paar Jahre älter gewesen, hätte ich den Chirurgen verklagt. Mein Name ist Linda Schornitz, ich heiße Sie auf Gut Schornitz herzlich willkommen.« Das entwaffnende strahlende Lächeln, das sie den Beamten schenkte, bildete einen unerwarteten Gegensatz zu ihrer Erscheinung. Schirmer blickte verlegen zu Boden und kratzte sich am Kopf, bevor er erst sich, dann Hasler vorstellte und bat, mit Otto Schornitz sprechen zu dürfen.

Ein dunkelroter Läufer schluckte den Klang ihrer Schritte, während sie Linda Schornitz erst durch das Vestibül und anschließend durch einen von ihm abzweigenden Korridor folgten. Schirmer und Hasler bestaunten die Jagdtrophäen, die sich an den Wänden aneinanderreihten. Anscheinend liebte Otto Schornitz die Jagd.

»Wo schießt Ihr Vater die Tiere?«, fragte Hasler.

»Früher war er beinahe jede Woche bei irgendeiner Jagd eingeladen. Aber seit er sich politisch engagiert, hat er dafür leider keine Zeit mehr.«

»Er scheint ein guter Schütze zu sein.« Hasler war beeindruckt.

Linda Schornitz verlangsamte ihre Schritte und blieb vor einer Tür am Ende des Flurs stehen. »Vater liebt das Töten. Hier ist sein Arbeitszimmer. Bitte treten Sie ein.«

12

Der Anblick enttäuschte Schirmer. Er hatte den Vorsitzenden der Patriotischen Option bislang nur auf Bildern gesehen und sich auf eine Begegnung mit einer charismatischen Führungspersönlichkeit eingestellt, aber die Person, die sich hinter dem wuchtigen Schreibtisch umständlich um eine bequemere Sitzposition bemühte, hatte nichts Fesselndes an sich. Warum ausgerechnet Otto Schornitz die neue politische Hoffnung des Landes sein sollte, konnte Schirmer nach dem ersten Eindruck nicht mehr nachvollziehen. Hier, in seinem schlecht beleuchteten Arbeitszimmer, eingezwängt zwischen meterhohen Bücherregalen und Aktenschränken, wirkte er klein und schwach. Von der Lichtgestalt der Patriotischen Option, die Österreich mit alter Härte in neue Höhen führen wollte, war nichts zu erkennen.

Schirmer stellte Vorstellung und Wirklichkeit nebeneinander. Hier der Vorsitzende der Patriotischen Option, ein aufrechter, starker Österreicher, der mit stahlblauem ehrlichen Blick von den Plakaten herablächelte und den kleinen Mann von seinen Nöten erlösen wollte. Ein Mann wie du und ich, der symbolisch das Schwert ergriffen hatte, um mit ihm die Heimat gegen alles zu verteidigen, was anders, was fremd war. Und da der gebrechliche Weinbauer mit Trinkernase und Bauchansatz, die wenigen noch verbliebenen Haare quer über die durchschimmernde Kopfhaut gekämmt. Ein alter Mann, dessen verbliebene Lebenszeit wohl nicht mehr ausreichen würde für das, was er sich mit seiner Partei vorgenommen hatte.

»Nun, meine Herren. Wie kann ich Ihnen in dieser leidigen Angelegenheit behilflich sein?«, fragte Schornitz gereizt, nachdem Schirmer und Hasler auf Besucherstühlen Platz genommen hatten. Er selbst saß leicht erhöht, blickte auf die beiden hinab und bemühte sich gar nicht erst um falsche Freundlichkeit. Diese zwei Polizisten waren in seinen Augen nichts anderes als Handlanger eines Systems, das zu ändern er seinen Anhängern geschworen hatte.

Schirmer lockerte seinen Hemdkragen. Die Art, mit der sie hier empfangen wurden, machte ihn wütend. »Wir können Ihnen behilflich sein, nicht umgekehrt. Sie haben wegen Ihres Wagens angerufen.«

Hasler zwirbelte die Enden seines Schnauzers nach oben. Es war ihm nicht entgangen, dass der Vulkan zu brodeln begonnen hatte. »Kollege Schirmer will damit sagen, dass wir wegen Ihres Anrufs hier sind.«

Otto Schornitz schlug die Beine übereinander, räusperte sich und beobachtete Schirmer einen Moment lang still. Dann nahm er einen Schnellhefter aus einer der Laden seines Schreibtischs und schob ihn über die gläserne Tischplatte. Er begann zu lächeln. »Natürlich. Ich bin der Bittsteller. In diesem Ordner finden Sie alles, was Sie benötigen. Kopien der Fahrzeugpapiere und der Versicherungsunterlagen für den Lastwagen. Ich bitte Sie also demütig: Bitte, bringen Sie mir den Wagen wieder.«

»Und Sie sind davon überzeugt, dass es sich um einen Diebstahl handelt? Kann der Fahrer nicht etwa einen Unfall gehabt haben, von dem Sie noch nichts wissen? Soviel ich weiß, liefern Sie nach Ungarn. Da dauert es manchmal, bis man über Dinge dieser Art verständigt wird«, sagte Hasler.

Schornitz schlug die Beine zur anderen Seite übereinander. »Wäre es so, dann hätten Ihre fleißigen Kollegen von der Verkehrspolizei doch schon längst Meldung gemacht. Der Wagen fehlt seit Tagen«, widersprach Schornitz. »Mir ist völlig egal, was mit dem Fahrer geschehen ist, von mir aus kann er in einem Straßengraben verrotten, aber ich möchte meinen Lastwagen zurückhaben.«

Schirmer fiel es zusehends schwerer, seinen Missmut zu unterdrücken. Am liebsten hätte er Otto Schornitz bei der Gurgel gepackt. »Genießen alle Ihre Mitarbeiter diese Wertschätzung?«

Otto Schornitz schlug mit den Händen auf die Tischplatte. »Ich habe diesen Zigeuner nicht eingestellt, das war mein Schwiegersohn. Aber Fehler solcher Art sind jetzt Vergangenheit. Auf Gut Schornitz werden künftig nur mehr Inländer angestellt.«

Hasler versuchte, die Lage zu entspannen. Er nahm die Unterlagen und schlug die erste Seite auf. »Der Fahrer heißt also Istvan Geller. Seit wann ist er bei Ihnen angestellt?«

»War! Er war angestellt.« Schornitz stand auf und atmete durch. Für einen Moment hatte er die Kontrolle über sich verloren. Nachdem er über seine weiteren Worte nachgedacht hatte, fuhr er betont sachlich fort. »Ich habe Geller natürlich sofort per Einschreiben gekündigt. Seine Adresse und alles, was Sie sonst noch brauchen, steht in den Unterlagen. Wenn Sie mich jetzt entschuldigen wollen? Das Auffinden meines Wagens ist Ihre Aufgabe, mehr kann ich dazu leider nicht beitragen.«

Wie auf ein unsichtbares Zeichen hin öffnete sich die Tür, und Linda Schornitz trat ein. Hasler erhob sich rasch, und auch Otto Schornitz wollte aufstehen, hielt aber irritiert inne.

Schirmer war ein Stück tiefer in den Sessel gerutscht und hatte sein Zigarettenpäckchen hervorgeholt. »Wir sind noch nicht fertig.«

»Harald, bitte.« Haslers Appell verklang wirkungslos.

»Wir haben eine genauso tolle Mappe wie Sie, Herr Schornitz.« Er nahm die Aufkleber aus dem mitgebrachten Ordner und warf sie auf die Tischplatte. »Dieses Propagandamaterial wurde am Tatort eines Raubes sichergestellt.«

»Linda, lass uns noch einige Minuten alleine«, bat Otto Schornitz und ordnete dann die drei Aufkleber so an, dass sie nebeneinanderlagen. Abwechselnd blickte er zu Schirmer und dem immer noch stehenden Hasler. »Sie können gern rauchen, Herr Schirmer.« Er betrachtete die Aufkleber noch einmal genauer, als sähe er sie zum ersten Mal.

Er spielt mit uns, dachte Schirmer. Er verarscht uns.

»Dieser Raub. Was genau ist geschehen? Und wie kann ich Ihnen dabei behilflich sein?«

»Ein türkischstämmiger Jugendlicher wurde niedergeschlagen, schwer verletzt und beraubt. Laut seiner Aussage sind einem der Täter diese Aufkleber aus der Tasche gefallen.«

»Und damit kommen Sie zu mir?«

»Ich versuche seit Tagen, Sie zu erreichen, aber jedes Mal, wenn ich in Ihrer Parteizentrale vorstellig werde, lassen Sie sich verleugnen. Ich will von Ihnen wissen, wer für die Verbreitung dieses Mülls zuständig ist und an wen er ausgeteilt wurde.«

»Sie waren das also. Ja, meine Sekretärin hat mir von den Besuchen eines Kriminalbeamten berichtet. Ich habe bereits eine Beschwerde an Ihren Vorgesetzten geschrieben, ein fähiger Polizeioffizier, Ihr Herr Plasch. Ich bin überzeugt, dass er Ihnen unser Anliegen in geeigneter Weise klargemacht hat. Herr Schirmer, ich bin ein viel beschäftigter Mann. Sie tun mir und sich selbst einen Gefallen, wenn Sie sich einfach einen Termin geben lassen. Am besten, Sie kontaktieren den Anwalt unserer Bewegung. Meine Sekretärin wird Ihnen gern seine Telefonnummer –«

»Jetzt hören Sie mir mal zu.« Schirmer sprang auf und machte zwei schnelle Schritte, sodass er direkt neben Otto Schornitz stand. »Dieses Zeug vor Ihnen auf dem Tisch macht Leuten Angst und verleitet andere, die nicht ganz so viel im Hirn haben, zu Dingen, die ich nicht einmal aussprechen will. Seit ihr die Straßen mit dem Dreck zupflastert, werden Menschen, die anders aussehen oder anders sprechen, immer häufiger auf offener Straße in meiner Stadt bedroht, beschimpft und attackiert. Das kann, das werde ich nicht hinnehmen.«

Otto Schornitz spürte Schirmers Atem im Gesicht. Er suchte Haslers Blick, der wie angewurzelt mitten im Raum stand. »Ihr Kollege verkennt die Realität. Natürlich sind wir Patrioten nicht blind. Wir registrieren, was auf der Straße vor sich geht. Veränderungen, meine Herren. Die redlichen Österreicher haben endlich gemerkt, dass ihre Steuern zum Fenster hinausgeworfen werden. Dass Scheinasylanten, korrupte Politiker und linkslinke Gutmenschen tagtäglich unser Land vergewaltigen.«

Schirmer trat einen Schritt zurück.

»Die Patriotische Option legt nur den Finger in eine bereits klaffende Wunde. Unser Land blutet. Die Überfremdung frisst sich fest wie ein Parasit und schadet all dem, was uns eigentlich ausmacht. Inkompetente Politiker missbrauchen ihre Ämter und bereichern sich auf Kosten des Staates. In Wirklichkeit sind es Wirtschaftsbonzen und ausländische Investoren, die unser Land regieren, aber die PO wird mit allem aufräumen. Darf man heute nicht einmal mehr stolz auf die Geschichte seiner Nation sein? Darf man die Dinge nicht beim Namen nennen? Ihre Stadt, Herr Schirmer? In Ihrer Stadt sieht es nicht viel anders aus als im Rest von Österreich.« Otto Schornitz nahm die Aufkleber und legte sie übereinander. »Redliche Menschen brauchen sich vor der PO nicht zu fürchten, aber jene, die dem Land Tag für Tag Schaden zufügen, sollten auf der Hut sein. Als Weinbauer bin ich für Tausende Weinstöcke verantwortlich, ich weiß also über den richtigen Umgang mit Schädlingen Bescheid. Auf unserem Gut werden sie erbarmungslos bekämpft, bis auch der letzte von ihnen tot ist.« Schornitz erhob sich, gab Schirmer die Aufkleber zurück und ging zur Tür. »Sie haben heute eine Grenze überschritten, Herr Schirmer. Unter sechs Augen sage ich Ihnen jetzt, dass ich so etwas auf Dauer nicht tolerieren werde. Wenn Sie mir noch einmal in die Quere kommen, verklage ich Sie, dass Ihnen Hören und Sehen vergeht. Machen Sie das, wofür Sie bezahlt werden: Finden Sie meinen Wagen.«

13

Mutter hatte ihm das Frühstück heute ans Bett gebracht und dabei den Besuch angekündigt.

»Heute kommen zwei Herren von der Polizei, mein Schatz. Sie müssen sich mit Großvater unterhalten. Bleib am besten in deinem Zimmer, bis sie wieder weg sind. Du weißt, dass Opa nicht gestört werden darf, wenn er sich mit geschäftlichen Angelegenheiten befasst.«

Sich nicht zeigen zu dürfen, war für Albrecht nicht neu. An den Wochenenden fuhren häufig große, glänzende Autos vor dem Gut vor, in denen elegant gekleidete Menschen saßen. Großvater und Dietrich empfingen die Gäste dann vor dem Haus, während Mutter in der Küche das Essen zubereitete. Eine Küchenhilfe gab es nicht. Mutter hatte ihm einmal erklärt, dass sie sparen müssten und für Hauspersonal kein Geld übrig sei. An solchen Abenden saß Albrecht am Fenster und beobachtete das Eintreffen der Gäste. Für jeden männlichen Gast malte er einen gelben Strich auf die Fensterbank, die Damen wurden rot vermerkt, für Fahrzeuge wählte Albrecht Schwarz. Spät in der Nacht, nachdem die Fremden endlich wieder gegangen waren, kam Mutter meistens noch in sein Zimmer, um ihn zuzudecken und auf die Stirn zu küssen. Ein Geschäftsessen. Großvater durfte bei geschäftlichen Angelegenheiten nie gestört werden.

***

Als die beiden Männer nach oben blickten, befürchtete Albrecht einen Moment lang, entdeckt worden zu sein. Erschrocken ließ er den Vorhang los, trat einen Schritt vom Fenster zurück und ließ den Stift zu Boden fallen. Er hatte sich zwei uniformierte Polizisten in einem Streifenwagen vorgestellt und als Farbe für sie Grau ausgesucht. Aber die Männer, die da unten standen, waren in einem schwarzen Wagen gekommen und trugen Straßenkleidung. Grau passte nicht zu ihnen.

Albrecht hörte, wie unten die Tür geöffnet wurde. Mutter kam aus dem Haus und begrüßte die Polizisten. Der mit dem Ordner unter dem Arm blickte mürrisch drein, der andere mit dem riesigen Schnauzer lächelte freundlich und gab Mutter sogar die Hand. Albrecht rätselte, weshalb sie hier waren. Wussten sie von dem, was Dietrich und Urmensch getan hatten? Plötzlich war Albrecht sicher, was zu tun war. Blau. Blau passte, und Blau war neu. In höchster Eile kramte er einen blauen Filzstift aus seinem Federmäppchen und machte zwei Striche auf die Fensterbank. Dann kroch er unter den Schreibtisch, hob den Teppich ein wenig an und holte die Zeichnung hervor. Erst währenddessen merkte er, dass er nicht allein war.

Wir wissen, was geschehen ist,
Blut und Tod und Schmerz.
Wir wissen, was du gesehen hast,
Blut und Tod und Schmerz.

Die Stimmen erschwerten dem jungen Mann das Denken, zudem wurde jeder Handgriff zur Prüfung. Albrecht zitterte, auf dem Weg zur Tür fiel ihm die Zeichnung beinahe aus der Hand. Vorsichtig öffnete er die Tür einen Spaltbreit und lauschte.

»Vater liebt das Töten. Hier ist sein Arbeitszimmer. Bitte treten Sie ein.«

Mutter und die Polizisten befanden sich am Ende des Korridors, sie würden ihn nicht sehen. Albrecht schlich barfuß, nur in seinem Pyjama, die Stufen hinunter. Im Erdgeschoss drückte er sich an der Wand entlang durch das Vestibül. Er verließ das Haus und lief zum Wagen der Polizisten, der zu seinem Glück unversperrt war. Nur die Steinlöwen vor dem Haus sahen, wie er seine Zeichnung auf die Rückbank legte.

Wir wissen, was geschehen ist,
Blut und Tod und Schmerz.
Wir wissen, was du gesehen hast,
Blut und Tod und Schmerz.

Wenig später war er wieder in seinem Bett und atmete schwer. Er hatte es tatsächlich getan. Er hatte Dietrich verraten. Jetzt würde alles gut werden. Von unten drangen laute Stimmen in Albrechts Zimmer. Die Polizisten hatten Großvaters Büro verlassen und unterhielten sich aufgeregt. Irgendetwas musste geschehen sein. Nachdem die Eingangstür ins Schloss gefallen war, wartete er gespannt. Aber es trat nicht ein, was er sich so sehnlichst erhoffte. Die Männer kamen nicht ins Haus zurück, stattdessen wurde der Motor gestartet, und der Wagen fuhr los.

Sie hatten das Bild nicht gesehen.

Großvater schrie von der Halle aus nach Dietrich. Albrecht griff sich an den Kopf. Auf einmal hatte er das Gefühl, einen schweren Fehler begangen zu haben.

Wir wissen, was geschehen ist,
Blut und Tod und Schmerz.
Wir wissen, was du gesehen hast,
Blut und Tod und Schmerz.

14

Auf dem Weg zurück ins Bezirkspolizeikommando sprachen Schirmer und Hasler lange Zeit kein Wort miteinander. Während sein Assistent auf seinen Notizblock schrieb, dachte Schirmer über die Begegnung mit Otto Schornitz nach. Im Laufe seiner Karriere waren ihm Räuber, Mörder und Vergewaltiger untergekommen, religiöse Fanatiker und Irre, die sich am Leid anderer ergötzten. Doch von keinem dieser Menschen war ein so abgrundtiefer Hass ausgegangen wie von diesem. Wie konnte eine Partei wie die Patriotische Option, deren Vorsitzender Ausländer mit Parasiten und Schädlingen verglich, einen so starken Zulauf verzeichnen? Die Medien gingen bereits davon aus, dass die Patrioten bei der nächsten Wahl den Einzug in den Landtag schaffen würden. Aber der Mann, der das Gut beherrschte, war nicht nur ein Menschenfänger, sondern offensichtlich auch ein Tyrann. Schirmer hatte Linda Schornitz genau beobachtet. Sie war ihrem Vater wie eine Leibeigene gegenübergetreten, hatte nur gesprochen, wenn sie gefragt worden war, und Blickkontakt mit ihrem Vater vermieden. Schirmer rekapitulierte das Erlebte noch einmal. Er konnte mit seiner Darbietung während des Treffens nicht zufrieden sein. Noch immer wussten sie nicht, wer die Aufkleber unters Volk brachte. Wenn er diesbezüglich weiterbohren wollte, musste er wohl oder übel den Anwalt der Patriotischen Option kontaktieren. Dafür kehrten sie mit einem Lastwagendiebstahl im Gepäck auf die Dienststelle zurück. Otto Schornitz hatte übertrieben heftig reagiert, als die Sprache auf den vermeintlichen Täter gekommen war. Schirmer führte dies darauf zurück, dass es sich bei Istvan Geller um einen Ausländer handelte. Er blickte in den Spiegel, sah auf die Rückbank. Bevor sie das Gut verlassen hatten, hatte er seine Aufzeichnungen über die Vandalenakte wutentbrannt in den Wagen geschleudert. Der Ordner hatte sich geöffnet, ein Großteil der Blätter lag jetzt lose verteilt im Rückraum des Wagens.

Als eine Kindergartengruppe die Straße überquerte, musste

der Volvo vor dem Mödlinger Bad anhalten. Die Zwerge waren mit Schwimmhilfen, Wasserbällen und aufblasbaren Gummitieren bewaffnet, das Überqueren der Fahrbahn erforderte von ihren Betreuerinnen größte Konzentration. Als endlich alle wohlbehalten den Bürgersteig erreicht hatten, verlor eines der Kinder seinen Wasserball. Das rot-weiß gestreifte Ding kullerte auf die Fahrbahn und brachte den gerade wieder in Fluss gekommenen Verkehr abermals zum Erliegen.

»Tut mir leid«, brummte Schirmer aus dem Fenster hinaus.

Hasler klappte den Notizblock zu und beobachtete das Treiben vor ihnen. Die Kindergartentante hatte es endlich geschafft, der Ball war samt Kind in Sicherheit. »Ach, das braucht dir doch nicht leidtun. Mit ein bisschen Pech hätten wir den zweiten Eklat innerhalb weniger Tage gehabt. Erst Jonas Friedl und jetzt das hier. Du kannst einen Mann wie Otto Schornitz doch nicht so hart anfassen, Harald. Fingerspitzengefühl ist eine der Eigenschaften, die man von einem Polizisten schon mal verlangen darf.«

»Mein Temperament ist mit mir durchgegangen, verdammt noch mal.« Schirmer legte einen Gang ein und fuhr los. »Du hast doch selbst mitbekommen, wie arrogant der Arsch gewesen ist.«

»Jetzt mach aber bitte mal einen Punkt. Du bist Schornitz auf die Pelle gerückt! Ich hatte schon die Befürchtung, du würdest wieder explodieren. So kann man mit einer Person des öffentlichen Lebens nicht umgehen.«

Schirmer fuhr rechts ran und trommelte auf das Lenkrad. »Aber genau das ist doch der springende Punkt! Einem Junkie oder einem Penner darf man ruhig in den Allerwertesten treten. Wenn so einer bei einer Festnahme verletzt wird, kostet das dem Amtsarzt höchstens ein müdes Lächeln. Aber gnade dir Gott, wenn du einem Typen wie Schornitz gegenüber einen rauen Ton anschlägst. Plasch wird sich wahrscheinlich hinknien und drei Vaterunser beten, wenn er davon erfährt. Ich habe den Mist manchmal so was von satt, das kannst du dir nicht vorstellen.« Schirmer betätigte den Blinker und ordnete sich wieder in den Verkehr ein. Die Worte seines verstorbenen Kollegen kamen ihm wieder in den Sinn: »Vor dem Gesetz sind nur die VOEST-Mitarbeiter gleich.«

Haslers Mobiltelefon begann zu läuten. Er legte es in die Mittelkonsole, nahm das Gespräch an und drückte die Freisprechtaste. Es war Heinrich Müller. Nach ihrer Abfahrt vom Weingut hatte Hasler den Leiter der Polizeiinspektion gebeten, eine Streife zur Meldeadresse von Istvan Geller zu schicken. Müller berichtete in knappen Worten, dass es sich dabei um ein Abbruchhaus handelte, in dem seit vier Jahren niemand mehr wohnte. »Eine Scheinadresse, so wie es aussieht«, hörten sie Müller belustigt sagen.

»Auch das noch.« Schirmer überlegte, ob er den Fall an Wenzel und Balogh abgeben sollte, aber bevor er sich zu einer Entscheidung durchringen konnte, fuhr Müller schon fort.

»Ich habe noch etwas für euch. Major Plasch will euch sofort im BPK sehen. Graf hat sich gemeldet, bei Mehrdad Heinzbauer tut sich was. Um zweiundzwanzig Uhr wird der ›Zeus Club‹ auf den Kopf gestellt.«

15

Mehrdad Heinzbauer und Dietrich Schornitz saßen im hinteren Bereich des Lokals. Der schwache Schein einer Hängelampe tauchte den Tisch in diffuses Licht, während der übrige Bereich des »Zeus Club« noch im Dunkeln lag. Schornitz konnte die Tanzfläche, den Barbereich und die Sitznischen an den Wänden nur erahnen, ab und zu hörte er Geräusche aus der Finsternis: das Klappern von Geschirr, das Knarren eines Stuhls, ein leises Räuspern. Er spürte, dass sie beobachtet wurden. Ein Blick auf sein stumm geschaltetes Mobiltelefon verriet ihm, dass er angerufen worden war. »Mein Schwiegervater erwartet mich auf dem Gut. Ich sollte dann besser gehen.«

Mehrdad Heinzbauer überging die Bemerkung, nahm den Löffel aus der Kaffeetasse und zeigte damit auf seinen Gast. »Du solltest dir deutlich weniger von dem Zeug reinziehen. Ich hatte schon mal so einen Geschäftspartner wie dich. Der Typ hat alles gehabt, was man sich wünschen kann. Einen guten Job, ein fettes Auto, ein Riesenhaus, eine wunderschöne Frau und zwei bezaubernde Kinder.« Heinzbauer drehte den Kopf nach links und rief in den Raum: »Christian, wie hat der Typ noch mal geheißen?«

»Richie.«

Dietrich Schornitz hatte sich nicht getäuscht. Irgendwo im Finsteren saß einer von Heinzbauers Gorillas.

Mehrdad Heinzbauer kratzte sich an der Nase. »Stimmt, Richie. Jedenfalls hat Richie jeden Tag Stoff im Wert von dreihundert bei mir gekauft. Jahrelang ging das so, bis ihm eines Tages beinahe die Nase abgefallen ist. Das Zeug hat dem armen Schwein doch tatsächlich die Nase zerfressen. Der Zinken hat ausgesehen, das kannst du dir nicht vorstellen. Nasenscheidewand, Nasenflügel, alles hin! Und warum erzähl ich dir das alles?« Heinzbauer hob seine Tasse und trank. »Weil Richie am Ende keine Kontrolle mehr über das Zeug gehabt hat – so wie du. Und das ist sehr schlecht, wenn man Schulden bei mir hat.«

Der erzählerische Ton in Heinzbauers Stimme war plötzlich einem bedrohlichen gewichen. Schornitz kramte ein schmutziges Stofftaschentuch hervor und tupfte damit behutsam die offenen Stellen rund um seine Nase trocken. Ihm war klar, worauf Heinzbauer hinauswollte.

»Mir bleibt man kein Geld schuldig, Schornitz. Ich habe mir Richies Haus genommen, den Wagen und seine Frau. Sie war für meinen Geschmack ein wenig zu prüde, also habe ich sie Christian überlassen.«

Aus dem Dunkeln ertönte ein tiefes Brummen.

»Ich weiß, dass dir deine Alte vollkommen egal ist. Es ist das Geld vom Alten, das dich immer noch da oben hält, nicht wahr?« Heinzbauers Finger tasteten langsam nach dem Koffer, der zwischen ihnen lag. »Deshalb werde ich dir jetzt erzählen, was mit Richie geschah, und nicht, was Christian mit dessen Frau angestellt hat. Unser armer Richie, er wurde eines Tages aus der Donau gefischt. Völlig aufgedunsen, die Leiche hatte schon wochenlang im Wasser gelegen. Die Sache wurde als Badeunfall zu den Akten gelegt. Gehst du gerne schwimmen, Schornitz?«

»Bitte, ich habe Ihnen doch alles gegeben, was ich auf die Schnelle auftreiben konnte«, flehte Dietrich Schornitz. Seine Worte wurden durch das Taschentuch vor seinem Gesicht gedämpft.

»Aber das sind nur fünfzigtausend, mein Freund.« Heinzbauer öffnete den Koffer, seine fleischigen Pranken fuhren durch druckfrische Geldscheine, als könnten sie allein dadurch deren Summe feststellen. »Du schuldest mir mehr als doppelt so viel.«

»Ich habe wirklich alles zusammengekratzt, was möglich war. An mehr komme ich im Moment nicht … Sie müssen mir Aufschub gewähren.«

»Mehrdad Heinzbauer muss gar nichts.« Er verhöhnte den Mann auf der anderen Seite des Tisches mit einem grausamen Grinsen. »Und sieh zu, dass du endlich an die Unterlagen rankommst. Sobald ich sie habe, können wir über eine Stundung der restlichen Außenstände reden.«

»Aber momentan weiß niemand, wo Geller seine Notizen versteckt hat. Um ehrlich zu sein, ich bezweifle allmählich, dass es sie überhaupt gibt. Wir haben ihn eingehend befragt. Schreitler ist ein Experte dafür, aber das wissen Sie als sein Chef natürlich am besten. Geller wollte aussteigen und hat dafür ein Druckmittel gebraucht.« Dietrich Schornitz steckte das Taschentuch wieder weg. Er hatte Hoffnung geschöpft. Ein paar weitere Tage Aufschub würden für seinen Plan reichen. Er bemühte sich, die aufkommende Zuversicht vor seinem Gesprächspartner zu verbergen.

»Christian hat Gellers Bude auf den Kopf gestellt«, fuhr Heinzbauer ungerührt fort, ohne Schornitz' Einwand Beachtung zu schenken. »Fehlanzeige. Aber wenn es Unterlagen gibt, werden wir sie finden, das verspreche ich dir. Außerdem habe ich einen Bullen gekauft, der für mich seine Augen offen hält, falls die vor uns fündig werden.«

Schornitz wurde hellhörig. »Sie schmieren einen Polizisten?«

»Ein Geschäftsmann muss auch netzwerken können. Der Bulle ist sehr zuverlässig und rückt ab und zu ganz brauchbare Informationen rüber. Ich stecke ihm dann und wann einen Tausender dafür. Er hat mir übrigens auch verraten, dass wir heute Abend Besuch bekommen. Die Bullen haben Wind davon bekommen, dass ich Ware erwarte. Aber sie werden nichts finden, ich habe den Transport umleiten lassen.«

»Wenn Sie ins Visier der Polizei geraten, dann ist es nur mehr ein kleiner Schritt zu mir.« Schornitz' Zuversicht schwand so plötzlich, wie sie gekommen war.

»Jetzt mach dir mal nicht ins Hemd. Hätten sie etwas Handfestes, wären sie schon vor Tagen hier aufgekreuzt. Mit so etwas kenne ich mich aus. Ich kann mir schon vorstellen, was hinter dem unangekündigten Besuch unserer Freunde und Helfer wirklich steckt. Mehr brauchst du nicht wissen.«

Nach einem Wink von Heinzbauer erschien dessen Leibwächter neben ihnen. Trotz seiner massigen Gestalt hatte sich der Hüne lautlos wie eine Katze bewegt. Er stellte ein Tablett mit einem Briefchen auf dem Tisch ab. Heinzbauer nickte. »Das geht aufs Haus.« Als Dietrich Schornitz gierig danach griff, umfasste Heinzbauer dessen Handgelenk. »Du wirst heute Nacht hier im Club bleiben.«

Schornitz öffnete die Hand und ließ das Briefchen fallen. »Das halte ich für keine gute Idee. Sie und ich, da wird man sich was denken. Der Skandal wäre ja schon perfekt, wenn bekannt werden sollte, dass der Schwiegersohn von Otto Schornitz ein Lokal wie dieses besucht.«

»Ein Sprichwort sagt, dass man seinen Freunden nahe sein soll, seinen Feinden aber noch viel näher.« Heinzbauer ließ Schornitz' Handgelenk los. »Bis die leidige Angelegenheit vorbei ist, bist du alles für mich, Schornitz. Mein Freund und Geschäftspartner, aber auch mein potenzieller Feind, der mich an die Bullen verkaufen würde, wenn er daraus einen Vorteil ziehen könnte. Du wirst von nun an jeden Abend hier auftauchen und mir berichten, was du bezüglich der Unterlagen erreicht hast. Sieh das Koks als kleine Geste der Freundschaft an, aber vergiss niemals, was ich dir letztens versprochen habe: Solltest du deine Schulden nicht bezahlen können, lasse ich dich zerschneiden und entsorge dich anschließend wie Richie.«

***

Trotz der Drohungen war Dietrich Schornitz mit dem Verlauf des Gesprächs zufrieden. Er hatte Mehrdad Heinzbauer die knappe Hälfte der ausstehenden Summe früher als vereinbart gebracht und vorgegeben, weiter nach der Pfeife des Nachtclubbesitzers zu tanzen. Heinzbauer, dieser primitive Schläger, hatte sich gierig auf das Geld gestürzt und sogar von einer möglichen Stundung der restlichen Schulden gesprochen. Er musste nur noch einige Zeit tun, was Heinzbauer von ihm verlangte. Heute Abend würde er sich so unauffällig wie möglich verhalten und zusehen, dass er schnell wieder aus dem Lokal verschwand. Alles, was er jetzt noch brauchte, waren ein paar Tage Zeit. Er würde Heinzbauer hinhalten, so tun, als wäre er auf der Suche nach dem, womit Geller versucht hatte, ihn zu erpressen. Aber Fakt war, dass schon längst etwas darüber an die Öffentlichkeit gelangt wäre, hätte dieser gierige Ungar über seine krummen

Geschäfte tatsächlich Buch geführt. Geller war ein einfältiger Idiot gewesen. Ohne ein gutes Blatt auf der Hand hatte er den Einsatz erhöht und am Ende dafür mit seinem Leben bezahlt.

***

Inmitten der Weinberge stoppte Dietrich Schornitz seinen Wagen und blickte aus dem Fenster. Wieder einmal wurde ihm bewusst, wie sehr er all das hasste. Er würde das Gut, seine Frau und ihren geistesschwachen Sohn mit Sicherheit nicht vermissen und auch seinem Schwiegervater keine Träne nachweinen. Der Greis herrschte über sie alle wie ein Despot und versuchte, ihnen seine Ansichten aufzuzwingen.

Alles, was er jetzt noch brauchte, war der richtige Zeitpunkt. Wenn der Alte vor dem leeren Safe stand, würde er, Dietrich, schon längst über alle Berge sein. Er griff in das Handschuhfach und nahm einen Umschlag heraus. Der Pass war eine perfekte Fälschung, mit der er problemlos nach Südeuropa und von dort nach Asien gelangen würde. Er betrachtete das Dokument eine Weile, bevor er es zurücklegte. Dann holte er das Briefchen hervor und verteilte dessen Inhalt auf dem Spiegel, den er immer bei sich hatte.

16

Es war zu spät, um noch zu Mittag zu essen. Schirmer kaute lustlos ein paar Erdnüsse, die er in seinem Waffenschrank gefunden hatte, und studierte die Einsatzpläne für die Razzia im »Zeus Club«. Dem Leiter der Mödlinger Kripo ging es gegen den Strich, dass er bei der Aktion als Simon Grafs Gehilfe fungieren musste. Der BKA-Mann würde die Einsatzleitung übernehmen, alle Kräfte waren ihm unterstellt. Graf hatte überdies das Einsatzkommando, Diensthundeführer und einen geräumigen Arrestantenwagen angefordert, der Platz für zehn Personen bot. Wenn Graf recht behielt und sie heute Abend in diesem Club wirklich illegale Einwanderer antreffen würden, konnte dies höchstens als Indiz dafür angesehen werden, dass Mehrdad Heinzbauer auch etwas mit den Toten vom Bahnhof zu tun hatte, wenn denn überhaupt. Kein Richter der Welt würde ihn anhand dieser dünnen Suppe verurteilen. Während er seinen Gedanken nachhing, stieß Schirmer etwas an Simon Grafs Vorgehensweise als unstimmig auf, konnte es aber nicht konkret benennen. Nachdem er die Aufmarschpläne, wie er sie nannte, beiseitegelegt hatte, blickte er auf die Uhr. Es war kurz nach drei, in fünf Stunden würden sie sich zur Einsatzbesprechung treffen.

Die Tür ging auf. »So, ich bin wieder da.«

Schirmer hatte nicht einmal bemerkt, dass Hasler fort gewesen war.

Sein Assistent legte eine Mappe auf den Tisch. »Deine Aufzeichnungen zu den Vandalenakten und das, was wir von Schornitz bekommen haben«, bemerkte er beiläufig.

Schirmer wollte antworten, dass ihn das im Moment nicht interessiere, besann sich aber im letzten Moment eines Besseren. Stattdessen stapelte er die Papiere übereinander und schob sie gereizt zur Seite. »Wir müssen erst einmal abklären, wie es in Ungarn aussieht. Setz dich mit Interpol Budapest in Verbindung. Ich will wissen, ob Istvan Geller bei denen eine Vorgeschichte hat. Vielleicht können sie uns ja auch Adressen von Angehörigen besorgen.« Er dachte an die unglücklich verlaufene Begegnung mit Otto Schornitz zurück. Wäre Arno nicht dabei gewesen, hätte er diesem Relikt aus längst vergangen geglaubten Zeiten vermutlich eine verpasst. Otto Schornitz' Aggression und Linda Schornitz' unterwürfiges Verhalten. Schirmer seufzte. Etwas Unheilvolles lag über dem Weingut. Er hatte eine plötzliche Vorahnung, dass der Besuch nicht sein letzter dort gewesen war. Während er überlegte, wie er die Zeit bis zur Lagebesprechung am besten totschlagen konnte, kam ihm Erhard in den Sinn. Der Hund war allein im Nebenraum, musste wahrscheinlich dringend an die frische Luft und hatte genauso dringlichen Hunger. Schirmer überflog noch schnell den Bericht der Pressekonferenz, die am Vormittag stattgefunden hatte. Plasch hatte sich anscheinend streng an die Fakten gehalten und war keinen Millimeter von Haslers Text abgewichen. Erstaunlicherweise waren nur drei Journalisten und ein Fernsehteam eines Privatsenders anwesend gewesen. Die Zeiten ändern sich, dachte Schirmer. Die Menschen wurden mit Reizen überflutet. Sieben Leichen, die im Dreck einer Straße gefunden worden waren, waren den Medien anscheinend nicht mehr spektakulär genug. Er warf den Bericht in den Papierkorb und meldete sich bei Hasler ab, dann nahm er Erhard mit nach draußen, legte bei einer Tierhandlung einen Stopp ein und kaufte Dosenfutter.

Zurück im Büro füllte er den Fressnapf seines Hundes mit einer viel zu großen Portion Futter. Der dunkelbraune Brei, angeblich feinstes Rind mit Karotten, quoll förmlich über den Rand der Schüssel. Sofort, nachdem Schirmer Erhards verspätetes Mittagessen am Boden abgestellt hatte, machte sich die Promenadenmischung laut schmatzend über die Mahlzeit her und erinnerte den Ermittler daran, dass sein eigener Magen leer war. Schirmer hätte sich ohrfeigen können. Alles, woran er beim Einkaufen gedacht hatte, war Hundefutter gewesen. Einen Augenblick lang überlegte er ernsthaft, eine der eben gekauften Dosen für sich selbst zu öffnen. So schlecht dürfte das Zeug ja nicht sein, wenn man der Werbung Glauben schenken konnte. Während er Erhard beim Fressen zusah, erinnerte er sich an einen Einsatz, der bereits Jahre zurücklag. In einer gemeinsamen Aktion mit dem Finanzamt und dem Arbeitsinspektorat hatte er mit Hasler sämtliche Chinarestaurants in Mödling kontrolliert. Ein Vorfall in einem heute längst geschlossenen Lokal am Stadtrand hatte sich für immer in sein Gehirn eingebrannt. Im Kühlraum der Gaststätte hatten sie kistenweise Hunde- und Katzenfutter gefunden. Der Geschäftsführer konnte ihnen nicht erklären, warum die Tiernahrung ausgerechnet dort gelagert wurde, und obwohl es keine Beweise dafür gegeben hatte, dass das Futter für die Gäste verkocht worden war, mied Schirmer von diesem Tag an chinesisches Essen. Er beschloss, im Büro seiner Mitarbeiter nach etwas Essbarem zu suchen.

Nachdem er die Verbindungstür geöffnet hatte, empfingen ihn der sanfte Klang von Meditationsmusik sowie das gleichmäßige Schnarchen seines Assistenten. Hasler hatte die Lehne seines Stuhls in die Waagrechte gebracht, die Beine auf den Tisch gelegt und schlief. Schirmer schlich durch den schlauchförmigen Raum und durchsuchte leise Schränke und Tische. Auf Wenzels Arbeitsplatz fiel ihm eine Kaffeetasse mit dem Logo der Patriotischen Option auf. Eines der vielen Werbegeschenke, die derzeit im gesamten Stadtgebiet verteilt wurden, wie Schirmer wusste. Erst unlängst waren ihm in der Nähe des Stadions Kugelschreiber und Taschentücher mit der Aufschrift »PO – für Österreich« aufgedrängt worden. Schirmer hatte sie genommen, ohne lange darüber nachzudenken. Wenn er auch für die Ideen der PO nichts übrig hatte, brauchbar war das Zeug, das sie verteilte, allemal. Ihm gefiel der Gedanke, dass Wenzel ähnlich tickte. Sollte sich aber das Gegenteil herausstellen und sein junger Mitarbeiter ernste Sympathien für die Partei hegen, so würde er mit ihm ein ernstes Wörtchen reden müssen. Sarah Baloghs Tisch war hingegen nur mit Bildern von ihrer Tochter geschmückt. Nachdem er im Büro nichts Essbares gefunden hatte, durchsuchte Schirmer auch noch die Teeküche, gab dann aber gefrustet auf. Er trat ans geöffnete Fenster und zündete sich eine Zigarette an. Sechzehn Uhr. Schirmer inhalierte den Rauch und blickte über die Wiesen des Europaparks, der sich hinter dem Bezirkspolizeikommando erstreckte. Die Blätter der

Bäume begannen sich zu verfärben, bald würde der Sommer zu Ende gehen.

Haslers Schnarchen wurde lauter. Glucksend schnappte Schirmers Assistent nach Luft, hustete einmal und fiel dann wieder in einen ruhigen Schlaf.

Schirmer gähnte. Was würde er tun, wenn Hasler eines Tages vor ihm in Pension ging? Wenzel war noch kein gleichwertiger Ersatz, dem Jungen fehlten noch mindestens zehn Jahre. Und Balogh? Schirmer verwarf den Gedanken schnell wieder. Eine Frau als Assistentin war so ziemlich das Letzte, was er sich vorstellen wollte.

Das Geschehen im Park erregte Schirmers Aufmerksamkeit. Im Schatten einer Buche standen zwei Männer und unterhielten sich. Schirmer erkannte sie sofort: Erwin Wenzel und Simon Graf waren in ein Gespräch verwickelt, das offenbar sehr emotional verlief. Wenzel trat von einem Bein auf das andere und schien sehr aufgebracht zu sein. Schirmer wusste zwar, dass sein Mitarbeiter ein Heißsporn war, aber so erregt hatte er Wenzel noch nie erlebt. Er gestikulierte heftig, während er sprach, und sah dann plötzlich zum Polizeigebäude. Schirmer trat einen Schritt zurück, um nicht entdeckt zu werden. Der Parkettboden knarrte unter seinen Füßen.

»Geht's schon los?« Hasler hatte die Augen immer noch geschlossen.

»Nein, es ist erst kurz nach vier. Ich wollte dich nicht wecken«, entschuldigte sich Schirmer, während er noch immer in den Park blickte. Wenzel redete wieder, hoffentlich hatte er Schirmer nicht gesehen. »Haben sich Wenzel und Balogh blicken lassen?«

»Ja, während du weg warst. Da bahnt sich Ärger an.« Hasler stellte die Lehne wieder in Sitzposition, nahm seine Brille ab, reinigte mit einem Putztuch die Gläser und berichtete Schirmer, was vorgefallen war. »Sie sind sich am Krankenbett des verletzten Zeitungsausträgers in die Haare geraten. Halil war nicht in der Lage zu sprechen und hat aufgezeichnet, was geschehen ist. Erwin hat das nicht gereicht. Er hat den Ägypter laut Sarah zu hart angepackt und gemeint, er solle sich ein wenig Mühe geben und konkreter auf die gestellten Fragen eingehen.« Hasler griff sich ein Blatt Papier vom Schreibtisch und betrachtete das Gekritzel. »Na ja, viel erkennen kann man darauf wirklich nicht.«

»Und was ist dann geschehen?« Schirmer hörte Hasler zu, beobachtete aber weiterhin die Unterhaltung im Park. Jetzt war es Graf, der sprach. Wenzel hörte ihm zu und nickte immer wieder zustimmend. Bevor sich die Männer mit einem langen Händedruck verabschiedeten, steckte Graf Wenzel noch einen Umschlag zu, den dieser schnell in der Gesäßtasche seiner Hose verschwinden ließ.

»Wenzel hat die Vernehmung abgebrochen und ist wutentbrannt aus dem Krankenhaus gelaufen, weil Halil seiner Meinung nach nicht kooperieren wollte. Im Beisein von Sarah ist er keifend und schreiend hier eingetroffen. Sarah hat Erwin einen primitiven Idioten genannt, er sie eine linkslinke Emanze. Faschist, Gutmensch, Gehirnamputierter und Realitätsverweigerin waren dann noch einige der weiteren Ausdrücke, die sich die beiden an den Kopf geworfen haben.«

Schirmer schloss das Fenster und zog die Vorhänge zu. Er sah noch, wie Wenzel durch den Park geradewegs auf das Bezirkspolizeikommando zukam und sich dabei einige Male umblickte, als befürchtete er, verfolgt zu werden.

»Und was hat Wenzel zu all dem gesagt? Halil ist immerhin ein Geschädigter nach einer Gewalttat und kein Verdächtiger.«

»Er hat sein Vorgehen natürlich verteidigt. Seiner Ansicht nach hat Halil nicht besonders viel Interesse an einer Mitarbeit gezeigt.«

»Was Wenzel da für ein Teufel geritten hat, möchte ich wirklich gern wissen. Er ist doch normalerweise ein guter Junge, ich verstehe das einfach nicht«, grübelte Schirmer. Aber viel mehr als der Vorfall im Krankenhaus beschäftigte ihn die Frage, was Wenzel mit dem überheblichen Ermittler vom BKA im Europapark zu besprechen gehabt hatte. Er verließ seinen Platz am Fenster, ging zu einem der freien Tische hinüber und zündete sich die nächste Zigarette an. Erhard watschelte in den Raum und blickte die beiden Kriminalbeamten fragend an.

»Du solltest mit Wenzel reden«, sagte Hasler. »Er ist bei der Razzia heute Abend dabei, vielleicht findet sich ja ein günstiger Moment. Sarah ist schon nach Hause gefahren. Ihre Tochter ist krank, und sie war heute ohnehin schon länger im Büro als normal.«

»Ich werde mit beiden sprechen: mit unserer Halbtagskraft und unserem Cowboy. Darauf kannst du Gift nehmen.«

Erwin Wenzel betrat den Raum. »Hallo, Chef. Ich bin noch mal kurz weg, bevor der Rummel im ›Zeus Club‹ losgeht.«

Schirmer nickte stumm. Als Wenzel sich zum Gehen wandte, fiel dem Leiter der Mödlinger Kripo das Kuvert auf, das aus dessen Gesäßtasche ragte.

17

Die Einsatzbesprechung begann pünktlich. Abteilungsinspektor Simon Graf stand vor einem an der Wand befestigten Plan mit dem Grundriss des »Zeus Club«. Vorder- und Hintereingang waren mit Neonmarker besonders hervorgehoben.

Schirmer bereitete es große Mühe, Grafs Ausführungen zu folgen. Gedanklich war er immer noch im Europapark und versuchte, für Wenzels Verhalten eine harmlose Erklärung zu finden. Schirmer hatte Hasler nicht von seiner Beobachtung erzählt und auch Wenzel nicht darauf angesprochen. Eine Ahnung sagte ihm, dass er damit noch warten sollte. Etwas war dabei, Gestalt anzunehmen, das falsch, vielleicht sogar verboten war, und Schirmer wollte dieses Rätsel wachsen lassen, dabei zusehen, wie sich die Teilstücke zu einem vollständigeren Bild zusammensetzten, und dann im richtigen Moment zuschlagen.

Wenzel saß im Raum ganz vorn, inmitten der Männer des Einsatzkommandos, und benahm sich nicht anders als sonst. Er folgte Grafs Ausführungen konzentriert und machte sich dann und wann Notizen. Ein Einsatz wie der bevorstehende war ganz nach seinem Geschmack. Als er spürte, dass Schirmer ihn ansah, erwiderte er lächelnd dessen Blick. Ein falsches Lächeln, als wäre es schlechtem Gewissen entsprungen. Schirmer sah weg und nahm einen großen Schluck Mineralwasser, als Graf ihn direkt ansprach.

»Harald? Wenn die Jungs von der Cobra das Gebäude gesichert haben, gehst du mit Hasler, Wenzel und den Diensthundeführern vorne rein. Drinnen wird eine Menge los sein. Laut unserem Informanten ist heute Abend eine Gruppe Illegaler im ›Zeus Club‹ angekommen, die im Lagerraum auf ihre weitere Schleusung nach Wien, Linz oder Sankt Pölten wartet. Zusammen mit den Huren und den Gästen sollten sich also ungefähr zwanzig bis dreißig Personen im Gebäude aufhalten. Lass dir niemanden durch die Lappen gehen.«

Schirmer zog es vor, ein weiteres Mal aus der Flasche zu

trinken und mit dem Wasser die Worte, die ihm auf der Zunge lagen, hinunterzuschlucken. Was glaubte Graf, mit wem er hier sprach? Mit einem frisch ausgemusterten Polizeischüler?

»Wir machen so etwas nicht zum ersten Mal. Du kannst dich auf uns verlassen«, kam es überraschend energisch von Hasler.

»Wird dein Informant auch im Club sein?«, fragte Schirmer.

»Da es sich vor Ort um eine dynamische Situation handeln wird, kann ich dir dazu nichts sagen. Sollte mein Informant es für besser befinden, den Club vorher zu verlassen, wird er das tun. Andernfalls wird er sich euch auf geeignete Art und Weise zu erkennen geben.«

»Und die wäre?« Schirmer stellte die Wasserflasche übertrieben laut auf den Tisch.

»Da ihr so etwas nicht zum ersten Mal macht, werdet ihr ihn sicher erkennen«, revanchierte sich Graf. »Vertraue mir, Kollege.«

Schirmer blickte in die Runde und überlegte kurz, ob er den Fehdehandschuh aufnehmen sollte. Obwohl sie im Besprechungsraum des Bezirkspolizeikommandos waren, hatte er keinen Heimvorteil. Simon Graf, sechs Männer des Einsatzkommandos, zwei Diensthundeführer, insgesamt neun Kollegen, die nicht an seine Wutanfälle gewöhnt waren, und Hasler würde es am Ende wieder richten müssen. »Natürlich vertraue ich dir, du bist heute Abend ja auch der Boss, Kollege Graf«, sagte Schirmer.

Hasler schnaufte erleichtert durch, und Schirmer beließ es dabei. In weniger als drei Stunden würde der Zauber vorbei sein, Heinzbauer im Arrestantenwagen nach Wien sitzen und Graf seinen Vorgesetzten vom Erfolg in Mödling berichten. Wenigstens diese Sache würde der Leiter der Mödlinger Kripo dann los sein. Als sie den Raum verließen, ging Wenzel Schirmer voraus. Interessiert betrachtete der das Hinterteil seines jungen Kollegen, aber das Kuvert, das sich vorhin noch in dessen Gesäßtasche befunden hatte, war verschwunden.

Wenig später stand Schirmer vor dem Bezirkspolizeikommando, rauchte eine Zigarette und ließ Erhard zwischen die geparkten Polizeiautos pinkeln. Er nahm die Gestalt erst wahr, als sie ihn ansprach.

»Geht es bald los, Herr Chefinspektor?« Jonas Friedl wusste offenbar von der bevorstehenden Razzia. Er ignorierte Schirmers fragende Miene und begann, in seiner Jutetasche zu kramen. »Können Sie mir vielleicht mit einer Zigarette aushelfen?«, fragte er beiläufig, als wäre zwischen ihnen nie etwas vorgefallen.

Schirmer wusste nicht, was mit ihm los war, warum er Friedl seine Zigarettenpackung entgegenstreckte, als wäre der Journalist ein alter Freund, aber während sie still nebeneinanderstanden und rauchten, kam ihm eine Idee. Er beugte sich zu dem eben zurückgekommenen Erhard hinunter und kraulte dem Hund den Kopf, dann stellte er Jonas Friedl die Frage, die seit geraumer Zeit in seinem Gehirn herumspukte.

18

Die Discokugel drehte sich langsam über ihren Köpfen. Schirmer fühlte sich beobachtet von den Glasplättchen, in denen sich das Scheinwerferlicht in Rot, Grün und Gelb brach. Tausende kleine Augen waren auf sie gerichtet.

Sie hatten hektisches Treiben erwartet. Nervöse Barmädchen und Lokalgäste, die nur widerwillig ihre Ausweise vorzeigten, ernst dreinblickende Kollegen und vor allem illegal ins Land geschleuste Menschen, die sich im Lager des Etablissements versteckt hielten. Aber es war anders gekommen: kein Verlass auf niemanden. Im »Zeus Club« befanden sich gezählte zwei Gäste und eine Tänzerin. Die schwarzhaarige Schönheit trug weiße Reizwäsche und lehnte lässig an einer Stange, an der sie sich bis vor wenigen Minuten wohl noch lustvoll für ihr überschaubares Publikum geräkelt hatte. Der Lagerraum war leer.

Der Hundeführer leinte seinen Schäferhund wieder an und fragte Schirmer, ob er noch gebraucht werde. Das Tier hatte ebenso wenig finden können wie die zur Unterstützung anwesenden Streifenbeamten. Jetzt streckte es seine Zunge durch den Beißkorb und leckte an Schirmers Hand. Eigentlich hätte er den Hundeführer an Graf verweisen müssen, der mit der Einsatzleitung betraut war, aber stattdessen entließ er Hund und Beamten mit der Bitte, den Bericht über den erfolglosen Diensthundeeinsatz an Abteilungsinspektor Simon Graf zu mailen.

Schirmer, Hasler, Wenzel und sechs uniformierte Beamte standen unschlüssig vor dem achteckigen Podest, auf dem die Tänzerin gerade wieder ihre Arbeit an der Stange aufnehmen wollte. Madonna sang »Like A Virgin«.

»… touched for the very first time …« Wenzel stimmte in den Refrain mit ein, während er mit den Augen die Frau verschlang.

»Macht endlich die Musik aus. Arno, kontrolliere die beiden Gäste und unsere Tanzmaus da oben. Erwin, geh und finde Graf. Der kann doch nicht vom Erdboden verschluckt worden sein«, durchbrach Schirmer die polizeiliche Starre mit Anweisungen, die eigentlich vom Einsatzleiter hätten kommen sollen. Wenzel verschwand in einem langen Gang, der vom Gästebereich abzweigte. Links und rechts davon befanden sich Türen, die nun, nachdem alle Räume durchsucht worden waren, offen standen. Hasler machte sich daran, die Daten der beiden Gäste aufzunehmen, denen die polizeiliche Intervention egal zu sein schien. Oder die nur so taten. Endlich gelang es einem der Streifenbeamten, die Musikanlage vom Strom zu trennen. Zeitgleich erstarb auch das Licht der Scheinwerfer und wich kaltem Weiß von gewöhnlichen Deckenlampen, in dem die harte Wirklichkeit zum Vorschein kam. Das ausgemergelte Gesicht der Tänzerin zeigte Erleichterung, nachdem sie auf Haslers Geheiß hin die Tanzfläche verlassen hatte, um ihren Ausweis zu holen. Ihre Schicht war vorerst zu Ende. Die zwei Gäste waren verschwunden, nachdem Schirmers Assistent sich ihre Namen notiert hatte. Einer von den beiden war Schirmer bekannt vorgekommen, er verknüpfte das Allerweltsgesicht des Mannes mit einer Empfindung, die er erst unlängst gehabt hatte. Sie war zum Greifen nah, ließ sich aber nicht einfangen.

»Die Gäste sind sauber, die Nutte ebenso. Sie hat eine Arbeitserlaubnis und ist natürlich nur Tänzerin«, berichtete Hasler, nachdem er mit der Frau aus der Garderobe zurückgekehrt war.

»Muss ich wieder tanzen?«, fragte sie Schirmer.

Er war peinlich berührt von ihrem Anblick. Ihr Dessous zeigte mehr, als es verbarg. Irritiert blickte er zur Seite. »Sieh zu, dass du nach Hause kommst. Hier tanzt heute niemand mehr.« Insgeheim freute ihn die Gewissheit, ein weiteres Mal eine Entscheidung getroffen zu haben, die eigentlich Graf oblag. Er wollte Hasler gerade nach den Namen der beiden Gäste fragen, als Schreie aus der Richtung ertönten, in die Wenzel verschwunden war.

***

In Mehrdad Heinzbauers Büro empfing die Ermittler wüstes Durcheinander. Umgestürzte Möbel, auf dem Boden verteiltes

Büroinventar: Hier hatte ein Kampf stattgefunden. Ein Riese in dunkelblauem Designeranzug lag bäuchlings auf dem Boden und wurde von zwei Männern des Einsatzkommandos fixiert, während ein dritter Beamter umständlich dabei war, dem Mann Handschellen anzulegen. Keuchend und fluchend versuchte der Hüne, dessen Größe Schirmer auf mindestens zwei Meter schätzte, sich aus der schmerzhaften Fixierung zu befreien. Schirmer stieg umständlich über die in wildem Tumult vereinten Körper hinweg, während Hasler die Kollegen des Einsatzkommandos unterstützte.

»Tu dir bloß nicht weh, Arno«, knurrte Schirmer, ohne dem Geschehen auf dem Boden noch länger seine Aufmerksamkeit zu schenken. Die Handschellen würden sich früher oder später um die fleischigen Unterarme des Gorillas schließen, dafür würden die vermummten Jungs schon sorgen. Er widmete sich dem, was sich hinter dem umgekippten Schreibtisch tat.

Auch Mehrdad Heinzbauer war ohne Zweifel bereits durch die Hände des Einsatzkommandos gegangen. Der Besitzer des »Zeus Club« saß mit am Rücken gefesselten Händen auf dem Boden und blutete aus einer Platzwunde über dem rechten Auge. Sein Hemd war an mehreren Stellen zerrissen. Simon Graf hockte so nahe vor dem Nachtclubbesitzer, dass sich ihre Nasenspitzen fast berührten. Schirmer stieß sich nicht daran, dass Mehrdad Heinzbauer im Zuge seiner Festnahme anscheinend einige Schrammen abbekommen hatte, und es scherte ihn auch nicht, dass Graf den Oberkörper des Gefesselten immer wieder grob gegen die Wand presste. Was den Leiter der Mödlinger Kripo allerdings gewaltig gegen den Strich ging, war die Tatsache, dass sich Erwin Wenzel am fragwürdigen Vorgehen des BKA-Mannes beteiligte. Immer, wenn Graf Heinzbauer gegen die Wand knallte, war es Wenzel, der ihn unsanft an den Schultern packte und wieder so weit nach vorn riss, dass das Spiel von Neuem beginnen konnte.

»Aus, Wenzel, Schluss damit!«, schrie Schirmer. »Kann mir jemand erklären, was hier los ist? Wenzel, nimm die Hände von dem Mann!«

Erwin Wenzel stand blitzschnell auf. Aber bevor er zu einer

Rechtfertigung ansetzen konnte, wurde er von Schirmer am Ärmel gepackt und weggezerrt.

»Mach, dass du hier rauskommst. Warte im Wagen und pass auf meinen Hund auf. Wenn ich dich nachher woanders finde als auf der Rückbank, kannst du deine Dienstmarke gleich abgeben.«

Einen Augenblick lang drohte die Situation zu eskalieren. Wenzel blickte über den Scheitel seines Vorgesetzten hinweg. Erst flammte Zorn in den Augen des jungen Mannes auf, dann Ratlosigkeit und schließlich Resignation. Beleidigt wandte er sich ab und verließ Mehrdad Heinzbauers Büro.

»Wieso hast du ihn rausgeschickt? Du hättest mich fragen müssen. Kollege Wenzel steht bei dieser Razzia genauso unter meinem Kommando wie du.« Graf stieß Mehrdad Heinzbauer ein letztes Mal mit aller Kraft gegen die Wand und erhob sich.

»Stand, meinst du wohl. So wie es aussieht, ist die Aktion ja nun vorbei.« Schirmer konnte seine Schadenfreude nur schwer verbergen. Vor allem, als er an die Tänzerin und den Diensthundeführer dachte, die er kurz zuvor eigenmächtig nach Hause geschickt hatte. »Außerdem lasse ich mir den Jungen von dir nicht verhunzen. Der ist nur auf Dienstzuteilung bei uns und hat noch nicht mal den Kriminalbeamtenkurs absolviert. Wenn ich mir Heinzbauer so ansehe, riecht das Ganze schwer nach Überreaktion. Und wenn du Wenzel da mit reinziehst, dann –«

»Herr Heinzbauer hat sich der Festnahme widersetzt«, fuhr Graf auf. »Die Kollegen von der Cobra mussten Gewalt anwenden, um die Situation zu klären«, schrie er so laut, dass auch Mehrdad Heinzbauer mitbekam, worum es ging.

Er hob den Kopf und lächelte gelassen. Das dunkelrote Rinnsal auf seiner rechten Gesichtshälfte begann bereits zu trocknen. Schmerzen waren ihm nicht fremd, Situationen wie diese hatte er in seinem Leben zur Genüge erlebt. »Ich werde dich verklagen, Graf. Dich und deine Robocops. Du denkst wohl, du kannst dir alles erlauben? Aber nicht mit mir, ich will meinen Anwalt anrufen. Das steht mir zu, und das weißt du auch. Erzähle deinen Kollegen doch mal den wirklichen Grund, warum du so scharf auf mich bist.« Wieder dieses Lächeln. »Oder soll ich das für dich machen?«

»Raus! Raus mit ihnen! Heinzbauer und sein Kompagnon sind wegen Drogenbesitzes festgenommen!« Graf zog einen Plastikbeutel mit weißem Pulver hervor und hielt ihn Heinzbauer triumphierend vor die Nase.

»Deshalb sperrst du uns ein?« Er stöhnte laut auf. »Das sind ja nicht mal zwei Gramm. Die gehören meinem Türsteher für den Eigenbedarf. Ihr habt es doch in seiner Hosentasche gefunden.«

»Schafft mir die zwei aus den Augen und bringt sie ins BPK«, befahl Graf.

Mehrdad Heinzbauer wirkte unpassend gelassen, als die drei vermummten Polizisten ihn und seinen Türsteher aus dem Raum brachten. »Graf, noch ehe du deinen Bericht fertig hast, sind wir wieder draußen. Zwei Gramm, hast du das wirklich nötig?«

***

Hasler war wieder auf den Beinen. Bei der Unterstützung des Einsatzkommandos waren seine Frisur und – was für ihn viel schwerer wog – auch sein Schnauzbart in Unordnung geraten. Er strich die Enden seines Bartes in dessen korrekte Form und schloss auf Schirmers Zeichen hin die Tür.

»Du bist uns wohl ein paar Erklärungen schuldig. Was ist da zwischen dir und Heinzbauer?«, fragte Schirmer.

Graf winkte ab. »Was soll zwischen uns schon sein? Ich werde mich wegen dem, was ein zweitklassiger Zuhälter von sich gibt, doch wohl nicht rechtfertigen müssen. Der will mir einfach nur ans Bein pissen. Ihr solltet euch lieber fragen, warum wir nichts gefunden haben. Schaut euch doch mal um, die Aktion wurde verraten, das liegt auf der Hand. Bei euch muss es eine undichte Stelle geben.«

Schirmer blieb hartnäckig. »Wo ist dein Informant? Ich würde mit deiner Quelle gern mal ein Wörtchen reden.«

»Das ist ein paar Nummern zu groß für deine Schuhe, Kollege Schirmer.« Graf zeigte auf Schirmers schwarze Slipper. »Der

Informant arbeitet verdeckt, und solange ich nicht weiß, wo in eurem BPK das Leck ist, werde ich seine Identität auf keinen Fall preisgeben.«

»Kollege, was hat Heinzbauer damit gemeint, als er sagte, du wärst scharf auf ihn?«, fragte Hasler beinahe schüchtern. Die Situation war ihm sichtlich unangenehm.

»Herrgott! Ist das jetzt ein Verhör? Muss ich mich rechtfertigen, weil uns ein kleiner Vorstadtzuhälter gegeneinander ausspielen will? Ich habe Heinzbauer schon einmal hinter Gitter gebracht, das sollte als Erklärung reichen.«

»Was da auf Arnos Nase sitzt, ist eine Lesebrille und kein Hörgerät. Du brauchst also nicht zu schreien, er versteht dich auch so. Ich sowieso. Weißt du eigentlich, was mich beruhigt?«

Graf wartete irritiert auf Schirmers Erklärung.

»Mich beruhigt, dass du für diese Aktion verantwortlich zeichnest. Zwei Festnahmen wegen einer Länge Koks, bitte sehr, gehen auf dich. Der groß angekündigte Schlag gegen den Menschenhandel, deine Angelegenheit. Ich werde noch heute Abend Plasch anrufen, und wenn der Fall nicht sofort komplett vom BKA übernommen wird, werde ich dir die Presse auf den Hals hetzen. Wir haben in dieser Stadt derzeit ohnehin schon genug um die Ohren. Andere, kleine Dinge, die einem wie dich höchstens ein müdes Lächeln kosten. Aber auch die müssen erledigt werden. Da können wir einen Klugscheißer aus Wien nicht auch noch unterstützen. Komm wieder, wenn du was Handfestes hast. Und eines noch.« Schirmer hob den Zeigefinger. »Wenn du Wenzel in deine Angelegenheiten mit reinziehst, wirst du mich richtig kennenlernen.«

Abteilungsinspektor Simon Graf blickte den beiden Beamten nach. Diese Provinzpolizisten, was wussten die schon? Ein altbekannter Schmerz durchfuhr ihn. Eine längst überwunden geglaubte Emotion aus vergangenen Tagen. Während er das beschlagnahmte Kokaintütchen in seinen Händen knetete, rannen Tränen über seine Wangen. Es waren Tränen der Wut.

19

Um fünf Uhr früh saß Schirmer bereits in seinem Büro und brütete über dem Bericht, den er über die Befragung von Otto Schornitz schreiben musste. Sie waren erst um ein Uhr nachts ins BPK zurückgekehrt, und Schirmer hatte nach einer großen Runde durch den Europapark beschlossen, dass Erhard und er sich das alte Klappbett in seinem Büro teilen würden, anstatt nach Hause zu fahren.

Jetzt lag nur der Hund auf dem Bett, drehte sich träge einmal um die eigene Achse und ließ einen fahren, bevor er seelenruhig weiterschlief. Als der Geruch von faulen Eiern Schirmer erreichte, klickte er entnervt das Dokument vom Bildschirm weg. Die vielen Eindrücke der vergangenen Tage blockierten ihn. Er lehnte sich zurück und hatte auf einmal das Gefühl, dass er und seine Leute in einfach allen Angelegenheiten, mit denen sie momentan beschäftigt waren, nicht weiterkamen. Die Vandalen wüteten weiter im Bezirk, als wäre die Rechtsordnung abgeschafft worden, über seine unangenehm abgelaufene Begegnung mit Otto Schornitz musste er auch noch ein paar Zeilen schreiben, und Balogh und Wenzel standen kurz davor, sich gegenseitig die Köpfe einzuschlagen. Schirmer beschloss, mit ihnen zu sprechen, sobald sie heute zum Dienst erschienen. Ein Blick auf den Tischkalender verriet ihm, dass Hasler wegen einiger Arztbesuche den ganzen Tag freihatte.

Er zündete sich eine Zigarette an, schloss die Augen und inhalierte tief. Er musste versuchen, den Streit zwischen Balogh und Wenzel irgendwie zu bereinigen, und anschließend würde er Wenzel auf die Unterhaltung im Park ansprechen. Was hatte ein Beamter der Mödlinger Kripo mit einem BKA-Ermittler so Geheimes zu besprechen, dass es außerhalb der Dienststelle geschehen musste? Während Schirmer darüber nachdachte, fiel ihm ein, dass er noch immer keine Antwort von Jonas Friedl erhalten hatte. Er musste sich in Geduld üben.

Als er sich die Einleitungsworte für das Gespräch mit Wenzel überlegte, hörte er ein Knarren. Das Geräusch kam vom Gang, es war fünf Uhr zehn. Um diese Zeit sollte sich eigentlich niemand hier befinden. Obwohl die Verbindungstür zum Büro seiner Mitarbeiter geschlossen war, hörte er, dass jemand den Raum betrat. Auch Erhard setzte sich abrupt auf, spitzte die Ohren und knurrte. Schirmer sah an sich hinab, er hatte nichts an außer einer weißen Feinrippunterhose. Kurz überlegte er, ob er in diesem Aufzug nach dem Rechten sehen sollte. War Wenzel oder gar Balogh doch schon hier? Eine Begegnung mit ihr wollte er sich halb nackt, wie er war, dann doch besser ersparen.

Die Klinke bewegte sich langsam nach unten, und Heinrich Müller steckte den Kopf durch die Tür. »Du? Ich habe nicht gewusst, dass du schon da bist.«

»Ich bin noch hier, nicht schon. Guten Morgen übrigens.«

Müller blickte sich um, als würde er nach etwas suchen.

»Kommst du immer bei uns vorbei, wenn noch niemand da ist, Heinrich?« Schirmer stand auf, die unpassende Bekleidung kümmerte ihn nicht mehr. Das Auftauchen von Heinrich Müller hatte seine Sinne geschärft, er war hellwach. Erst jetzt sah er, dass Müller etwas in der Hand hielt.

»Ich wollte dir das hier auf den Tisch legen. Meine Schicht endet um sieben, und ich wusste nicht, ob ich dich vor dem Heimgehen noch sehe.« Müller reichte Schirmer die Blätter. »Der Phantomzeichner vom Landeskriminalamt hat gestern Abend die Bilder vorbeigebracht.«

»Welche Bilder?« Schirmer hatte keine Ahnung, wovon Müller redete.

»Na, dieser Adel Halil hat doch die Täter beschrieben. Hat dir Wenzel nichts davon erzählt? Er weiß jedenfalls, dass der Zeichner im Spital war. Angeblich war es ein schweres Unterfangen, weil Halil ja kaum sprechen kann. Letztendlich sind daraus aber doch recht gute Bilder entstanden. Meint zumindest der Phantombildzeichner.« Müller lächelte.

Schirmer war nicht entgangen, dass sich auf der Stirn seines Kollegen Schweißperlen gebildet hatten. »Ja, ich erinnere mich. Wenzel hat es mir gesagt«, log er, drückte die zur Hälfte gerauchte Zigarette aus, stand auf und zog die Unterhose ein Stück höher. »Okay, dann gib die Meisterwerke mal her.«

Müller reichte Schirmer die Zeichnungen und setzte sich ungefragt auf einen Stuhl. »Da habt ihr gestern ja ganz schön danebengehauen. Heinzbauer und sein Schläger, Jarosch heißt der übrigens, werden um acht schon wieder entlassen. Der Staatsanwalt soll Graf am Telefon angeblich zur Sau gemacht haben. Und zwei Gramm weißes Pulver ist alles, was ihr gefunden habt? Weder Huren noch Geschmuggelte?« Das letzte Wort unterstrich Müller, indem er mit Zeige- und Mittelfinger beider Hände Anführungszeichen in die Luft malte.

»Du bist aber bestens informiert, Heinrich.« Schirmer hätte das Gespräch an dieser Stelle gerne beendet.

»Ich hatte heute Nacht das Kommando über die Bezirksleitstelle. Euer glorreicher Einsatz war im Funk zu hören.« Er grinste.

»Ist Graf noch im Haus?«

»Nein, der ist beschämt abgedampft.« Das Grinsen wurde zu einem Lachen.

Schirmer schoss eine Frage durch den Kopf. Bis jetzt hatte er eine entscheidende Sache völlig außer Acht gelassen. »Sag mal, Heinrich, wer hat die Leichen in Guntramsdorf eigentlich gefunden? Gab es einen Anrufer?«

Müller kratzte sich hinter dem Ohr und atmete hörbar aus.

»Einen Anruf? Ja, da war ein anonymer Anruf bei der Bezirksleitstelle, jetzt erinnere ich mich wieder. Einer meiner Jungs hat ihn entgegengenommen und mich dann gleich verständigt. Schöner Scheiß, das kann ich dir sagen. Meine Feier abgebrochen … wegen ein paar Kameltreibern.«

Nachdem beide für eine Weile geschwiegen hatten, sprang Müller plötzlich auf. »So, mein Freund! Bald ist Dienstschluss, ich werde noch in der Polizeiinspektion nach dem Rechten sehen.« Er reichte Schirmer die Hand und war bereits im Begriff, den Raum zu verlassen, drehte sich aber noch einmal um. »Wie ist es eigentlich bei Schornitz gelaufen?«

»Frag nicht«, antwortete Schirmer und nahm wieder Platz. »Das mit der falschen Adresse von Istvan Geller ist übrigens seltsam, da kommt noch eine Menge Arbeit auf uns zu. Irgendwo muss der Typ doch wohnen.«

»Und Schornitz?«, hakte Müller nach. Schirmers Überlegungen schienen ihn nicht zu interessieren. »Wie ist der so?«

Müller also auch, dachte Schirmer und hob müde die Schultern. »Ein Österreicher mit Leib und Seele«, gab er die Antwort, die der Kollege anscheinend hören wollte.

»Ja, dem sind wir nicht egal. Also, bis dann.«

Als Müller endlich gegangen war, beschloss Schirmer, Kaffee aufzusetzen und die anstehende Krisensitzung mit Balogh und Wenzel weiter vorzubereiten. Er wusste nicht, warum, aber die Begegnung mit Müller hatte ein seltsames Gefühl in ihm hinterlassen.

20

Nach mehreren erfolglosen Versuchen gab Schirmer auf. Er hatte die Zugangsdaten vergessen, die für eine Anfrage im Melderegister erforderlich waren. Er rief in der Polizeiinspektion an und war froh, als ein junger, unerfahrener Beamter das Gespräch annahm. Wäre ein erfahrener rangegangen, hätte Schirmer sofort wieder aufgelegt. So aber erklärte er dem Wachhabenden, dass er für eine dringende Ermittlung wissen müsse, wer unter der Adresse Parkstraße 8 c gemeldet sei, und dass sein Computer gerade den Geist aufgegeben habe. Erforderlich wären aktuelle und alte Meldedaten. Der junge Kollege schöpfte keinen Verdacht und wusste zum Glück auch nicht, wer Katja Neuberger war, deren Name bei der Abfrage unweigerlich auftauchen würde. Schirmer trug ihm auf, den Auszug aus dem Melderegister in ein Kuvert zu stecken und an ihn adressiert in das Posteingangsfach des Kriminaldienstes zu legen. Er würde ihn persönlich abholen.

Nachdem er sich wieder tageslichttauglich angezogen und Erhard geweckt hatte, holte er den Umschlag ab – der Beamte war fix gewesen – und verließ das Gebäude durch die Garage. Bevor er in den Wagen stieg, schickte er eine SMS an Balogh und Wenzel: »Bin den ganzen Tag im Außendienst und telefonisch erreichbar. Hasler hat heute frei. Erledigt euren Papierkram.«

Insgeheim hoffte er, dass sich Balogh und Wenzel von allein wieder versöhnen würden. Vielleicht kamen sie ja bei einem gemeinsamen Tag im Büro wieder zur Vernunft und wechselten ein paar klärende Worte miteinander. Und wenn nicht, dann war da ja noch Hasler, den er als Puffer zwischen den Streithähnen einsetzen konnte. Dass es irgendetwas gab, das Wenzel vor ihnen geheim hielt, stand auf einem anderen Blatt. Wie er sich dieser Sache annehmen sollte, wusste Schirmer noch nicht, aber seine Erfahrung hatte ihn gelehrt, dass es für alles den richtigen Zeitpunkt gab und Geduld, auch wenn sie nicht unbedingt zu Schirmers Stärken zählte, ein verlässlicher Verbündeter war.

***

Schirmer startete den Motor, rangierte umständlich aus der engen Parklücke und reihte sich in den morgendlichen Verkehr auf der Hauptstraße ein.

Radio Niederösterreich brachte in den Nachrichten einen Bericht über die erfolgreiche Durchsuchung eines Nachtclubs in Mödling, bei der Ermittler des Bundeskriminalamtes Suchtgift gefunden hätten. Zwei Männer seien festgenommen worden. Der Sprecher berief sich auf einen ausführlichen Artikel in der »Mödlinger Zeitung«, Friedls Werk, wie Schirmer sofort klar war. Keine Rede davon, dass man ganze zwei Gramm Koks gefunden hatte und Heinzbauer und sein Gorilla wahrscheinlich bereits bei einem ausgiebigen Frühstück saßen und sich über die Polizei lustig machten.

Schirmer brauchte Ruhe zum Nachdenken. Spontan beschloss er, an einem Teich vor der Stadtgrenze anzuhalten und sich die Beine zu vertreten. Nachdem er Erhard von der Leine gelassen hatte, verschwand der Hund im kniehohen Gras, das sich um das grün schimmernde Gewässer zog. Schirmer ging bis zum Ende eines Steges, zündete sich eine Zigarette an und versuchte, anhand des raschelnden Grases zu erraten, wo Erhard sich herumtrieb. Dann und wann erschien der graubraune Mischling, von dem Schirmer nicht wusste, welche Rassen er in sich vereinte, zwischen den Gräsern. Die kurzen Beine trugen einen Körper, der einer dicken Zigarre ähnelte, der kleine Kopf mit seinen Schlappohren und der schwarzen Schnauze wirkten wie auf den Rest des Hundes aufgesetzt. Eine Ente schnatterte irgendwo. Erhard bellte. Schirmer wartete eine Weile vergeblich darauf, dass sein Hund mit der Ente im Maul wieder auf der Bildfläche auftauchte, dann ging er in Gedanken noch einmal die Geschehnisse im »Zeus Club« durch.

»Erzähle deinen Kollegen doch mal, warum du so scharf auf mich bist«, hatte Heinzbauer lächelnd in den Raum geworfen.

Nein, das war nicht von Bedeutung, zumindest nicht jetzt. Der Gedankenfilm spulte weiter zurück und stoppte bei der Tänzerin. Nein, das auch nicht. Das junge Ding war froh gewesen, nach Hause gehen zu können. Erst jetzt wurden Schirmer die Konsequenzen seines Handelns bewusst. Heinzbauer würde das Mädchen vermutlich windelweich prügeln, wenn dies nicht sein Schläger, dieser Jarosch, für ihn übernahm. Sie war einfach nach Hause gegangen, hatte den Anweisungen eines Fremden Folge geleistet und sich nicht darum geschert, was ihr Beschützer davon hielt. Der »Zeus Club« samt seinem Inventar, einschließlich des menschlichen, gehörte Heinzbauer, und die Regeln der Unterwelt besagten nun einmal, dass ein Mädchen seinem Beschützer bedingungslosen Gehorsam schuldete. Razzia hin oder her. Die Kleine würde so schnell nicht wieder für die geilen Säcke tanzen können, die sich jede Nacht im »Zeus Club« herumtrieben. Das war es! Die Gäste. Einen der beiden hatte Schirmer zuvor schon einmal gesehen, jetzt glaubte er, sich erinnern zu können, wo das gewesen war. Er rief Hasler an. Dass sein Assistent einen freien Tag hatte, kümmerte Schirmer nicht.

»Harald hier. Du hast doch deinen Notizblock immer dabei, Alter?«

Hasler bestätigte dies flüsternd. Er befand sich gerade beim Urologen im Wartezimmer.

»Gut, dann gib mir doch bitte mal die Namen der zwei Gäste durch, die du gestern im ›Zeus Club‹ perlustriert hast.«

Das Ergebnis war nicht das, was Schirmer erhofft hatte. Dennoch war er sich seiner Sache sicher und ärgerte sich grün und blau, weil Hasler den nun folgenden Ausführungen nicht ganz folgen konnte. Sein Assistent beendete das Gespräch schließlich, da er während des Telefonats schon mehrere Male in den Behandlungsraum gerufen worden war.

Es musste eine logische Erklärung dafür geben, dass der Name nicht auf Haslers Block stand, und nach einem weiteren Telefonat wusste Schirmer, wie er weiter vorgehen würde. Er rief nach Erhard, der augenblicklich aus dem Dickicht auftauchte, ohne Ente.

21

Linda Schornitz erwartete ihn bereits im Schatten der steinernen Löwen. Während sie die Hand zaghaft zu etwas hob, das Schirmer als Gruß deutete, erschien hinter ihr eine weitere Person. Ein Junge, ein Mann, eigentlich ein Kind in einem Männerkörper, das Linda Schornitz um einen Kopf überragte, aber trotzdem hinter ihr stehen blieb und den Fremden schüchtern musterte.

Schirmer quälte sich umständlich aus dem Wagen und schloss die Tür, ließ aber die beiden vorderen Scheiben offen, damit Erhard ausreichend Luft bekam. »Danke, dass Sie sich so kurzfristig Zeit genommen haben, Frau Schornitz.«

Die Angesprochene nickte und sah ihn freundlich an. Dem Ermittler fiel sofort auf, dass sie unbeschwerter wirkte als noch bei ihrer ersten Begegnung.

»Sie sollten Ihren Hund nicht im Wagen lassen«, erwiderte sie, während sie Schirmer die Hand reichte.

Er sah sich um und merkte erst jetzt, dass Erhard vergeblich versuchte, aus dem Auto zu gelangen. Die Promenadenmischung hatte sich auf der Rückbank aufgerichtet und kratzte winselnd an dem Fensterglas.

»Trotz der offenen Fenster wird es im Auto in null Komma nichts vierzig Grad haben. Eindeutig zu viel für Ihren Kleinen«, fügte Linda Schornitz hinzu und lächelte noch immer.

Schirmer entschuldigte sich brummend, kehrte zum Fahrzeug zurück und öffnete eine der hinteren Türen. Sofort sprang Erhard aus dem Wagen und hielt schnurstracks auf Linda Schornitz und den jungen Mann zu, der sich nicht vom Fleck bewegt hatte. Hechelnd nahm der Hund zwischen den beiden Platz und signalisierte Schirmer damit, dass er so schnell nicht wieder aufstehen wollte.

»Verzeihen Sie bitte, aber: Erhard, du dummes Vieh«, setzte Schirmer an, wurde aber prompt von Linda Schornitz unterbrochen.

»Ach, lassen Sie ihn doch.« Sie beugte sich für einen Moment zu Erhard hinunter, um ihn hinter den Ohren zu kraulen. »Darf ich Ihnen meinen Sohn vorstellen? Albrecht, das hier ist Herr Schirmer von der Polizei. Herr Schirmer hat ein paar Fragen an mich.«

Als Schirmer die Hand in Richtung des Jungen ausstreckte, fasste Albrecht seine Mutter an den Schultern und zog schüchtern den Kopf ein. Dem Kriminalbeamten war sofort die Art aufgefallen, in der Linda Schornitz die letzten Sätze gesprochen hatte. Laut und langsam. Albrecht Schornitz hatte anscheinend ein Handicap. »Also … Hallo, Albrecht«, grüßte Schirmer verlegen.

Linda Schornitz war das Verhalten ihres Sohnes anscheinend gewohnt. Ohne die für Schirmer unangenehme Situation zu kommentieren, fragte sie freiheraus: »Was möchten Sie denn noch wissen? Ich muss Ihnen leider mitteilen, dass mein Vater heute nicht auf dem Gut weilt. Er ist einige Tage geschäftlich in Niederösterreich unterwegs und wird frühestens morgen zurückerwartet. Die Partei erfordert im Moment seine gesamte Zeit.«

Schirmer war der verächtliche Tonfall nicht entgangen, mit dem sie von der Partei gesprochen hatte. »Es ist weniger wegen Ihres Vaters. Ich würde gerne mit Ihrem Mann sprechen, können Sie das einrichten?«

Linda Schornitz trat aus dem Schatten der Löwen. Erst jetzt, im gleißenden Licht der Sonne, die über das Weingut wanderte, bemerkte Schirmer die Verletzung. Die rechte Gesichtshälfte der Frau war geschwollen, Puder und Rouge deckten die blau angelaufene Beule nur schlecht ab.

»Was ist mit Ihrem Gesicht geschehen?« Schirmer biss sich auf die Unterlippe. Er hätte nicht fragen sollen.

»Begleiten Sie mich ein Stück über das Anwesen?«, ignorierte Linda Schornitz die Frage und wartete nicht auf seine Antwort. Sie nahm ihren Sohn bei der Hand, ging mit dem für sie typischen Hinken voraus und hakte sich nach einigen Metern wie selbstverständlich bei ihrem Gast unter, der zu ihr aufgeschlossen hatte.

Schirmer wurde rot im Gesicht. Er war dienstlich hier, kein Verehrer aus längst vergangenen Tagen, der mit der Tochter des Gutsbesitzers durch die Weinhänge spazieren wollte. Dann aber führte er die unangebrachte körperliche Nähe auf Linda Schornitz' Behinderung zurück, die sich sofort bemerkbar machte. Jedes Mal, bevor ihr rechter Fuß auf dem Boden aufsetzte, pflügte er durch den Kies, und wann immer dies der Fall war, berührte Linda Schornitz mit ihrer Schulter Schirmers linken Oberarm. Also spazierten sie wie eine glückliche Familie über das Grundstück. Albrecht Schornitz an der rechten Hand seiner Mutter, Linda Schornitz bei Schirmer eingehakt. Er bereute bereits, wegen einer bloßen Ahnung noch einmal hergekommen zu sein. Er fühlte sich beobachtet, wandte sich um, blickte zurück zum Haus, dann den Schotterweg entlang, nach links und nach rechts. Wenn ihn bloß niemand so sah.

Als hätte sie Schirmers Gedanken gelesen, hielt Linda Schornitz unvermittelt an und löste sich von ihm. »Wir sind alleine auf dem Gut. Vater ist nicht hier, mein Gatte ist geschäftlich unterwegs, und außer Herrn Schreitler, der meinen Mann begleitet, haben wir keine Angestellten mehr.«

Schirmer fühlte sich ertappt. Er kratzte sich am Hinterkopf, sein Blick lag noch immer auf der Villa Schornitz, deren Fenster ihn neugierig zu beäugen schienen. »Und wann kommt Ihr Mann nach Hause?«

Bei der Frage begann Albrecht Schornitz mit dem Oberkörper zu wippen. Schirmer hatte der Anwesenheit des jungen Mannes bislang wenig Beachtung geschenkt, aber jetzt bewegte sich Albrecht mit immer ausladenderen Bewegungen vor und zurück und hielt dabei die freie Rechte an sein Ohr, während er mit der Linken die Hand seiner Mutter drückte. Schirmer blickte zur Seite und tat, als würde er in seiner Hosentasche nach Zigaretten suchen.

»Dietrich hat mir nicht gesagt, wann er wiederkommt. Er kann sich vor Arbeit kaum retten. Gerade jetzt, wo bald die Vorbereitungen für die Weinlese beginnen.«

Schirmer fiel es zusehends schwerer, Albrechts Verhalten zu

ignorieren. Der Junge schaukelte jetzt wie wild, klammerte sich dabei an seine Mutter und begann auch noch zu summen.

»Albrecht, es ist gut.« Ihre sanft klingende Stimme zeigte augenblicklich Wirkung. Albrecht hob den Kopf und sah abwechselnd zu seiner Mutter, zu Schirmer und zu Erhard, der sich zu seinen Füßen niedergelassen hatte. Der junge Mann lächelte dankbar, als wäre er aus einem bösen Traum gerettet worden, löste sich von seiner Mutter, hockte sich auf den Boden und streichelte Erhard, der die Sonderbehandlung grunzend genoss.

»Mein Sohn ist … Er ist ein bisschen anders, seit sein Vater tot ist.«

Albrecht legte sich neben Erhard auf den Boden, der über das Gesicht des Jungen leckte und dabei mit dem Schwanz wedelte.

»Sein Vater?« Schirmer verstand nicht. »Ihr Mann, Dietrich Schornitz … Ich dachte …«

»Dietrich hat nach unserer Hochzeit meinen Namen angenommen. Er wird ja irgendwann einmal das Gut übernehmen … das Weingut Schornitz … Sie verstehen?« Linda wirkte plötzlich traurig. »Wir gehen jetzt besser zurück«, sagte sie leise. »Ich werde meinen Gatten bitten, Sie zu kontaktieren, wenn er wieder da ist.«

Obwohl für Schirmer kein Bedarf mehr an einem Gespräch mit ihrem Mann bestand, reichte er Linda Schornitz eine Visitenkarte. Seine Frage war beantwortet worden.

Nachdem sie wieder bei seinem Dienstwagen waren, fühlte er sich erleichtert. Aber bevor er einsteigen konnte, fing Linda Schornitz wieder an zu reden, so als wollte sie sich für Albrechts Verhalten rechtfertigen. »Albrechts Vater ist vor sechs Jahren bei einem Tauchunfall ums Leben gekommen. Albrecht hat alles mitangesehen und spricht seitdem kein Wort mehr«, erzählte sie Schirmer mehr, als dieser über das Schicksal ihres Sohnes wissen wollte.

»Ja, tragisch. Hm, und die Ärzte …?« Er hatte keine Ahnung, was er erwidern sollte.

»Die Ärzte?« Linda atmete laut aus. »Ich hatte kurz nach dem Tod meines Mannes einen Nervenzusammenbruch und konnte mich nicht um Albrecht kümmern. Auch damals war mein Vater viel unterwegs, Sie wissen ja, wie das bei Geschäftsleuten ist. Jedenfalls haben wir sehr spät begonnen, jeden Spezialisten des Landes zu konsultieren, aber wir haben es getan. Keiner konnte uns wirklich helfen. Alle haben gesagt, es liegt allein an ihm, wann er wieder zu sprechen beginnt.« Hastig wischte sie sich die Tränen weg, die plötzlich über ihre Wangen liefen. Die bläuliche Schwellung am Jochbein, die bis jetzt mehr schlecht als recht verdeckt gewesen war, kam noch deutlicher zum Vorschein. »Albrecht, verabschiede dich jetzt bitte von Herrn Schirmer und warte im Haus auf mich.«

Der Junge hatte bis zu diesem Augenblick mit Erhard auf dem Boden herumgetollt. Jetzt stand er auf, presste die Hände auf die Ohren und lief zum Haus. Als er die Türschwelle erreicht hatte, drehte er sich um und musterte Schirmer. Ein fragender Blick.

Der Ermittler hob zaghaft den Arm. »Kannst wieder mal mit dem Hund spielen!«, rief er dem Jungen nach, der bereits im Haus verschwunden war. Dann betrachtete er einen Moment zu lange die Verletzung in Linda Schornitz' Gesicht.

Die Frau senkte verlegen den Kopf und setzte zu einer Erklärung an: »Ein Sturz, ich bin auf der Kellertreppe ausgerutscht.« Sie bedeckte die Schwellung mit der Hand. »Nichts Ernstes, ist mir schon hundertmal passiert. Ich bin ein wenig tollpatschig.« Das Zittern in ihrer Stimme verriet die Lüge.

»Also dann.« Schirmer beobachtete Erhard, der in den Wagen sprang. »Sie brauchen Ihrem Mann nichts ausrichten. Ich werde mich wieder melden.«

Linda Schornitz ergriff seine ausgestreckte Hand und drückte sie einen Moment länger als üblich. »Das mit Ihrem Hund war nett.«

»Bitte?«

»Albrecht hat das Spielen mit Erhard gutgetan. Vielleicht sehen Sie ja mal wieder bei uns vorbei.«

Schirmer stieg in den Wagen und legte den Sicherheitsgurt an. »Sobald wir etwas über Istvan Geller wissen, werden wir uns bei Ihrem Vater melden.« Er startete den Motor und blickte sich noch einmal um. »Und Sie haben wirklich nur einen einzigen Angestellten auf dem Gut?«

»Ja, Erich Schreitler. Er ist gewissermaßen die rechte Hand meines Mannes. Chauffeur, Lagerarbeiter, Mechaniker und vieles mehr. Jetzt, wo Herr Geller weg ist, muss Herr Schreitler alles allein schaffen.«

Schirmer zeigte auf die Weinberge, die sich hinter der Villa erstreckten. »Und die Lese? Sie haben die Weinlese angesprochen. Wer macht das? Doch wohl nicht Schreitler allein?«

Linda Schornitz schüttelte den Kopf. »Nein, dann kommen Erntearbeiter aus Ungarn. Mein Vater bedient sich der Menschen, wann er sie braucht.«

22

Es ging auf Mittag zu. Schirmer hatte den Wagen schräg gegenüber von Katjas Haus abgestellt. Die Fenster waren geschlossen, von der Haushälterin war nichts zu sehen. Er nahm den Umschlag vom Beifahrersitz, riss ihn auf und überflog eilig das, was ihm der Kollege am Morgen ausgedruckt hatte. Für die Adresse Parkstraße Nummer 8 c waren die Meldedaten aus den vergangenen dreißig Jahren im System verfügbar. Schirmer blickte die Straße entlang. Er schätzte, dass das Haus mindestens hundert Jahre alt sein musste, und führte die fehlenden Meldedaten darauf zurück, dass die elektronische Nacherfassung noch nicht abgeschlossen war. Wie auch immer, wenn die Ausdrucke auf seinen Knien stimmten, dann war Katja ganze drei Wochen nach ihrer Scheidung hier eingezogen.

»Du Miststück«, zischte er. Obwohl der Umstand natürlich noch kein Beweis dafür war, dass Katja schon während ihrer Ehe einen Liebhaber gehabt hatte, gefiel Schirmer der Gedanke, dass sie mehr Schuld an der Trennung trug, als sie eingestand. Er las weiter. Bis in die späten Achtziger hatte ein Ehepaar in dem Haus gelebt, danach ein damals dreißigjähriger Mann. Schirmer rechnete im Kopf nach. Das konnte passen, der Typ müsste jetzt in Katjas Alter sein. Doch die Geschichte des Mannes in diesem Haus endete 2009.

»Verzogen ins Ausland«, las Schirmer. Anschließend hatte das Haus jahrelang leer gestanden, bis Katja als neue Hauptmieterin in Erscheinung getreten war.

»Hauptmieterin, verdammter Mist! Aber irgendjemandem muss dieser Schuppen doch gehören.« Auf den Auszügen war natürlich nichts darüber vermerkt. Schirmer verfluchte die seiner Meinung nach schlampige Art, mit der die Gemeinde das Zentrale Melderegister betrieb, zerriss die Blätter in kleine Fetzen und stopfte sie zurück ins Kuvert. So kam er hier nicht weiter. Er startete den Motor und schaute, während er am Haus vorbeifuhr, noch einmal zu den Fenstern hinauf. Sobald Hasler wieder da war, würde er sich mit ihm über das Melderegister unterhalten. Hasler wusste mit Sicherheit, wie man an die übrigen Daten kam.

***

Stunden waren vergangen. Schirmer war nicht wieder ins Büro zurückgekehrt, sondern hatte den Wagen vollgetankt und war auf der Südautobahn in Richtung Graz gefahren. Vor der steirischen Landeshauptstadt kehrte er um und fuhr die gesamte Strecke wieder zurück. Viel später, als er sich fragte, was er sich dabei gedacht hatte, konnte er darauf keine Antwort finden. Er wusste nicht, ob er in den Stunden auf der Autobahn überhaupt an irgendetwas gedacht hatte. Nicht einmal Erhard war eine Pause vergönnt gewesen, aber der Hund hatte den Großteil der Fahrt sowieso auf der Rückbank verschlafen.

Zurück in Mödling hielt er bei einem Supermarkt und erledigte die notwendigen Einkäufe. Hundefutter, Mineralwasser, Süßigkeiten, Milch und eine Flasche Wodka. Früher hatte ihm der Alkohol dabei geholfen, schwierige Situationen zu meistern, oder zumindest hatte er sich das so lange eingebildet, bis die Sucht seine Ehe und beinahe auch ihn selbst zerstört hatte. Der Schnaps, der vor ihm auf dem Couchtisch stand, beunruhigte ihn. Er hatte die Flasche in den Einkaufswagen gelegt, ohne groß darüber nachzudenken. Graf und Wenzel standen neben ihm, als er die Dosen für seinen Hund aus dem Regal nahm. Linda Schornitz, die Wange geschwollen, reichte ihm ein Sechserpack Mineralwasser. Als er nach der Milch griff, war auf einmal Dietrich Schornitz da. Ihn hatte er im »Zeus Club« gesehen, und sein Gesicht war es auch gewesen, das er auf dem Weingut auf einem Familienfoto in Otto Schornitz' Büro erkannt hatte.

»Dietrich hat nach unserer Hochzeit meinen Namen angenommen. Er wird ja irgendwann einmal das Gut übernehmen … das Weingut Schornitz«, hatte seine Frau vor wenigen Stunden das Rätsel gelöst.

»Dietrich Piller, ausgewiesen durch einen 1982 ausgestellten Führerschein«, hatte ihm Hasler den Eintrag über die Personenkontrolle im »Zeus Club« vorgelesen. Dietrich Piller oder Schornitz, wie er nun hieß, hatte versäumt, den Führerschein nach seiner Hochzeit ändern zu lassen. Ein Schornitz wäre Hasler bei der Aufnahme der Personalien natürlich sofort aufgefallen, dann hätte Schirmer auch früher die richtigen Schlüsse ziehen können.

Mein Gott, war es denn wirklich so einfach?, fragte sich Schirmer. Die Toten, der verschwundene Wagen, ein abgängiger Chauffeur und Piller bei Heinzbauer?

Er stand auf und schüttelte sich. Er wusste, dass alles zu gut zusammenpasste, um sich später als richtig herauszustellen. So liefen Ermittlungen nicht, irgendwo hakte es am Ende immer. Manchmal verfolgte man Wege, die vor verschlossenen Türen endeten. Zeugen fielen um, der Sachverhalt drehte sich plötzlich, Opfer wurden zu Verdächtigen. Die Sache, wie sie ihm sich jetzt darstellte, erschien ihm zu einfach. Er zog sich splitternackt aus, warf die verschwitzte Kleidung auf den Boden und ging in die Küche. Nachdem er Wasser aus der Leitung getrunken hatte, sah er nach dem Hund. Erhard lag vor der Eingangstür und schlief – mal wieder. Schirmer bekam Gänsehaut. Obwohl es unter Tags noch immer drückend heiß war, konnte man in den kühlen Nächten bereits ahnen, dass der Sommer zu Ende ging. Er blickte an seinem Körper hinab. Sein Penis stand verschrumpelt und klein vom Körper weg, seine Knie zitterten. Er seufzte resigniert, zog seinen Bademantel an, holte eine Dose Leberwurst aus dem Vorratsschrank und setzte sich mit ihr auf die Couch, wo er die Hälfte ihres Inhalts lustlos in sich hineinlöffelte. In sieben Stunden würde er wieder im Büro sein und reinen Tisch machen müssen. Wenzel, Graf, Schornitz und Heinzbauer. Er musste Arno einweihen und mit ihm die weitere Vorgehensweise hinsichtlich Wenzel besprechen.

Gab es einen Spitzel in den eigenen Reihen? Was hatte Heinzbauer gemeint, als er zu Graf gesagt hatte, …? Was, wenn …?

Er verdrängte die unangenehmen Gedanken und griff nach den Zigaretten. Morgen. Sie mussten morgen alles noch einmal durchgehen.

Hoffentlich würde Arno ihn überzeugen, dass er auf dem falschen Weg war. Wenn nicht, hatten sie ein echtes Problem.

Schirmer gab sich einen Ruck, erhob sich, nahm die Flasche und ging in die Küche. Nachdem er den Wodka in den Abfluss gekippt und die Flasche in die Mülltonne geworfen hatte, lehnte er sich erleichtert an den Kühlschrank. Als Erhard zu knurren begann, wurde Schirmer hellhörig. Es war ein leises, ein warnendes Knurren. Ein Laut, den er von seiner Promenadenmischung bisher nicht kannte. Plötzlich war da ein Rascheln. Das Geräusch kam von der anderen Seite der Eingangstür. Der Zeitungsbote konnte es nicht sein, der kam niemals vor fünf. Schirmer griff nach dem erstbesten Gegenstand, einem Brotmesser, und schlich zur Tür. Erhard war aufgestanden, noch immer knurrte er, sein aufgerichteter Schwanz signalisierte Gefahr. Schirmer versuchte vergebens, durch den Spion nach draußen zu schauen. Vor der Tür stand jemand, der mit dem Finger das Guckloch verdeckte. Schirmer ließ den Bademantel von seinem Körper gleiten, er würde nur hinderlich sein bei dem, was nun folgen sollte. Blitzschnell griff er nach dem Türschließer, drückte und zog gleichzeitig, bemerkte aber sogleich, dass die Tür versperrt war. Hektisch drehte er den Schlüssel. Schritte. Jemand lief davon. Endlich ging die Tür auf, und Schirmer hetzte mit dem Messer in der Hand die Stufen hinunter bis zur Haustür, aber der ungebetene Besucher war verschwunden. Erst als er die menschenleere Straße entlangblickte, wurde ihm bewusst, was für einen seltsamen Anblick er bieten musste. Er spürte die Anwesenheit einer Person hinter sich und fuhr herum.

»Das ganze Haus voll Polizei.« Eulalia Neklapil, eine ältere Dame und Schirmers Nachbarin, stand auf dem Treppenabsatz. Mit dem Haarnetz und in ihrem weißen Nachthemd sah sie aus wie ein Schlossgeist. »Das ganze Haus voll Polizei«, wiederholte sie kopfschüttelnd, während der nackte Schirmer die Treppe zu seiner Wohnung hochlief und sie dabei unsanft zur Seite stieß.

***

Schirmer zwängte sich in eine alte Trainingshose, die vom vielen Waschen eingegangen war und schlüpfte in ein Paar Badelatschen. Verzweifelt versuchte er sich daran zu erinnern, wo er seine Pistole hingelegt hatte. Im Wagen, er hatte das verdammte Ding im Handschuhfach des Dienstwagens vergessen, der drei Gassen entfernt stand.

Ruhig bleiben, Schirmer. Ganz ruhig.

Er betrachtete sich im Flurspiegel. Die Haare standen ihm zu Berge, und er keuchte immer noch. Die schmuddelige Trainingshose war schon längst ein Fall für den Kleidercontainer, von den Latschen löste sich bereits das Profil. Einzig das Brotmesser in seiner linken Hand machte den Eindruck, den er in diesem Augenblick gern gemacht hätte: einen gefährlichen. Erst jetzt bemerkte er Erhard, der neben ihm stand, ebenfalls in den Spiegel blickte und voller Freude mit dem Schwanz wedelte. Offenbar freute er sich über das, was er im Maul hielt. Schirmer beugte sich zu Erhard hinab und nahm den Kunststoffbeutel an sich. Der Hund sah seiner Beute traurig hinterher und beobachtete konzentriert das weitere Geschehen. Nachdem Schirmer den Beutel geöffnet hatte, konnte er den Brechreiz nur mühsam unterdrücken. Ein Paar Augen blickten ihn starr an. Der gebrochene Blick eines toten Lebewesens. Schirmer ließ den Beutel fallen, der Kopf einer Ratte kullerte aus dem Plastik und kam vor Erhard zum Liegen. Die Geduld des Hundes hatte sich als richtig erwiesen: Erhard schnappte sich den Rattenkopf und machte sich sofort daran, ihn abzunagen.

Schirmer wankte ins Wohnzimmer. Als sein Mobiltelefon läutete und einen unbekannten Anrufer meldete, drückte er die grüne Taste. »Na schön, du Arschloch! Dann halt nach deinen Regeln! Wer hat dich geschickt, du Mistkerl? Heinzbauer? Piller? Graf? Raus mit der Sprache, wo bist du? Ich komme runter und schlage so lange auf deinen beschissenen Schädel ein, bis er nur noch Brei ist!«

Der entschlossenen Ansprache folgte Stille. Nur der Atem des Anrufers war zu hören.

»Raus mit der Sprache. Du willst wissen, ob ich das ernst

meine? Warte nur, ich bin schon unterwegs! Und wo ich dir den verdammten Rattenkopf hinstecke, wirst du merken, wenn er erst einmal drinnen ist!« Schirmer wollte seine Wohnung erneut verlassen, als ihn die Antwort vom anderen Ende der Leitung innehalten ließ.

»Ich habe mich in der Zwischenzeit damit abgefunden, dass wir beide keine Freunde mehr werden, Herr Chefinspektor, aber nach unserer letzten Begegnung hatte ich den Eindruck, wir könnten zumindest professionell zusammenarbeiten.«

Schirmer erkannte die Stimme sofort. »Friedl?«

»Ja, ein bisschen spät … oder früh, wie Sie wollen. Aber ich habe mir gedacht, dass Sie es unbedingt sofort wissen sollten.«

Schirmer dachte angestrengt nach. Was wollte dieser Presseheini von ihm?

»Unser Gespräch vor der Durchsuchung von Heinzbauers Club. Schon vergessen?«, half ihm der Reporter auf die Sprünge. »Sie hatten mich um einen Gefallen gebeten, Herr Chefinspektor«, setzte Friedl genüsslich nach.

»Dann schießen Sie endlich los«, antwortete Schirmer entnervt. Erhard hatte in der Zwischenzeit genüsslich den Großteil des Kopfes verspeist und schaute sein Herrchen mit unschuldiger Miene an.

»Ich habe mich in Wien nach Abteilungsinspektor Graf umgehört.«

»Worum ich Sie gebeten hatte. Ihr von der Presse habt da ja mehr Möglichkeiten als wir.«

»Mag schon sein. Das, was ich herausgefunden habe, hätten aber wahrscheinlich auch Sie mit ein paar Telefonaten spielend in Erfahrung bringen können.«

Schirmer entging der süffisante Unterton in Friedls Stimme nicht.

»Abteilungsinspektor Simon Graf wurde schon vor Monaten von einem großen Fall abgezogen, weil er persönlich darin involviert ist.«

Schirmer verspürte plötzlich Schmerzen in der Magengegend.

»Das BKA ermittelt gegen eine kriminelle Organisation, die

mit Menschenschmuggel und Suchtgifthandel immense Profite macht«, fuhr Friedl fort.

»Das wissen wir bereits. Graf hat daraus kein Geheimnis gemacht. Der Besitzer vom ›Zeus Club‹ soll dabei eine Rolle spielen, deshalb auch die Razzia«, antwortete Schirmer. Er wusste, dass nichts von dem, was er sagte, für Friedl neu war. »Können Sie mir Näheres zu den Gründen verraten, aus denen man Graf vom Fall abgezogen hat?«

Am anderen Ende der Leitung war ein Blubbern zu hören. Friedl trank etwas, bevor er weitersprach. »Ihr Kollege war eine Zeit lang mit einer Dame verheiratet, die er durch seine Tätigkeit kennengelernt hat. Verstehen Sie?«

»Wollen Sie damit sagen, dass Graf mit einer Nutte verheiratet gewesen ist?«

»Genau das, Herr Schirmer. Selbst nach ihrer Hochzeit mit Graf ist das Mädchen noch anschaffen gegangen. Die Beziehung ging allerdings bald danach aus einem anderen Grund in die Brüche, der meiner Ansicht nach jedoch vieles erklärt.« Friedl legte eine theatralische Pause ein.

»Jetzt reden Sie schon weiter, ich habe nicht die ganze Nacht Zeit«, fuhr Schirmer ihn an.

»Sie sind ein elendiger Spielverderber. Aber na schön, ich fasse mich kurz. Grafs Frau hat irgendwann den Arbeitsplatz gewechselt und ist in einem Club anschaffen gegangen, der in der Hand einer arabischen Organisation ist. Und jetzt raten Sie mal, wer dort den Rausschmeißer gegeben hat?«

»Heinzbauer«, sagte Schirmer leise. Augenblicklich entstanden in seinem Hirn neue Fallverbindungen, andere wurden dafür gelöscht.

»Richtig. Und Heinzbauer, damals noch am Beginn seiner Karriere, hat ein Verhältnis mit Dragana Graf begonnen. Nachdem der Geschäftsführer mitbekommen hat, dass zwischen den beiden was läuft, hat er das Mädchen an einen Club in Serbien verkauft. *›Never fuck the company‹*, wie die Amis so schön sagen.« Friedl lachte laut auf.

»Und Graf hat nichts dagegen unternommen.« Schirmer war nicht besonders verwundert. Eigentlich hätte der Kollege seinen

Beruf spätestens nach der Hochzeit mit diesem Mädchen an den Nagel hängen müssen. Ein Polizist mit Kontakten zur Unterwelt war nicht zu tolerieren.

»Fragen Sie mich nicht nach dem Grund. Warum er untätig geblieben ist, hat auch meine Quelle nicht in Erfahrung bringen können. Auf jeden Fall hat die Dienstaufsicht schon vor Monaten von der Sache Wind bekommen, und Graf wurde der aktuelle Fall weggenommen, da Heinzbauer darin eine bedeutende Rolle spielt. Er ist sogar kurzzeitig suspendiert gewesen. Es wird vermutet, dass Heinzbauer selbst den Hinweis gegeben hat, um den unliebsamen Ermittler aus dem Weg zu räumen.«

»Und die Jungs von der Dienstaufsicht haben das für ihn erledigt.«

»Unbewusst natürlich. Im Moment wartet Graf auf ein Disziplinarverfahren, bei dem aber vermutlich nicht viel rauskommen wird. Seine einzige Verfehlung war, sich in eine Schönheit der Nacht zu verlieben«, beendete Jonas Friedl seinen Bericht.

Und zu verschweigen, dass Heinzbauer ihm die Frau weggevögelt hat, dachte Schirmer, behielt es aber für sich. Plötzlich sah die Sache schon ganz anders aus. »Hören Sie, Friedl. Ich weiß, das übersteigt jetzt Ihre Vorstellungskraft, aber wissen Sie, was rauskommt, wenn Sie voreilig eine Schlagzeile rausschießen? Ich muss vorher unbedingt noch einiges abklären.«

»Aber Herr Chefinspektor!« Friedl lachte laut in den Hörer. »Das ist wohl die beste Story der letzten Jahre. Ich werde natürlich abwarten, bis wir klarer sehen. Machen Sie sich keine Sorgen, wir haben doch gerade erst mit den Recherchen begonnen.«

»Wir? Friedl, Sie verstehen nicht ganz. Ich und mein Partner –«

»Herr Chefinspektor«, unterbrach ihn Friedl. »Wir. Ab sofort gibt es nur mehr ein Wir. Und am Ende dieser Geschichte steckt man Ihnen einen Orden an, und ich habe eine grandiose Geschichte. Verlassen Sie sich drauf!«

Schirmer drückte die rote Taste. Er musste seine Schlussfolgerungen noch einmal überdenken. Erhard trottete an ihm vorbei, die letzten Reste des Rattenschädels hingen aus seinem Maul.

Schirmer ging ins Badezimmer, wusch sich mit kaltem Wasser das Gesicht und bedauerte für einen Moment, den Wodka in den Abfluss entsorgt zu haben.

Wie hatte Graf nur von der Auffindung der Toten erfahren? »Plasch!« Schirmer lehnte sich an einen Schrank. Plasch hatte bei Grafs Vorstellung gesagt, er habe das BKA verständigt, weil das so vorgesehen sei. Wenzel, Graf, Schornitz, Piller. Manchmal drehte sich eine Ermittlung auch komplett. Und Plasch? Dinge änderten sich. Verdächtige wurden zu Opfern und Unschuldige zu Tätern.

Schirmer nahm eine Zigarette aus dem Päckchen. Eine Packung pro Tag. Er blickte auf die roten Leuchtziffern des DVD-Rekorders. Drei Uhr zwanzig. Obwohl nun gar nichts mehr zusammenpasste und er eine eindeutige Warnung aus der Unterwelt an seiner Tür gefunden hatte, stimmte ihn der Anblick überaus zufrieden: Im Päckchen befanden sich noch zehn Zigaretten. Er hatte am Vortag deutlich weniger geraucht als sonst.

23

Albrecht saß hinter den Reifen und zeichnete. Trotz der schrecklichen Dinge, die er in der Halle mitangesehen hatte, war der Platz zwischen Reifen und Wand noch immer sein Versteck. Mittlerweile hatte jemand auch den Boden geschrubbt und das beseitigt, was vom Kopf des Toten zurückgeblieben war. Auf einen Fremden würde der Ort einen völlig normalen Eindruck machen. Eine Halle, in der Schwerlastregale standen, Fahrzeuge abgestellt und Dinge gelagert wurden, die in einem landwirtschaftlichen Betrieb Verwendung fanden. Einem Fremden würde auch nicht auffallen, dass dieser Jemand etwas übersehen hatte.

Albrecht legte den Zeichenstift zur Seite und blickte auf den Gegenstand, der nah neben einem der Reifen lag. Vorsichtig streckte er die Hand aus und berührte das kleine Ding, das einmal zu einem Menschen gehört hatte.

Wir wissen, was geschehen ist,
Blut und Tod und Schmerz.
Wir wissen, was du gesehen hast,
Blut und Tod und Schmerz.

Die Stimmen waren wieder da. Blechern tönten sie in seinem Schädel, wühlten sich durch Albrechts Erinnerungen und holten hervor, was sie ihn um keinen Preis vergessen lassen wollten. Dabei hatte er vor einigen Tagen gehofft, sie weggezeichnet zu haben, die Stimmen. Jeder Strich, der ihn der Vollendung des Bildes nähergebracht hatte, hatte dem schauderhaften Singsang etwas von seiner Intensität genommen. Am Ende war nur ein Flüstern geblieben, ein kaum hörbares Summen, das sich schließlich verflüchtigt hatte und nie mehr wiederkehren würde. So hatte er jedenfalls gehofft. Doch sie waren wieder da, waren niemals wirklich verschwunden gewesen. Wie kleine hinterlistige Dämonen hatten sie sich nur in das Innerste seines Gehirns zurückgezogen und auf den richtigen Moment gewartet. Das

Bild, was war damit geschehen? Hatte es der Polizist am Ende achtlos in die nächste Mülltonne geworfen oder die Bedeutung der Zeichnung nicht erkannt? Der zerschmetterte Kopf, das Blut und das zerquetschte Fleisch überall. Urmensch, der sich mit der Eisenstange in seinen Händen über den Toten beugte.

Albrecht wippte mit dem Oberkörper. Mit dem Polizisten hatte es wieder angefangen. Er war das Zeichen für sie gewesen, sich wieder aus der Deckung zu wagen. Sag es ihm endlich. Sprich, du Krüppel.

Wir wissen, was geschehen ist,
Blut und Tod und Schmerz.
Wir wissen, was du gesehen hast,
Blut und Tod und Schmerz.

Albrecht wurde übel. Bittere Galle stieg durch seine Speiseröhre auf, füllte seine Mundhöhle. Ein Schmerz fuhr durch seinen Körper, ließ ihn zucken, als wäre er vom Blitz getroffen worden. Seine Hände schlugen abwechselnd auf den Boden und in sein Gesicht, krallten sich in das Papier vor ihm und zerknüllten es, zerrissen es in tausend Stücke. Dann sackte Albrecht zusammen und verlor das Bewusstsein.

Als er wieder zu sich kam, fror er. Die neongelben Zeiger auf seiner Armbanduhr waren weitergewandert, er hatte mindestens zwei Stunden geschlafen. Er rollte sich auf den Bauch und blinzelte in die Dunkelheit. Das flackernde Licht seiner Stirnlampe war ein Zeichen, dass er zurückmusste. Albrecht streckte seinen Oberkörper durch und griff nach dem Etwas, das noch immer nahe dem Reifen lag. Zitternd hob er es auf. Ein Zahn. Jemand hatte gründlich sauber gemacht und dennoch diesen Zahn übersehen. Er steckte ihn zu seinen Stiften in das Mäppchen, klappte den Zeichenblock zu, stand auf und lief auf zitternden Beinen durch die Halle. Kurz bevor er den Ausgang erreichte, erlosch das Licht auf seinem Kopf. Mutter. Albrecht fasste einen Entschluss. Mutter würde die Zeichnung nicht einfach wegwerfen. Und vor allem würde sie sofort verstehen, was er damit sagen wollte.

Als er in völliger Dunkelheit zum Haus zurückkehrte, wurde ihm bewusst, dass Mutter heute zum ersten Mal nach langer Zeit wieder gelacht hatte. Sie hatte ihn beim Spielen mit dem Hund des Polizisten beobachtet und gelacht. Albrecht dachte an den Zahn, der sich in seinem Mäppchen befand, und an die Zeichnung, mit der er am nächsten Morgen beginnen würde. Und während er die steinernen Löwen passierte, huschte auch über sein Gesicht der Anflug eines Lächelns.

24

»Auf einer kleinen Dienststelle wie der unseren ist kein Platz für so einen idiotischen Kleinkrieg. Wenn ihr das nicht kapiert, fliegt ihr raus!« Schirmer schlug mit den Fäusten so fest auf die Tischplatte, dass Sarah Balogh zusammenzuckte. Ihre Nase lief, sie hatte sich bei ihrer Tochter angesteckt und war auf dem besten Weg, einer Sommergrippe zu erliegen.

»Kleinkrieg? Chef, ich höre von diesem Gehirnamputierten den ganzen Tag nichts anderes als politische Parolen«, nuschelte sie durch ein Papiertaschentuch, während sie den neben ihr stehenden Erwin Wenzel verächtlich musterte. »Außerdem können Sie uns nicht so einfach rausschmeißen. Höchstens versetzen, und auch das nur gegen Personalausgleich.«

»Wenn du mir blöd kommst, stecke ich dich in eine Uniform und lasse dich auf der Bundesstraße den ganzen Tag Geschwindigkeitskontrollen machen!« Schirmer war außer sich. Was bildete sich die Frau eigentlich ein? Er sprang auf, umrundete seinen Schreibtisch und postierte sich nur einen Schritt entfernt vor Balogh und Wenzel. Wie gern hätte er in diesem Moment die Köpfe der beiden gepackt und gegeneinandergeschlagen!

»Verkehrsdienst würde der eh guttun. Vielleicht wäre sie dann entspannter. Chef, Sie müssen –«

»Genug jetzt, Erwin!« Schirmer hüpfte auf und ab wie ein zorniger Waldgnom. »In meiner Kriminaldienstgruppe tragen wir unsere Konflikte nicht wie Heulsusen aus, und schon gar nicht wird bei uns frech zurückgeredet!« Seine Blicke tanzten wütend auf ihren Gesichtern. »Wisst ihr, was wir früher in einem Fall wie diesem getan haben? Wir haben uns gemeinsam besoffen, und am nächsten Tag war alles vergeben und vergessen.«

»Vergeben und vergessen, Chef? Wenzel hat beinahe das Opfer eines Raubüberfalls misshandelt, nur weil es sich dabei um einen Ausländer handelt.«

»Das stimmt so überhaupt nicht«, fuhr Erwin Wenzel auf.

»Ausländer brauchen eben eine derbere Ansprache als unsere Leute. Und was heißt schon ›misshandelt‹? Du bist einer von diesen Gutmenschen, die alles mit Blumen und Küssen regeln wollen, aber so läuft das Leben nun mal nicht. Mich wundert gar nicht, dass dir dein Mann abhandengekommen ist.«

»Kusch, Wenzel.« Schirmer setzte sich auf den Tisch und schloss die Augen. »Haltet einfach mal für eine Minute den Mund.«

Hasler sprang ein. »Leute, was ist nur mit euch los? Wir müssen zusammenhalten. Der Chef hat völlig recht, wenn er sagt, dass wir uns keine Kindereien leisten können.«

»Kindereien nennen Sie …«, Balogh bemerkte, dass Schirmer im Begriff war dunkelrot anzulaufen, und zog es vor, die verordnete Schweigeminute einzuhalten.

»Ich kann und will hier jetzt keine Wertung abgeben, wer mehr oder weniger an der derzeitigen Situation Schuld hat, und das soll jetzt auch gar nicht das Thema sein. Wir alle müssen einen Weg finden, damit ihr beide wieder wie Erwachsene miteinander umgeht. Harald, darf ich etwas vorschlagen?«

»Mach nur, Arno.«

»Sarah, du siehst derzeit nicht gerade gesund aus. Hat dich deine Tochter angesteckt?«

Balogh nickte und putzte sich zum wiederholten Male die Nase.

»Wenn es so ist, melde dich für die nächsten drei Tage krank. Kurier dich aus und kümmere dich um dein Kind. Und wenn du wieder da bist, wird sich Erwin drei Tage Zeitausgleich nehmen. Ihr werdet euch also sechs Tage aus dem Weg gehen, und im Anschluss setzen wir uns alle noch einmal zusammen. Frei von Emotionen und mit der notwendigen Distanz.«

»Aber der Raubüberfall?«, protestierte Balogh pro forma, hatte jedoch bereits eingesehen, dass Haslers Vorschlag mehr als nur ein Vorschlag war.

»Die Phantombilder sind schon an die Medien verteilt worden, Jonas Friedl wird zudem einen langen Bericht über die Geschichte schreiben. Mehr könnt ihr jetzt sowieso nicht tun. Wir machen es, wie Arno gesagt hat.« Schirmer nahm wieder

Platz. Es waren Situationen wie diese, in denen er es besonders zu schätzen wusste, einen Assistenten wie Arno zu haben. Er selbst hätte vermutlich die Geduld verloren, Balogh und Wenzel irgendwann aus seinem Büro geworfen und damit alles nur noch schlimmer gemacht.

Hasler lächelte milde, er wusste genau, was sich gerade in Schirmer abspielte. Als Balogh grußlos das Büro verließ, fragte sich Schirmer, ob es nun Zeit für ein klärendes Gespräch mit Wenzel war.

»Brauchen Sie noch was von mir?« Der junge Beamte schien zu merken, dass seinem Chef noch etwas auf der Zunge lag. »Sonst würde ich mich jetzt wieder an die Arbeit machen.«

Schirmer tat, als würde er sich gerade dem vor ihm liegenden Papierberg widmen. Obenauf lag Istvan Gellers Personalakte, die ihnen Schornitz auf dem Gut ausgehändigt hatte. Einer plötzlichen Eingebung folgend beschloss Schirmer, zuerst mit Hasler über die Vorkommnisse der letzten Nacht zu sprechen. Der Moment war noch nicht gekommen, etwas fehlte noch. Schirmer verließ sich auf seinen Instinkt. Er war überzeugt, dass sich eine wichtige, im Hintergrund lauernde Frage von selbst lösen würde, und er hoffte, dass sie seinen gegen Wenzel bestehenden Verdacht entkräften würde. »Nein, vorerst brauche ich nichts von dir.« Er klappte Istvan Gellers Personalakte auf, ein Zeichen, dass das Gespräch für ihn beendet war.

***

Eine Stunde später war Hasler über alles im Bilde. Schirmer hatte der Reihe nach von den Zusammenhängen erzählt, die sich für ihn abzeichneten: von der möglichen Verbindung zwischen dem Verschwinden von Istvan Geller und dem schiefgelaufenen Transport der Flüchtlinge. Von der seiner Meinung nach bestehenden Beziehung zwischen Dietrich Schornitz und Mehrdad Heinzbauer. Von Linda Schornitz, dem Bluterguss auf ihrer Wange und von Albrecht. Von Simon Graf, der schon seit Monaten vom Fall abgezogen war und auf ein Disziplinarverfahren wartete, und von Erwin Wenzel. Und natürlich von der eindeutigen Nachricht, die man vor seiner Tür hinterlassen hatte. Und davon, dass alles nur eine Ahnung war und doch nicht so richtig zusammenpasste.

»Du musst das trennen.« Hasler hatte einen Stuhl genommen und sich Schirmer gegenübergesetzt. Es schob seinen Notizblock hin und her, während er nach den passenden Worten suchte. »Du kannst natürlich mit deiner Theorie richtigliegen. Bedenke, dass dich deine Nase bisher nur selten getäuscht hat. Otto Schornitz fehlt der Wagen seit dem Abend, an dem wir die Leichen gefunden haben. Aber die Verbindung zwischen dieser Angelegenheit und Mehrdad Heinzbauer wurde durch Graf hergestellt, das ist doch so, oder?«

»Stimmt, Arno. Graf ist hier aufgetaucht und hat von den Ermittlungen gegen Heinzbauer erzählt und dass der seiner Meinung nach für den Mist am Bahnhof verantwortlich ist.«

»So weit, so gut. Nun stellt sich mir die Frage, wie Graf von dem Leichenfund überhaupt Wind bekommen hat?«

»Plasch.« Schirmer biss auf einen Bleistift. »Plasch hat gemäß einer Dienstanweisung das BKA verständigt.«

»Plasch also.«

»Denkst du ernsthaft, dass Plasch mit Graf unter einer Decke steckt? Was hätten die davon?«

»Ich denke gar nichts, Chef. Ich versuche nur, die Teile zusammenzusetzen. Und es ist Fakt, dass Plasch Graf verständigt hat.«

Schirmer war sich seiner Sache auf einmal gar nicht mehr so sicher. Haslers kühler Kopf hinterfragte alles, was er sich in den letzten Tagen zusammengereimt hatte.

»Man muss es trennen«, wiederholte Hasler. »Graf hat mit den Toten nichts zu tun, aber er ist scharf auf Heinzbauer, weil der ihm seine Frau ausgespannt hat.«

»Erzähle deinen Kollegen doch mal, warum du so scharf auf mich bist.« Mehrdad Heinzbauers Worte waren auf einmal wieder präsent.

»Wir müssen uns ansehen, wie Plasch und Graf zueinander stehen. Was verbindet die zwei miteinander?« In einem plötzlichen Anfall von Energie warf Schirmer den Bleistift auf den Tisch. »Bei Heinzbauers Festnahme hat Wenzel auffallend übereifrig assistiert, das fällt mir jetzt erst wieder ein.«

»Graf und Plasch sind die eine Baustelle, die andere besteht aus Dietrich Schornitz, Mehrdad Heinzbauer und Erwin Wenzel.« Hasler strich über seinen Schnauzbart. »Lass uns die Personalakte von Istvan Geller noch einmal durchgehen und sie anschließend durch einen Streifenwagen wieder zum Weingut bringen lassen. Was meinst du, Harald?« Schirmer war einverstanden. Nach einem hastig eingenommenen Imbiss bei Ali begannen sie mit der Arbeit.

Während der Computer hochfuhr, warf Schirmer einen Blick auf die Morgenausgabe der »Mödlinger Zeitung«, die neben ihm auf dem Tisch lag. Jonas Friedl hatte dafür gesorgt, dass die Phantombilder der Männer, die Adel Halil überfallen hatten, auf der ersten Seite prangten.

»Das solltest du dir ansehen.« Hasler hielt Istvan Gellers Personalakte in Händen. »Ich habe tatsächlich eine weitere Adresse von Geller gefunden.«

»Gut, Alter. Dann schick die mal den Ungarn, damit die was damit anfangen.«

Hasler schüttelte langsam den Kopf. »Eine Adresse hier in Mödling.«

»Da sind Müllers Leute schon gewesen, wie du weißt«, wurde Schirmer ungeduldig. »Das ist ein Abbruchhaus.«

»Hier steht aber eine andere Adresse.«

»Schlamperei. Sprich mal mit Müller. Der Affe in Uniform wird seine Leute wahrscheinlich zum falschen Haus geschickt haben. Wenn man nicht alles selbst macht.«

»Und da ist noch etwas.«

Schirmer stand auf und nahm Hasler den grünen Ordner aus der Hand. Die Farbe glich in diesem Augenblick auffällig der von Haslers Gesicht. Sein Assistent war offensichtlich noch auf etwas anderes gestoßen. Als Schirmer den Ordner aufklappte, wusste er, um was es sich handelte. Mitten in den Unterlagen zu Arbeitszeiten und monatlichen Lohnabrechnungen befand sich ein Blatt Papier mit einer Zeichnung. Das Bild passte auf den ersten Blick nicht zu den anderen Papieren, war anscheinend nur irrtümlich zwischen sie gelangt. Schirmer betrachtete es und sah in ein Gesicht. Besser hätten es die Phantomzeichner der Polizei auch nicht gekonnt. Er verglich die Zeichnung mit dem im Ordner vorhandenen Foto, auf dem Istvan Geller abgebildet war.

»Eine Zeichnung? Was soll das?« Auch der Unterschied zwischen den Abbildungen war ihm nicht entgangen. Auf dem Foto lächelte Istvan Geller freundlich in die Kamera, hatte sich offenbar extra in seinen Sonntagsstaat geworfen, frisch rasiert und die Haare zu einem Scheitel gekämmt. Auf der Zeichnung lächelte Istvan Geller nicht mehr, aber er war es, unverkennbar. Der unbekannte Künstler hatte das, was von seinem Gesicht übrig war, gut getroffen, und die anderen Details auf dem Blatt ließen keinen Zweifel daran, was mit dem Mann geschehen war. »Wie kommt das in den Ordner?« Schirmer hielt die Zeichnung noch immer neben das Foto. Die Ähnlichkeit war nicht zu übersehen.

»Ich kann mir nur vorstellen, dass sie uns jemand in den Wagen gelegt hat, während wir mit Otto Schornitz gesprochen haben.«

Schirmer griff zum Telefon, legte die Zeichnung nach einem kurzen Gespräch in das Faxgerät und gab eine Nummer ein, die er während des Gespräches notiert hatte. Kurz darauf läutete sein Handy. »Kommen Sie mit Ihrem Sohn umgehend zu uns«, trug er Linda Schornitz am anderen Ende der Leitung auf.

25

Linda Schornitz stand vor dem Faxgerät und zitterte am ganzen Körper. Etwas in ihrem Innersten sagte ihr, dass sie so schnell wie möglich vom Gut verschwinden sollte. Das Bild, das ihr der Polizist gefaxt hatte, zeigte eindeutig Istvan Geller. Sie atmete tief durch, schloss die Augen und versuchte, sich zu sammeln. Wo sollte sie hin? Konnte sie diesem Polizisten vertrauen? Nur allzu oft hatte ihr Vater ihr schon bewiesen, dass jeder käuflich war, es kam nur auf die Summe an. Aber eins war klar: Istvan Geller war etwas Schreckliches zugestoßen, und Albrecht hatte es gesehen. Die Zeichnung stammte eindeutig von ihm. Sie würde einfach losfahren und über ihr Ziel unterwegs entscheiden.

Die Tür knarrte in den Angeln. »Was machst du in meinem Büro, Schatz?«

Dietrich Schornitz sah aus, als hätte er seit Tagen nicht geschlafen. Seine Augen tränten, waren blutunterlaufen, er war kreidebleich, schwitzte und hatte aufgedunsene Lippen.

Linda kannte ihn in diesem Zustand und führte ihn auf die enorme Belastung zurück, der ihr Mann durch seine Pflichten auf dem Weingut ausgesetzt war. Von Zeit zu Zeit verschwand er tagelang, kehrte nur sporadisch nach Hause zurück, um Geld zu holen oder die Wäsche zu wechseln. Geschäftliche Interessen. Eine Frau muss immer hinter ihrem Mann stehen, ihm eine gute Ehefrau sein und ihn unterstützen, wann immer es nötig ist. Sie wusste das, Vater hatte sie schon früh über ihre Rolle in ihrem zukünftigen Leben aufgeklärt. Wenn Dietrich etwas benötigte, dann ihre vorbehaltlose Unterstützung. Sie hatte nie gewagt zu fragen, wo ihr Mann die Tage und Nächte verbrachte, die er fort war. Alles, was sie wollte, war, ihm eine gute Ehefrau zu sein.

»Du hast es abgedeckt? Sehr gut. Du weißt doch, dass ich es nicht so gemeint habe.« Dietrich berührte sanft ihre Wange.

Schmerz durchflutete ihren Kopf und ließ sie zurückweichen.

»Also? Was hast du in meinem Büro zu suchen?« Er nahm ihr

sachte, aber bestimmt das Blatt aus den Händen und starrte die Zeichnung einen Moment lang an. Kurz, nur einen Atemzug lang, wirkte Dietrich Schornitz verunsichert. Er verlagerte sein Gewicht von einem Bein auf das andere, aber als er seiner Frau in die Augen sah, war er wieder er selbst. »Was ist das?«

»Ich weiß es nicht. Es scheint, als hätte Albrecht das gezeichnet«, stammelte sie. Sie musste sich am Faxgerät festhalten. »Der Kriminalbeamte aus Mödling hat es mir eben geschickt. Ich wäre sonst nie in dein ... Ich meine, ich hätte dein Büro nie betreten, hätte der Polizist nicht gesagt, dass es wichtig wäre.«

»Da hast du natürlich vollkommen richtig gehandelt.« Dietrich Schornitz sprach langsam, betonte jede Silbe, als wäre seine Frau schwer von Begriff. »Offenbar hat Albrecht etwas gesehen, was mit Herrn Gellers Verschwinden in Zusammenhang steht.« Zu schnell für das langsame Sprechtempo fuhr er herum und ging zum Telefon. »Wir müssen mit der Polizei zusammenarbeiten, immerhin wollen wir doch unseren Lastwagen zurückhaben ... und natürlich wissen, was mit Geller geschehen ist. Hol deinen Sohn und warte mit ihm in der Halle auf mich. Ich rufe schnell Herrn Schreitler an, er wird euch in die Stadt fahren.«

26

Zwei Stunden wartete Schirmer vergeblich auf Linda Schornitz und ihren Sohn, und als er sie weder über ihr Mobiltelefon noch über den Festnetzanschluss erreichen konnte, beschloss er, noch einmal zum Weingut zu fahren. Was immer der Grund für ihr Fernbleiben sein mochte, er würde ihn herausfinden. Entgegen seinen Gewohnheiten schnallte er sich den Pistolengurt um, doch das anfänglich nur flaue Gefühl in seinem Magen hatte sich zu einem dumpfen Hämmern ausgewachsen. Schirmer war es, als läge ein Stein in seinem Bauch. Er hasste es, wenn sein Körper ihn auf diese Weise darauf aufmerksam machen wollte, dass etwas nicht in Ordnung war. Kopfschmerzen, pochende Schläfen oder eben Magenschmerzen stellten sich bei ihm immer dann ein, wenn Gefahr im Anflug war. Trotz dieser Gewissheit unterließ er es, eine Begleitung zum Gut mitzunehmen. Später würde er nicht sagen können, warum er die Grundsätze der Eigensicherung so außer Acht gelassen hatte. Ein Polizist durfte sich niemals allein in Gefahr begeben. Diese Binsenweisheit wurde Polizeischülern ab dem ersten Tag ihrer Ausbildung eingeimpft und galt selbst für einen alten Hasen wie Schirmer noch. Und trotzdem sagte der Leiter der Kriminaldienstgruppe niemandem, was er vorhatte. Hasler und Wenzel waren zu Istvan Gellers neuer Adresse gefahren und würden Bescheid geben, sollten sie dort etwas finden. Balogh lag vermutlich bereits neben ihrer kranken Tochter im Bett, und auch dem Wachhabenden im Empfangsbereich verriet Schirmer nichts von seinen Absichten.

Er war noch keine fünf Minuten unterwegs, da meldete sich bereits Hasler auf seinem Handy. Schirmer hatte sein Telefon mit der Freisprecheinrichtung gekoppelt, sodass es klang, als würde Hasler hinter ihm sitzen.

»Wie es aussieht, haben wir Gellers tatsächlichen Wohnsitz gefunden. Der Postkasten wurde seit Tagen nicht geleert, die Nachbarn kennen ihn zwar, haben ihn aber schon länger nicht gesehen. Wie Müller auf die andere Adresse gekommen ist, kann ich mir nicht erklären.«

»Wie sieht es mit der Wohnung aus? Fordert ihr das Einsatzkommando zur Öffnung an?« Schirmer kratzte sich mit der freien Hand die Bartstoppeln am Kinn, bevor er in seiner Hemdtasche nach den Zigaretten suchte.

»Wir sind schon in der Wohnung. Die Tür war nicht richtig verschlossen, wir konnten sie aufdrücken«, antwortete Hasler. »Harald, hier hat jemand nach etwas gesucht. Die ganze Wohnung wurde durchwühlt.«

»Okay, seht euch mal weiter um. Arno, du entscheidest, ob du die Spurensicherung oder was anderes brauchst. Ich bin zu Linda Schornitz unterwegs«, rückte er dann doch mit seinem Plan heraus. »Sie ist wie vom Erdboden verschwunden.«

»Dann melde dich, wenn was ist, Chef.«

Schirmer zündete sich eine Zigarette an und blies den Rauch gegen die Windschutzscheibe. »Und du gibst auf Wenzel acht. Schau, wie er reagiert.« Er legte grußlos auf, er hatte den Zufahrtsweg zum Weingut erreicht. Als ihn wenig später die steinernen Löwen empfingen, sträubten sich seine Nackenhaare. Die Eingangstür der Villa stand weit offen: Ein Schuh lag auf dem Treppenabsatz, daneben ein Zeichenblock und ein grünes Frotteeband. Schirmer hob es auf. An dem Band war eine Taschenlampe befestigt, ihr Glas war zerbrochen. Im selben Moment hörte er aus dem Inneren des Hauses einen Schrei.

Schirmer zog die Waffe und schlich vorwärts. Obwohl er sich nicht besonders geschmeidig bewegte, schluckte der dicke Läufer unter seinen Füßen den Klang seiner Schritte. Hie und da knarrte eine Bodendiele, die ausgestopften Tiere schienen den Eindringling aus toten Augen zu beobachten. Wieder schrie irgendwo in diesem gottverdammten unübersichtlichen Schuppen jemand auf. Schirmer folgte dem Geräusch und versuchte, sich zu erinnern. Der Weg, den er einschlug, glich jenem, den er vor wenigen Tagen mit Hasler gegangen war. Am Ende des Korridors stand die Tür zu Schornitz' Arbeitszimmer offen. Staub flimmerte im Licht, das aus dem Raum drang. Wieder ein Schrei. Schirmer brachte seine Waffe in Anschlag. Kimme über Korn. Seine Hand zitterte. Mit zwei Schritten überwand er die letzten Meter, drehte sich in den Türrahmen und schrie: »Polizei, jeder bleibt, wo er ist!«

Aber der Führer der Patriotischen Option hätte Schirmers Anweisung selbst dann nicht missachten können, wenn er es gewollt hätte. Er lag vor seinem Schreibtisch, sein Hinterkopf in einer dunkelroten Lache.

»Bitte … helfen Sie …«

Schirmer holsterte die Waffe und war mit einem Satz bei dem Verletzten. Otto Schornitz' Gesicht war blass, unter der wächsernen Haut konnte Schirmer Adern erkennen. Der Atem des alten Mannes roch faulig.

»Mein Schwiegersohn … Linda … Albrecht.« Er drehte den Kopf mühsam nach rechts und sah zur Wand.

Erst jetzt fiel Schirmer auf, dass eines der Bücherregale zur Seite geklappt war und den Blick auf einen offen stehenden Tresor freigab.

»Alles … Dietrich … Alles … Geld …«

»Ist Ihr Schwiegersohn noch im Haus?«

»Weg … Alle weg … Habe Dietrich überrascht, als er …«

Schirmer überwand seinen Ekel vor dem Mann, zog sein Hemd aus und steckte es unter Otto Schornitz' Kopf. Als er dabei die offene Stelle an dessen Hinterkopf berührte, stöhnte der Mann auf. »Das ist nur eine Platzwunde. Im Spital kriegen sie Sie schon wieder hin, beruhigen Sie sich«, sprach er dem Mann Trost zu, den er bis vor Kurzem am liebsten noch erwürgt hätte. Dann stand er auf, drehte sich von dem Verletzten weg und verständigte die Rettung. Als er anschließend Hasler anrief, wurde Schirmer bewusst, dass er mit seiner Vermutung wieder einmal richtiggelegen hatte. Der Stein in seinem Magen hatte ihn nicht getäuscht. »Arno, wir treffen uns im Büro. Brich bei Geller ab und sieh zu, dass ihr euch so schnell wie möglich auf den Rückweg macht. Linda Schornitz und ihr Sohn sind wahrscheinlich entführt worden, wir brauchen das große Programm.«

27

Der Geländewagen fuhr in Richtung Osten. Er hatte das Weingut über einen kaum frequentierten Wirtschaftsweg verlassen und war auf die Landstraße nach Wiener Neustadt eingebogen. Der Fahrer hielt sich genauestens an die Verkehrsregeln, befolgte jedes Überholverbot und überschritt selbst außerhalb der Orte, durch die er kam, nie die Geschwindigkeit von fünfzig Stundenkilometern. Beobachter hätten hinter den blickdichten Scheiben des wuchtigen, mit Rammschutz versehenen Gefährts wohl einen verfrühten Sonntagsfahrer vermutet, den »Mann mit Hut« oder die sogenannte »Frau am Steuer«. Niemand hätte sich vorgestellt, was im Inneren des Wagens tatsächlich vor sich ging.

Dietrich Schornitz umklammerte das Lenkrad so fest, dass seine Fingerknöchel weiß hervortraten. Er musste den Wagen so unauffällig wie möglich durch die Gegend steuern. Jetzt wegen eines Verkehrsdelikts aufzufallen und von einer Polizeistreife angehalten zu werden, hätte die Situation nur noch verschärft. Warum er ausgerechnet diesen Weg wählte, wusste er nicht. Er musste nachdenken, brauchte einen neuen Plan, die Lage hatte sich schlagartig zugespitzt. Genervt von den Geräuschen auf der Rückbank blickte er in den Rückspiegel. »Sei endlich still! Ich kann dein Gejammer nicht mehr hören!«, schnauzte er seine Frau an, die einmal mehr laut aufschluchzte.

Sie saß in der Mitte der Rückbank, so als wollte sie eine Barriere zwischen Erich Schreitler und ihrem verletzten Sohn bilden. »Was hast du mit Vater getan …? Was mit Albrecht, oh Gott …?«, stammelte sie.

Erich Schreitler drückte der neben ihm sitzenden Frau den Lauf seiner Pistole ins Genick.

»Was ich getan habe, fragst du?« Dietrich Schornitz geriet in Rage. Seine Nase hatte wieder zu bluten begonnen, die Augen tränten. Er zitterte am ganzen Körper und wusste, dass er dringend etwas brauchte, um in dieser Situation die richtigen Entscheidungen treffen zu können. Er verringerte das Tempo und begann, im Handschuhfach zu kramen. »Was ich getan habe? Ich habe schon vor langer Zeit beschlossen abzuhauen. Ich halte euch nicht mehr aus. Eure Familie. Eure Tradition. Euer desolates Weingut. Dich und deinen bescheuerten Sohn. Glaubst du etwa, dass du mir je etwas bedeutet hast? Nach und nach habe ich Geld auf die Seite geschafft, und eines Tages wären du, dein Vater und dein Trottel allein beim Frühstück gesessen. Ich habe einiges in meinen Plan investiert und auch meine Geschäfte dahin gehend ausgerichtet. Der Zwischenfall mit Geller hat nur dazu geführt, dass jetzt alles umso schneller gehen muss.« Dietrich Schornitz hatte einen Blister gefunden. Er drückte einige Tabletten aus der Packung und schluckte sie hinunter. »Ja, mein Liebes, du hast richtig gehört. Die Sparbücher, die Konten, alles ist leer geräumt. Dein Vater ist so mit seiner politischen Karriere beschäftigt, dass er nichts davon mitbekommen hat. ›Du verwaltest jetzt Gut Schornitz‹, hat der alte Sack andauernd gesagt, als wäre das eine besondere Ehre. Er kann sich das Weingut samt seiner dämlichen Partei sonst wohin stecken.«

Linda Schornitz schüttelte weinend den Kopf. Sie hatte zwar die Worte gehört, ihren Sinn aber nicht verstanden. Der Pistolenlauf in ihrem Genick und die Sorge um ihren verletzten Sohn brachten sie an den Rand eines Nervenzusammenbruchs.

Die Tabletten entfalteten ihre Wirkung, und Dietrich Schornitz entspannte sich endlich. »Dein Sohn hat etwas mitbekommen. Aber weil der Idiot nicht spricht, werden wir nie wissen, was es war. Ich muss auf Nummer sicher gehen …« Er lachte unvermittelt auf. »Dein feiner Herr Papa hat mich heute am Tresor ertappt, als ich die Wertpapiere an mich genommen habe. Du hättest sein Gesicht sehen sollen!« Er nutzte einen Kreisverkehr, um wieder auf die Straße zu gelangen, die er eben befahren hatte. Sie fuhren wieder zurück.

»Wo wollen wir eigentlich hin, Boss?« Erich Schreitler beugte sich nach vorn und blickte durch die Frontscheibe. Er hatte sich bis jetzt zurückgehalten und während der letzten Tage ungefragt das getan, was Dietrich Schornitz von ihm verlangt hatte. Das war sein Auftrag gewesen, so hatte es Heinzbauer gewollt. Aber jetzt schien die Situation aus dem Ruder zu laufen. Er musste handeln.

»Halt's zusammen, du Dilettant«, antwortete Dietrich Schornitz forsch, »und lass das Denken meine Sorge sein. Mach einfach deinen Job, damit hast du genug zu tun.«

»Boss, wohin fahren wir?« Schreitlers Stimme klang plötzlich anders, sie hatte einen gefährlichen Unterton angenommen. Erich Schreitler legte den Arm mit der Pistole wie zufällig auf die Lehne des Beifahrersitzes und zeigte mit dem Lauf nach vorn. »Wohin?«

Dietrich Schornitz merkte, dass sich etwas veränderte, war aber bemüht, seine Nervosität zu verbergen. Er durfte jetzt keine Angst zeigen, musste auf Zeit spielen und weiterhin so tun, als würde er alles unter Kontrolle haben. Einen kurzen Moment lang hatte er tatsächlich vergessen, dass der Mann hinter ihm in Mehrdad Heinzbauers Sold stand. Als Albrecht sich regte, nutzte er das Lebenszeichen seines Stiefsohns, um wieder Herr der Lage zu werden. »Du sollst auf ihn aufpassen. Ich habe dir schon auf dem Gut gesagt, dass man den Trottel nicht unterschätzen darf.«

Schreitler packte Linda Schornitz' Kopf und drückte ihn nach unten, während er mit der freien Hand Albrechts Puls kontrollierte. »Dem geht's gut, Boss. Ein bisschen viel Blut verloren hat er, wenn ich mir die Sauerei hier so ansehe, aber sonst scheint alles in Ordnung zu sein«, sagte er emotionslos.

Schornitz war erleichtert. Albrecht durfte jetzt nicht sterben. Am helllichten Tag mit einer Leiche herumzufahren, das hätte die ganze Situation noch schwieriger gemacht. Als das Autotelefon läutete, nahm er nach einem kurzen Blick auf das Display den Anruf an. Er wusste, was jetzt auf dem Spiel stand und dass er seine Worte mit Bedacht wählen musste, wollte er Mehrdad Heinzbauer weiterhin über seine wahren Absichten täuschen.

***

Er konnte sich nicht entscheiden, welcher von seinen Regungen er nachgeben sollte. Einerseits war da dieses Mädchen, das er gern gleich hier, auf der Tanzfläche des »Zeus Club«, genommen hätte. Mehrdad Heinzbauer sah ihr seit einigen Minuten beim Tanzen zu. Vortanzen, wie er es nannte. Sie war vor vier Tagen aus der Ukraine gekommen und bis eben der Meinung gewesen, für eine Stelle als Fotomodell vorzusprechen. Jetzt tanzte sie, in einigen Tagen würde sie ihren ersten Gast mit auf das Zimmer nehmen, und in spätestens zwei Wochen würde sie sich mit ihrem Schicksal abgefunden haben oder in einem drittklassigen Schuppen in Serbien oder Bulgarien verschwinden. Andererseits gestattete eine andere, ärgerliche Angelegenheit keinen Aufschub. Wie so oft in den letzten Tagen hatten die Dinge eine Wende genommen. Sein Informant im BPK hatte ihm im eben beendeten Telefonat besorgniserregende Neuigkeiten mitgeteilt. Mit einem Wink entließ Heinzbauer das Mädchen von der Tanzfläche und wählte Dietrich Schornitz' Handynummer.

***

»Was geht denn bei dir auf dem Weingut vor? Die halbe Mödlinger Polizei ist auf dem Weg zu euch.«

Dietrich Schornitz hatte die Nachricht schon erwartet. Dieser Schirmer war wohl aufs Gut gefahren, nachdem Linda und Albrecht nicht wie verabredet bei ihm erschienen waren. Er sah auf die Uhr. Sie fuhren nun schon seit mehr als drei Stunden ziellos in der Gegend umher. Es war an der Zeit, eine Entscheidung zu treffen. »Es hat einige Probleme gegeben. Mein Stiefsohn hat anscheinend mitangesehen, was Ihr Mann mit Istvan Geller angestellt hat. Die Polizei weiß davon, sie hat Albrecht und meine Frau zu einer Befragung vorgeladen.«

»Wo sind die Frau und der Junge jetzt?« Mehrdad Heinzbauers Tonfall verriet nicht, woran Dietrich bei ihm war.

»Bei mir im Wagen. Ich habe mich mit ihnen und Schreitler rechtzeitig absetzen können.«

»Sprichst du etwa über die Freisprecheinrichtung deines Wagens mit mir? Können sie mithören? Du weißt, was das bedeutet?«

Dietrich Schornitz blickte in den Rückspiegel. Albrecht hatte erneut das Bewusstsein verloren, seine Frau lehnte wie in Trance am reglosen Körper ihres Sohnes und starrte ins Leere. Schreitler ließ keine Regung erkennen. Er musste vorsichtig sein. Er hatte vorhin schon viel zu viel erzählt, der Schläger auf der Rückbank des Wagens wusste nun, dass er sich absetzen wollte. »Natürlich weiß ich, was zu tun ist«, antwortete Schornitz. »Ich werde die beiden verschwinden lassen. Das Geld hab ich übrigens zusammenkratzen können. Nachdem ich meine Schulden bei Ihnen beglichen habe, werde ich mich aus dem Staub machen.« Wieder blickte er in den Rückspiegel. Schreitler schien keinen Verdacht zu schöpfen.

»Du vergisst Geller. Was ist mit den Unterlagen?«

»Ich habe meinem Schwiegervater vorhin mit einem Aschenbecher den Schädel eingeschlagen, und Schreitler hat meinem Stiefsohn das halbe Gesicht weggetreten. Wir sollten uns besser überlegen, wie wir uns schnellstmöglich absetzen können. Die verdammten Unterlagen sind doch –«

»Hör mir zu, Schwachkopf«, unterbrach Heinzbauer. »Solange wir nicht wissen, ob Geller gelogen hat, müssen wir davon ausgehen, dass es die Unterlagen gibt. Geller war dein Mann, du stehst mir für die Sache gerade. Wo seid ihr im Moment?«

Das Gespräch war anders verlaufen, als Dietrich Schornitz es gehofft hatte. Aber mit Heinzbauers Mann auf der Rückbank blieb ihm keine andere Wahl. Er musste die Anweisungen befolgen und auf einen ihn rettenden Einfall hoffen. Er wendete den Wagen und steuerte das Ziel an, das Heinzbauer ihm genannt hatte.

28

Am späten Nachmittag fand im Bezirkspolizeikommando eine außerplanmäßige Einsatzbesprechung statt. Obwohl sich die Situation in den letzten Stunden dramatisch zugespitzt hatte, war vorsichtiger Optimismus spürbar. Linda und Albrecht Schornitz waren möglicherweise in Lebensgefahr, aber Schirmer wusste nun wenigstens, in welche Richtung er die Ermittlungen lenken musste. Nachdem Major Plasch als Letzter zu ihnen gestoßen war, fasste der Chefermittler seine Sicht der Dinge zusammen.

»Ich gehe davon aus, dass Istvan Geller und die Toten vom Bahnhof miteinander in Zusammenhang stehen. Meine Theorie ist die: Geller bessert sich sein Gehalt auf, indem er hin und wieder Dinge transportiert, von denen der alte Schornitz nichts weiß. Illegale Einwanderer, möglicherweise sogar Drogen. Bei einer dieser Fahrten muss etwas schiefgegangen sein. Vielleicht hat Geller zu viele von den armen Kerlen in seinen Lkw gestopft oder nicht genug Pausen gemacht, wir wissen es nicht. Jedenfalls sterben in Istvan Gellers Lastwagen sieben Menschen, und das Schwein wirft sie beim Bahnhof Kaiserau einfach weg, als wären sie Abfall. Anschließend verschwindet Geller samt Lastwagen spurlos, und das hier wird uns zugespielt.« Schirmer hielt die Zeichnung über seinen Kopf. »Die Person auf dem Bild soll Istvan Geller sein. Wenn man sie mit seinem Bewerbungsfoto aus der Personalmappe des Weinguts vergleicht, kommt man eindeutig zu diesem Schluss.« Schirmer hielt jetzt auch noch eine Kopie des Passfotos, gut sichtbar für alle, in die Höhe. »Gemalt hat sie Albrecht Schornitz, Ottos Enkel, der nach einem Kindheitstrauma nur mehr durch Zeichnungen mit der Außenwelt kommuniziert, wie mir seine Mutter erzählt hat. Dafür gibt es derzeit noch keinen Beweis, aber mein Instinkt sagt mir, dass es so gewesen sein muss. Es passt einfach zu gut zusammen. Wie ihr auf der Zeichnung seht, hat man Geller ganz schön zugerichtet. Ich gehe davon aus, dass er nicht mehr am Leben ist.«

»Wer soll Geller das angetan haben?«, ergriff Plasch das Wort. »Bis jetzt sind das doch alles nur Vermutungen.«

»Da gebe ich dir recht«, antwortete Schirmer. »So wie alles, was jetzt noch kommt. Aber ich bin überzeugt, dass ich richtigliege. Ich habe Albrechts Mutter und ihren Sohn zur Einvernahme ins BPK bestellt, seitdem sind sie verschwunden. Also fahre ich zum Weingut und finde dort Otto Schornitz in einer Blutlache liegend. Er nennt klar und deutlich den Namen seines Schwiegersohnes. Außerdem steht der Tresor in seinem Arbeitszimmer offen, ob etwas fehlt, wissen wir zum jetzigen Zeitpunkt noch nicht. In der Villa gibt es jede Menge Blutspuren, viele davon im Zimmer von Albrecht. Ich gehe davon aus, dass Dietrich Schornitz seine Familie unter Anwendung erheblicher Gewalt entführt hat. Und mit Otto Schornitz' Schwiegersohn schließt sich dann auch der Kreis. Arno hat ihn bei der Razzia im ›Zeus Club‹ kontrolliert, er war unter den Gästen.«

»Willst du damit sagen, dass Dietrich Schornitz und Mehrdad Heinzbauer Teil der Organisation sind, von der Graf gesprochen hat?«, versuchte Heinrich Müller, Schirmers Schlussfolgerungen zu vervollständigen.

»Simon Graf ist eine andere Baustelle, wie Arno es so treffend ausgedrückt hat.« Schirmer berichtete das, was Jonas Friedl über Graf herausgefunden hatte, und beendete seine Ausführungen, indem er Plasch direkt ansprach. »Du hast Graf über den Fund der Leichen verständigt. Ich nehme an, du hast dich des Adressenverzeichnisses bedient, das bei uns im Büro liegt?«

Plasch lief rot an, und Schirmer hatte den Offizier endlich da, wo er ihn haben wollte. Jetzt war er es, der das Tempo vorgab, und Plasch derjenige, der folgen musste. Die Ordnung war wiederhergestellt.

»Graf wird in dem Verzeichnis als Gruppenführer für Menschenhandel gelistet. Eine Funktion, die er seit einer Abberufung vom Fall nicht mehr ausübt. Natürlich konntest du das nicht wissen, Herr Major, aber Graf hat die Gunst der Stunde genutzt und seine Chance gesehen, mit Heinzbauer abzurechnen.«

Wieder war es Müller, der unterbrach. »Und was ist mit dem

Informanten in Heinzbauers Club? Graf hat sich doch auf einen Spitzel berufen, der ihm über einen anstehenden Transport berichtet hat?«

»Den Informanten kann es durchaus geben. Kriminalbeamte nutzen ihre Informanten oft ein Leben lang, was du als Uniformierter aber natürlich nicht wissen kannst.« Schirmer grinste herablassend, bevor er fortfuhr. »Fakt ist, dass dies alles nichts weiter als Vermutungen sind und wir gegen Mehrdad Heinzbauer derzeit nichts in der Hand haben. Der Schlüssel zur Lösung des Falles ist Dietrich Schornitz. Ihn müssen wir finden. Ich werde heute Abend im Büro bleiben und die Fahndungsmaßnahmen überwachen. Jede Dienststelle des Landes, alle Grenzübergänge und unsere Nachbarländer wurden bereits informiert. Sollte ein Hinweis eingehen, treffe ich die erforderlichen Verfügungen.« Schirmer nahm Platz. Sein Hemd war durchgeschwitzt, er merkte erst jetzt, dass er vor Aufregung zitterte. Aber er hatte es diesen Hosenscheißern wieder einmal bewiesen, das war das Wichtigste. Plaschs moderne Methoden und Müllers Analyseprogramme, was waren sie wert im Vergleich zu dem untrüglichen Instinkt eines erfahrenen Kriminalbeamten? Genau, nichts. Er zündete sich eine Zigarette an, blies blaue Rauchkringel in den Raum und musterte die Anwesenden, während Hasler über die Durchsuchung von Istvan Gellers Wohnung berichtete. Schirmer hatte ihnen nichts von der toten Ratte erzählt, die man vor seiner Wohnungstür hinterlassen hatte. Nichts von seinem anfänglichen Verdacht und der nunmehrigen Gewissheit. Die Antwort hatte sich im Verlauf der letzten Stunden durch viele kleine Nebensächlichkeiten in den Mittelpunkt gedrängt und am Ende zu einem Ganzen zusammengesetzt: Im Bezirkspolizeikommando Mödling saß ein Spitzel, und Schirmer wusste nun auch, um wen es sich dabei handelte.

29

Er lag auf dem alten Klappbett und starrte an die Decke. Eine der zahllosen Nächte, die er im Laufe seiner Karriere schon auf der Dienststellte verbracht hatte. Schirmer roch nach kaltem Schweiß, und zwischen seinen Beinen machten sich die ersten Anzeichen eines Wolfs bemerkbar. Obwohl anstrengende Tage hinter ihm lagen, war an Schlaf nicht zu denken. Wenn das eintrat, womit er rechnete, musste er wach sein. Er griff unter das Bett und tastete den Boden nach seinen Zigaretten ab, berührte aber nur Erhard. Der Hund nahm es als spontane Streicheleinheit seines Herrchens, leckte einige Male über Schirmers Hand und streckte sich anschließend wieder auf dem Boden aus. Kurz darauf erklang leises Schnarchen, Erhard war wieder eingeschlafen. Schirmer führte seine Hand nah zum Gesicht und schaute auf die Uhr. Die fluoreszierenden Zeiger standen schon auf halb drei.

Zeig dich endlich, dachte er, während er sich aufsetzte. Oder war er am Ende doch einem riesengroßen Irrtum aufgesessen? War alles falsch, was er sich zusammengereimt hatte?

Er sah zu seinem Schreibtisch hinüber. In der Dunkelheit konnte er die Konturen des Möbels nur erahnen. Der Umschlag musste noch dort sein, er hatte ihn selbst hingelegt. Plötzlicher Zweifel überkam ihn. Er stand auf und ging die wenigen Schritte bis zum Tisch. Der Umschlag lag noch da, natürlich. Schirmer atmete tief durch.

Ruhig bleiben jetzt, Alter.

Als vom Gang her Schritte zu hören waren, spannte sich jede Faser in seinem Körper an. Schirmer war in Alarmbereitschaft. Sein Puls ging schneller, ihm wurde kalt und heiß zugleich. Er setzte sich an den Tisch, schaltete die Schreibtischlampe ein und wartete, dass die Tür geöffnet wurde.

***

»Komm rein, ich habe schon auf dich gewartet.«

»Sind wir allein?«

»Nur du, ich und der Hund«, antwortete Schirmer und deutete auf Erhard, der noch immer friedlich unter dem Klappbett schlief.

»Ich habe mir gedacht, ich sehe mal nach dir. Tut sich schon was wegen Schornitz?« Heinrich Müller nahm gegenüber von Schirmer Platz und legte seine Dienstmütze auf den Tisch. »Du hast nicht zufällig ein Bierchen für mich über?« Müller rieb mit der Hand seinen Nacken, er wirkte angespannt.

»Du weißt, dass ich nichts mehr trinke, Heinrich.«

»Jaja, die Macht der Gewohnheit. 'tschuldige, ich hatte es ganz vergessen, Harald. Also, wie kommst du mit Schornitz voran?«

»Bist du wirklich hier, weil du das wissen willst?« Schirmer nahm den direkten Weg, aber plötzlich wurde ihm klar, mit wie wenig Sorgfalt er die Begegnung inszeniert hatte. Er saß mit dem Rücken zur Wand, Heinrich Müller befand sich zwischen ihm und der Tür.

»Harald, Harald.« Müller begann zu lächeln. »Deine Schlussfolgerungen bei der Besprechung waren wirklich atemberaubend. Gespür hast du, das muss man dir lassen.«

»Du teilst also meine Ansichten?«

»Was soll ich dazu sagen? Du wirst schon richtigliegen, dein Ruf kommt ja nicht von ungefähr. Viele deiner Theorien erscheinen mir logisch, manche abenteuerlich, einige beunruhigen mich aber auch.« Augenblicklich war die Freundlichkeit aus Müllers Stimme gewichen.

Schirmer erschauderte. Es fiel ihm schwer, Müllers eiskaltem Blick etwas entgegenzusetzen. »Was genau beunruhigt dich?« Er griff nach den Zigaretten.

»Müssen wir denn wirklich noch so tun, als wüsstest du nicht, warum ich gekommen bin?« Müller nahm seine Dienstmütze in die Hand und ließ sie auf dem Zeigefinger kreisen.

»Offene Karten, Heinrich?«

Müller nickte.

Schirmer blickte auf den Umschlag vor sich. »Ich hätte schon viel früher drauf kommen müssen. Bereits ganz am Anfang hast du einen Fehler begangen.«

»Ich bin ganz Ohr.«

»Ich habe dich letztens hier in meinem Büro gefragt, wer uns wegen der Leichen verständigt hat. Du hast geantwortet, dass bei der Bezirksleitstelle angerufen wurde.«

»Wo war da ein Fehler?«

»Ich habe deine Angabe nachgeprüft. Es gab keinen Anrufer. Du hättest wissen müssen, dass deine Lüge einer Recherche nicht standhält.«

»Na schön, wie ist es dann gewesen?« Müller legte die Kappe wieder auf den Tisch und verschränkte die Arme vor der Brust.

»Man hat dich angerufen und um Hilfe gebeten. Immerhin stehst du auf Heinzbauers Gehaltsliste und musst für dein Geld auch was leisten. Hasler hat mir mit einem einzigen Satz, den er beim Mittagessen bei Ali gesagt hat, die Augen geöffnet. Der ›Zeus Club‹ ist vorher nie kontrolliert worden. Keine routinemäßigen Überprüfungen, keine Lokalkontrollen, keine Interventionen wegen Lärm oder anderem Mist. Nur ein Bericht von dir, in dem du das Etablissement in den höchsten Tönen lobst. Du hast da die Hand drauf, stimmt's? Aber obwohl Heinzbauer dich schmiert, konntest du wegen der Leichen nichts tun, außer den Einsatz einige Minuten hinauszuzögern. Auch ein Heinrich Müller kann sieben Tote schließlich nicht einfach verschwinden lassen.«

»Scharfsinnig, Harald.«

»Dann die Sache mit der falschen Adresse. Du hast deine Jungs absichtlich zu dem Abbruchhaus geschickt, um Zeit zu schinden. Ich frage mich nur, was ihr in Gellers echter Wohnung gesucht habt.« Während er sprach, musste Schirmer sich erneut eingestehen, dass das hier ganz und gar keine gute Idee gewesen war. Nicht mal Hasler hatte er in seinen Plan eingeweiht. Mein Gott, Harald, was hast du dir erwartet?, fragte er sich stumm, während er die Augen nicht von Müller ließ. Fest stand, dass die Sache für einen von ihnen beiden unangenehm enden würde.

Müller kratzte sich im Schritt und lächelte wieder. »Und was noch, Harald? Du enttäuschst mich ein bisschen. Wenn das alles ist, dann bist du die Kugel nicht wert, die ich für dich vorgesehen habe.«

»Die Ratte. Du hast mir die Ratte vor die Tür gelegt. Ein Gruß aus der Unterwelt, eine Warnung gewissermaßen. Du kommst mit dem Zentralschlüssel in jedes Haus. Ein Polizist, der sich spätnachts auf der Straße herumtreibt, fällt zudem nicht auf. Aber meine senile Nachbarin hat in jener Nacht etwas gesagt, was mich stutzig gemacht hat.«

»Und was war das? Komm, Harald, lass dir nicht alles aus der Nase ziehen. Ich verliere langsam die Geduld mit dir.«

»›Das ganze Haus voll Polizei‹, hat die alte Neklapil gesagt. Was sie damit gemeint hat, habe ich erst später begriffen. Du bist im Haus gewesen. Ich habe mir eure Streifenberichte angesehen, du hattest zur fraglichen Zeit Außendienst.«

Müller stieß einen Pfiff aus und lehnte sich zurück. »Du hast wirklich was drauf, Harald. Bislang hatte ich immer nur von deinen Eskapaden gehört, aber die Zusammenarbeit mit dir hat mir gezeigt, dass du tatsächlich ein guter Bulle warst.«

Müller benutzte die Vergangenheitsform. Für den Leiter der Polizeiinspektion Mödling war Schirmer längst schon tot. »Das mit der Ratte war meine eigene Idee. Ich habe mir gedacht, dass du nach einem Schuss vor den Bug vielleicht ein wenig das Tempo rausnehmen würdest. Mein Gott, Harald! Es hätte wirklich nicht auf diese Weise enden müssen.« Müller stand auf und zog seine Pistole. »Heinzbauer zahlt gut, und meine Geschiedene und die Kinder fressen mir die Haare vom Kopf. Kannst du dir vorstellen, was mir zum Leben bleiben würde, wenn ich Heinzbauer nicht hätte?«

Schirmer sah in den Lauf der Pistole. Die Waffe zitterte, Müllers Gelassenheit war nur gespielt. Die Tatsache, dass dessen Nerven mindestens genauso blank lagen wie seine eigenen, ließen ihn hoffen. »Weißt du, was ich hier habe?« Schirmer tippte auf den Umschlag vor ihm. »Ich habe sie in deinem Büro gefunden.«

»Die Bilder?« Müller zeigte mit dem Pistolenlauf auf den Umschlag. Schweißperlen traten auf seine Stirn.

»Sehr richtig. Die Bilder aus der Radarbox, die sich in

unmittelbarer Nähe des Bahnhofs befindet, wo die Toten gefunden wurden. Istvan Geller ist mit hundert Sachen geblitzt worden. Wahrscheinlich würde ich auch so rasen, wenn ich sieben Menschen auf dem Gewissen hätte. Das Dumme ist nur, dass du diese Bilder schon seit einigen Tagen besitzt und uns nichts davon gesagt hast. Damit hättest du uns die Arbeit sehr erleichtern können. All der ganze Müll mit den Analysen und dem Sammeln der Daten zum Erstellen von Lagebildern, du hast das alles nur gemacht, um uns über die Schulter schauen zu können, um uns zu beobachten.«

»Ich habe mit Gellers Verschwinden nichts zu tun und weiß auch nicht, wo sich Schornitz befindet.«

»Und was wirst du jetzt machen, Heinrich?«

Müller hob beinahe entschuldigend die Schultern. »Jetzt muss ich dich wohl umbringen.«

30

Das Haus befand sich nur wenige hundert Meter von der ungarischen Grenze entfernt. Mehrdad Heinzbauer hatte es vor Monaten durch einen Strohmann kaufen lassen und nutzte es seither regelmäßig für seine Treffen mit ungarischen Geschäftspartnern. Mädchen, Drogen, manchmal auch Waffen oder gestohlene Kunstgegenstände wechselten hier meist nachts den Besitzer, Heinzbauer schätzte die Abgelegenheit seines Ausweichquartiers sehr. Der nächste Ort lag in sicherer Entfernung, Menschen verirrten sich nur selten ins ehemalige Niemandsland, hinter dem sich bis zum Ende der Achtziger der Eiserne Vorhang befunden hatte.

Dietrich Schornitz stand auf der Veranda und spähte auf die Felder, die das Haus umgaben. Das Korn stand hoch, und ab und zu strich eine sanfte Brise über das Getreide und ließ es tanzen. Heinzbauer hatte sie vor Stunden in diese Einöde gelotst und versprochen, sich etwas einfallen zu lassen. Seitdem wartete Schornitz vergeblich auf den Anruf, der über sein weiteres Handeln entscheiden würde. Er war überzeugt davon, dass Heinzbauer bereits fieberhaft an einer Lösung des Problems arbeitete. Selbst dem primitiven Zuhälter musste mittlerweile klar geworden sein, dass er und Schreitler gezwungen waren, das Land zu verlassen. Er würde mitspielen und den geeigneten Zeitpunkt abwarten. Im Kofferraum lagen sechzigtausend Euro und die Wertpapiere aus dem Tresor. Mit ihnen würde er eine Weile über die Runden kommen. Alles andere würde sich dann ergeben. Es gab immer irgendwo ein Geschäft oder andere Möglichkeiten, an Geld zu kommen. Er dachte nicht im Traum daran, den Rest seines Lebens als Sklave von Mehrdad Heinzbauer zu verbringen. Hinter ihm öffnete sich die Tür. Schreitler kam aus dem Haus und stellte sich neben ihn.

Er löffelte den Inhalt einer Konservendose in sich hinein und war sichtlich bemüht, dabei gelassen zu wirken. Doch Schornitz war nicht entgangen, dass sich Schreitlers Verhalten in den letzten Stunden geändert hatte. Der sonst so schwerfällige und eher einfältige Zwei-Meter-Mann wirkte seit ihrer Ankunft angespannt. In regelmäßigen Abständen umrundete er das Haus, sah nach Linda und Albrecht, die gefesselt im Schlafzimmer lagen, und blickte immer wieder auf das Display seines Mobiltelefons. Bis jetzt hatte Schreitler die Rolle gespielt, die ihm Heinzbauer in diesem Stück zugedacht hatte, doch allmählich fiel die Maske. Das Finale stand kurz bevor.

»Bohnen und Speck muss man nicht extra aufwärmen«, sagte er mit vollem Mund, nachdem er sich neben Schornitz gestellt hatte. »Schmeckt auch kalt aus der Dose echt gut.« Mit lautem Klappern kratzte er den letzten Rest aus der Konserve und warf diese anschließend in weitem Bogen in die Nacht. Nachdem er den Löffel ausgiebig abgeleckt hatte, drehte er den Kopf zu Schornitz. »Sie sollten auch etwas essen, Boss. Von dem Zeug ist genug da. Wer weiß, wann wir wieder Gelegenheit dazu bekommen.«

Dietrich Schornitz war angewidert. Wie konnte dieser Urmensch nur ans Fressen denken, während man wahrscheinlich schon in ganz Österreich nach ihnen suchte und sie zudem noch Linda und Albrecht verschwinden lassen mussten? Er brauchte etwas anderes als Bohnen mit Speck, aber er hatte die letzten Tabletten mit einer Flasche Wein hinuntergespült, als sie hier eingetroffen waren. Die beruhigende Wirkung der Mischung ließ spürbar nach, aber er versuchte, die Vorstellung an die Entzugserscheinungen, die sich bald einstellen würden, zu verdrängen. »Wie geht es den beiden?«

»Ihre Frau ist hinüber. Die schaut die ganze Zeit nur geradeaus und sagt keinen Ton. Hat wohl eine Art Nervenzusammenbruch. Und Ihr Sohn, na ja, ich weiß nicht. Sehen Sie besser selbst.«

Schornitz versetzte Schreitler einen Stoß: »Er ist nicht mein Sohn!« Dann lief er ins Haus.

Im Schein des Mondlichts betrachtete Schreitler zufrieden den sauber geleckten Löffel.

***

Linda Schornitz und ihr Sohn lagen Rücken an Rücken auf dem Doppelbett im Schlafzimmer. Schreitler hatte die beiden an den Händen zusammengebunden und mit Geschirrtüchern geknebelt. Im Raum stand die Hitze, alle Fenster waren geschlossen. Schornitz wurde von dem beißenden Gestank nach Schweiß und Urin empfangen. Für einen Moment blieb er auf der Schwelle stehen und horchte. Linda atmete noch, daran bestand kein Zweifel. Er hatte schon so oft davon gesprochen und dabei niemals eine Regung empfunden, doch jetzt traf ihn die Erkenntnis wie ein harter Schlag: Er würde sie töten müssen. Schornitz griff nach einer Taschenlampe, die auf einem kleinen Tisch im Flur stand, und betrat das Zimmer.

Der Lichtschein tanzte über die auf dem Bett liegenden Körper. Er beugte sich über Linda und überlegte, ob er ihr hier und jetzt einfach den Knebel ein Stück weiter in den Schlund schieben sollte. Kein Blut, kein wilder Kampf, keine Schreie. Bei Otto war das anders gewesen. Der alte Mann hatte erstaunlich viel Gegenwehr geleistet und war erst zusammengesackt, als ihn der schwere Aschenbecher am Schädel traf. Nie hätte sich Dietrich gedacht, dass sein Weg in die Freiheit über die Leben derer führen würde, die er so sehr hasste. Doch jetzt, seine Hand war nur mehr eine Armlänge von Lindas Gesicht entfernt, zögerte er. Otto hatte ihm einen Kampf auf Leben und Tod geliefert, er hatte im Affekt zum Aschenbecher gegriffen. Die Situation mit Linda war eine andere. Seine Frau lag wehrlos auf dem Bett und war ihm ausgeliefert. Um den Knebel tiefer in sie hineinzuschieben, würde er sie berühren müssen. Er konnte es nicht. Dietrich Schornitz richtete sich auf und trat einen Schritt zurück. Schreitler. Schreitler würde es machen müssen. Heinzbauers Schläger hatte Geller umgebracht und vermutlich auch Albrecht so starke Verletzungen zugefügt, dass er ihnen erliegen würde. Er hatte dem Jungen mehrmals gegen den Schädel getreten, als er bei ihrer Flucht vom Weingut in wilder Panik um sich geschlagen hatte. Für Schreitler würde ein weiterer Mord eine Kleinigkeit sein. Schornitz hob die Taschenlampe und betrachtete Albrecht. Sein Stiefsohn rührte sich nicht mehr. War Albrecht vielleicht sogar schon tot? Es sah ganz danach aus. Ein Geräusch riss ihn aus seinen Überlegungen. Auf der Veranda läutete Schreitlers Telefon.

31

Erhard war aufgewacht. Der Hund kroch unter dem Klappbett hervor und lenkte für den Bruchteil einer Sekunde Heinrich Müller ab. Später, wenn Schirmer an die Ereignisse der Nacht zurückdachte, würde ihm klar werden, dass er Erhard sein Leben zu verdanken hatte.

Schirmer kippte den Schreibtisch nach vorn und warf sich zur Seite. Die Tischkante traf Heinrich Müllers Schienbeine, der Schuss aus seiner Pistole die Decke. Während das Glas einer zerschossenen Neonröhre auf sie herabregnete, stürzte sich Schirmer von hinten auf die Beine seines Kontrahenten, der das Gleichgewicht verlor und nach vorn fiel. Der zweite Schuss entsprang nur mehr einem Reflex und durschlug das Fenster. Müller landete mit einem schmerzerfüllten Stöhnen am Boden, die Waffe entglitt seinen Händen. Noch während die beiden Männer am Boden um ihr Leben rangen, wurde die Tür zu Schirmers Büro aufgerissen.

Die drei diensthabenden Beamten der Polizeiinspektion waren durch die Schüsse aufgeschreckt worden, in den zweiten Stock des Gebäudes gestürmt und dem Kampflärm gefolgt. Das Bild, das sich ihnen bot, hätte unübersichtlicher nicht sein können: Schirmer und Müller wälzten sich in wildem Ringen auf dem Boden und trugen schon deutliche Spuren des Kampfes. Der Leiter der Kripo blutete aus zahllosen Wunden am Rücken, die von den Scherben der kaputten Neonröhre stammten und sein Hemd rot tränkten. Auf Müllers Schläfe klaffte eine tiefe Platzwunde. Blut rann ihm ins Gesicht und erschwerte ihm das Sehen. Neben dem umgestürzten Klappbett saß Schirmers Hund und hörte nicht auf zu winseln. Die Streifenbeamten trennten die Kontrahenten und pressten sie gegen die Wand. Während Heinrich Müller von einem der Polizisten fixiert werden konnte, waren für Schirmer zwei Kollegen notwendig.

»Um Himmels willen! Nehmt Müller fest, er hat gerade

versucht, mich umzubringen.« Er fuchtelte wie wild mit den Armen, die weiß verputzte Wand sog sein Blut auf.

»Ist ja gut, Karl. Lass mich wieder los«, sagte Heinrich Müller zu dem ihn festhaltenden Beamten, der seinen Griff sofort löste, und klopfte sich den Schmutz von der Uniform, während auch Schirmers Fixierung gelockert wurde.

»Was redet Schirmer da, Herr Chefinspektor? Können Sie uns bitte erklären, was hier eben los gewesen ist?«, fragte einer der zwei Männer, die bei Schirmer standen.

Heinrich Müller hob seine Mütze auf. Mit jedem Schritt knirschte das Glas unter seinen Schuhen. Sein Blick wanderte über das zu Bruch gegangene Fenster und den Einschuss an der Zimmerdecke und suchte dann so unauffällig wie möglich nach seiner Pistole.

»Sie liegt hinter dir«, erkannte Schirmer Müllers Absichten sofort.

»Chef, wir brauchen eine Erklärung. Stimmt das, was Kollege Schirmer sagt?« Dem Beamten waren die Worte schwer über die Lippen gekommen, die Situation überforderte ihn.

»Ja, Karl. Wie es aussieht, habe ich schlechte Karten in diesem Spiel. Die Schüsse wurden aus meiner Waffe abgegeben, und das, was Schirmer mir vorwirft, kann ich an Ort und Stelle natürlich nicht entkräften. Was wiederum bedeutet, dass ihr mich vorläufig in Untersuchungshaft nehmen müsst, wo ich es dann so lange aushalten muss, bis irgendein Gericht sich meiner annimmt. Stimmen Schirmers Anschuldigungen gegen mich, bekomme ich fünfzehn Jahre für einen Mordversuch an einem Polizeibeamten.« Müller setzte sich auf den umgestürzten Schreibtisch vor dem Fenster. »Überdies gibt es eine Menge anderer böser Verdächtigungen gegen mich, von denen Schirmer euch sicher gleich erzählen wird.« Er schaute an den Beamten vorbei auf Erhard und lächelte. »Fünfzehn Jahre ohne Chance auf vorzeitige Entlassung. Die werden mich nach Graz oder Stein schicken und mich in eine Zelle mit Berufsverbrechern stecken. Könnt ihr euch vorstellen, was die den ganzen Tag über mit mir machen werden?«

»Wenn du kooperierst, wird man dir schon entgegenkommen.« Schirmer ging auf Müller zu. Der Kommandant der Polizeiinspektion wirkte auf einmal um Jahre gealtert. Es schien, als würde er sich gerade unter Mühen von einer schweren Last befreien.

Plötzlich stieg Müller mit einer schnellen Bewegung auf den Schreibtisch. »Keinen Schritt näher!«, schrie er. »Ich gehe ganz sicher nicht in den Knast!« Dann drehte er sich um und sprang aus dem Fenster.

Gegen drei Uhr morgens schlug der Körper von Chefinspektor Heinrich Müller auf dem Asphalt vor dem Bezirkspolizeikommando auf. Als Schirmer und die drei anderen Beamten beim Leiter der Polizeiinspektion Mödling ankamen, war dieser bereits tot.

32

Schirmer saß auf der Bahre eines Krankenwagens. Er hatte auf jede weitere Behandlung verzichtet und reichte dem Notarzt nun das Formular, auf dem er dies durch seine Unterschrift bestätigt hatte.

»Sie sollten sich Ihren Rücken wirklich ansehen lassen. Es muss sichergestellt werden, dass ich auch alle Splitter erwischt habe, und danach sollten Sie das Ganze gründlich reinigen lassen. Und Ihre Hand gefällt mir auch nicht.« Der Arzt blieb noch einige Augenblicke vor Schirmer stehen, erkannte aber, als dieser schwieg, schnell, dass jedes weitere Wort zwecklos war.

Schirmer stand auf und streckte sich. Sein Rücken brannte, als hätte man Essig in die Wunden gegossen. Die linke Hand war verdächtig stark angeschwollen, und als er die Finger bewegte, fuhr ein stechender Schmerz durch seinen Arm.

Gott sei Dank bin ich Rechtshänder, dachte er, während er die Trainingshose, eine Leihgabe von Hasler, ein Stück weiter nach oben zog. Sein Assistent stand vor dem Sichtschutz der Spurensicherung, hinter dem Heinrich Müllers Leiche untersucht wurde.

Als Hasler sah, dass Schirmer den Krankenwagen verlassen hatte, überquerte er den Platz vor dem BPK und kam auf ihn zu. »Fährst du nicht mit ins Spital? Im Moment kannst du hier ohnehin nichts tun. Die von der Internen werden erst in ein paar Stunden antanzen, und bis dahin solltest du dich gründlich untersuchen lassen.«

»Hättest du das gedacht? Müller war doch nach außen hin immer das Paradebeispiel eines Polizisten.« Schirmer schaute zur Leinwand hinüber, hinter der der ehemalige Kollege lag.

»Man kann in keinen Menschen reinschauen. Mich schockiert viel eher, was passiert ist. Und ich bin ziemlich sauer auf dich, weil du mit deinem Verdacht nicht zu mir gekommen bist. Deine Alleingänge haben dich schon oft genug in Schwierigkeiten gebracht, wann ist endlich Schluss damit?«

In zehn Jahren, wenn ich zum alten Eisen gehöre, dachte Schirmer, sagte aber: »Es ist so, wie es ist. Wenn ich auf der richtigen Spur bin, kann ich nicht mehr nach links oder rechts schauen, dann geht es nur mehr geradeaus. Gestern bei der Besprechung habe ich spontan beschlossen, Müller eine Falle zu stellen.«

»Und wie du siehst, ist er darauf hereingefallen. Glückwunsch.« Hasler drehte sich um und zeigte mit seinem roten Notizblock in Müllers Richtung. »Wenn das alles vorbei ist, müssen wir uns mal ernsthaft unterhalten, Harald. Ich kann dir in meinen letzten zehn Dienstjahren nicht immer noch dauernd hinterherrennen. Ich bin doch nicht dein Kindermädchen.«

»Okay, wenn das alles vorbei ist.«

***

Um neun Uhr trafen sich Plasch, Schirmer und Hasler zu einer Besprechung im Büro des Offiziers. »Das mit Heinrich Müller macht mich persönlich betroffen. Seine Rolle wird Gegenstand ausführlicher Untersuchungen sein. Wie geht ihr jetzt weiter vor?«

Schirmer saß auf einem Hocker ohne Lehne. Gegen seine Schmerzen hatte er einige Tabletten eingeworfen und mehrere Tassen Kaffee getrunken. Das Koffein beflügelte ihn, zudem hatte Major Plasch in Anbetracht der Umstände sogar gestattet, dass in seinem Büro geraucht werden durfte. »Wir müssen uns jetzt auf Dietrich Schornitz konzentrieren. Er hat zwei Menschen in seiner Gewalt und steht mit dem Verschwinden von Istvan Geller in Verbindung. Und wenn wir Schornitz haben, dann ist es auch nur mehr ein kurzer Weg zu Mehrdad Heinzbauer. Vergesst nicht, dass wir nichts Handfestes gegen ihn vorweisen können. Meine Mutmaßungen gehen höchstens als Indizien durch, und Müller hat sie mir auch nur indirekt bestätigt. Ich frage mich immer noch, warum Istvan Gellers Wohnung durchwühlt worden ist. Es muss doch einen wichtigen Grund dafür geben, dass Müller seine Jungs zunächst zu einer falschen Adresse geschickt hat. Ich habe ihn darauf angesprochen, aber leider keine Antwort mehr erhalten.«

Hasler übernahm und unterrichtete sie von den Untersuchungen der Spurensicherung. »Auf dem Weingut hat eindeutig ein Kampf stattgefunden. In Albrecht Schornitz' Zimmer wurden Blutspuren gesichert, wir müssen davon ausgehen, dass der Junge verletzt wurde. Wenn nicht sogar –« Er unterbrach für einen Moment. »Seinen Großvater hat es übrigens nicht so schlimm erwischt, wie es auf den ersten Blick aussah. Er wird bald wieder auf dem Damm sein. Im Arbeitszimmer von Dietrich Schornitz konnten haufenweise Beruhigungstabletten, Aufputschmittel und einige Gramm Kokain sichergestellt werden.«

»Wir haben alles getan, was in unserer Macht steht«, sagte Plasch zum Abschluss. »Eine europaweite Fahndung nach Schornitz läuft, im Radio wird laufend über die Sache berichtet, und die Zeitungen sind auch schon voll davon. Der Fahndungsdruck ist enorm, ich will, dass ihr bereit seid, wenn das Schwein aus seinem Versteck kommt.«

***

Schirmer, Hasler und Wenzel saßen in einem Schreibraum der Polizeiinspektion, den man ihnen vorübergehend zur Verfügung gestellt hatte, da die Räume des Kriminaldienstes wegen der Untersuchungen zu Müllers Tod versiegelt worden waren. Nur mit größter Mühe war es Hasler gelungen, ihre Computer und die allernotwendigsten Unterlagen mitzunehmen. Es war kurz vor zwölf Uhr mittags, und Schirmer wartete auf das Eintreffen der Internen, die ihn zum Tod von Heinrich Müller einvernehmen wollten. Würde er später an den Fall zurückdenken, so würde er diesen Moment der Ermittlungen als den entscheidenden bezeichnen.

Bevor Hasler sich zum Mittagessen verabschiedete, reichte er Schirmer noch allerhand Papiere, die man in Istvan Gellers Wohnung gefunden hatte. Schirmer überflog Rechnungen, Kaufverträge und andere Dokumente, die ohne Bedeutung waren, aber am Ende weckte ein kleines Notizbuch sein Interesse. Eine Möglichkeit formte sich in Schirmers Kopf. Er öffnete das Buch, es war ein Telefonverzeichnis. Er blätterte bis zum Buchstaben G und ging die dort eingetragenen Nummern durch.

Der erste Anruf brachte ihn nicht weiter. Der Mann am anderen Ende der Leitung verstand ihn nicht und legte kurzerhand wieder auf. Beim nächsten hatte Schirmer Glück und erwischte eine Cousine von Istvan Geller, die fließend Deutsch sprach. Nachdem Schirmer sich vorgestellt hatte, kostete es ihn einige Mühe, sie zu überzeugen, ihm übers Telefon die gewünschten Auskünfte zu erteilen, aber am Ende wurde die Frau doch gesprächig. Als Schirmer seinen Verdacht bestätigt sah, bedankte er sich und knallte den Hörer auf die Gabel. Ein Blick auf die Uhr: In einer halben Stunde musste er der Internen Rede und Antwort stehen. Egal, er rief nach Wenzel, der im Aufenthaltsraum der Polizeiinspektion mit einer Kollegin flirtete.

Erst im Wagen verrict er Wenzel, wohin die Fahrt gehen würde. »Wir beide unternehmen jetzt einen kleinen Ausflug Richtung Ungarn. Aber davor möchte ich noch etwas klären. Ruf deinen Kumpel Graf an und mach einen Treffpunkt aus. Ihr beide seid mir noch eine Erklärung schuldig.«

33

An der Art, wie Schreitler ihn weckte, merkte Dietrich Schornitz sofort, dass sich die Spielregeln geändert hatten. Schreitler machte keinen Hehl mehr daraus, dass er jetzt Wärter und nicht mehr Gehilfe war. Er zog den noch benommenen Schornitz hoch und rüttelte ihn unsanft an den Schultern. »Aufstehen, ruf Heinzbauer an. Er will mit dir reden.«

Schornitz rieb sich den Schlaf aus den Augen und griff nach dem Telefon, das Schreitler ihm vor die Nase hielt. »Ich habe dich beobachtet«, sagte er, noch bevor er Heinzbauers Nummer wählte. »Du warst während der Nacht dreimal auf der Veranda und hast telefoniert. Hat dir Heinzbauer neue Aufträge gegeben?«

Selbst Schreitlers Blick war nun anders. Er senkte nicht mehr den Kopf, sobald er von Schornitz angesprochen wurde, sondern starrte ihn an. »Rede mit Heinzbauer«, sagte er, dann verschwand er ins Schlafzimmer.

Heinzbauer klang verschlafen. Ohne lang herumzureden, kam er zur Sache. »Ich kann dich nicht außer Landes schaffen. Dein dämliches Gesicht lächelt einem von allen Tageszeitungen entgegen, gestern warst du sogar in den Abendnachrichten. Die Nachricht, dass der Schwiegersohn vom alten Schornitz wegen versuchten Mordes gesucht wird, schlägt hohe Wellen.«

Dietrich Schornitz schluckte. Sofort stellten sich starke Halsschmerzen ein. Das war nur der Beginn. Bald würden ihn die Entzugserscheinungen handlungsunfähig machen. »Mein Schwiegervater lebt?«

»Ja, mein Freund. Die ›Mödlinger Zeitung‹ schreibt von einem Schädelbasisbruch, aber es besteht keine Lebensgefahr. Außerdem wirst du mit dem Verschwinden eines ungarischen Arbeiters in Verbindung gebracht. Ist das nicht toll?«

»Sie müssen mir helfen! Ich war Ihnen immer ein treuer Geschäftspartner. Sie haben versprochen, eine Lösung zu finden.« Schornitz verlor die Beherrschung und begann zu weinen.

»Heulst du etwa? Mein Gott, das darf ja nicht wahr sein.« Heinzbauer lachte höhnisch, um kurz darauf wieder in tödlichen Ernst zu verfallen. »Pass auf, du Experte. Schreitler hat mir was von einer Stange Geld erzählt, die du im Kofferraum mit dir herumfährst. Du willst Mehrdad Heinzbauer doch nicht verarschen und eine Mücke machen?«

»Der Notgroschen … Das Geld, von dem ich Ihnen schon erzählt habe … Damit sind wir quitt. Bitte, Sie müssen mir helfen.«

»Schreitler sagt, dass es dir scheiße geht.« Heinzbauer überlegte einen Moment lang. »Wo ist Schreitler gerade?«

»Im Schlafzimmer, er sieht nach Linda und Albrecht.«

»Du wirst mit ihm im Haus warten, bis es dunkel ist. Danach setzt ihr euch in deinen Wagen und kommt zu einem Ort, den ich euch noch nennen werde.«

»Was ist mit meiner Frau und Albrecht?«

»Lasst sie zurück. Jemand anderes wird sich der Sache annehmen.«

Den Rest des Tages saßen sie im Wohnzimmer und warteten auf den entscheidenden Anruf. Schreitler bediente sich noch zweimal an den Vorräten in der Küche, blieb ansonsten aber immer in Schornitz' Nähe.

Du hast Heinzbauer vom Geld erzählt, dachte er, während Schreitler sich gierig über eine weitere Konservendose hermachte. Du hattest von Anfang an den Auftrag, mich zu überwachen. Denkst du etwa, dass ich mich jetzt so einfach zu meiner eigenen Hinrichtung kutschieren lasse?

Schreitler sah ihn plötzlich an, als hätte er seine Gedanken gelesen, stand auf und kam langsam auf ihn zu. Schornitz schloss die Augen und öffnete sie erst wieder, als Schreitler ihm auf die Schulter tippte. Er hielt ihm ein Taschentuch vors Gesicht. »Hier, du blutest schon wieder aus der Nase. Außerdem zitterst du, hast du Fieber?«

Im Laufe der nächsten Stunden sah Schreitler noch zweimal nach Linda und Albrecht, verriet Schornitz aber nicht, wie es um sie bestellt war. Nach der letzten Kontrolle versperrte er die Schlafzimmertür und untersagte Schornitz, dem Raum zu nahe zu kommen. Doch dieser ließ sich nicht zum Narren halten. Er wusste, dass Albrecht bereits tot war. Als sich der Schlüssel ein letztes Mal im Schloss drehte, ging auch ein Lebensabschnitt für ihn zu Ende: Er würde Linda niemals wieder sehen.

34

Sie trafen Simon Graf in einem kleinen Café auf dem Weg Richtung Grenze. Der Ermittler saß an der Bar und starrte gedankenverloren in ein leeres Bierglas. Als er Schirmer und Wenzel bemerkte, wechselte Graf zu einem Tisch am Fenster und winkte dem Kellner. Schirmer setzte sich grußlos zu ihm, lediglich Wenzel streckte Graf die Hand entgegen. Der Kellner brachte drei Bier und verschwand, noch ehe Schirmer protestieren konnte.

»Die gehen auf mich«, begann Graf unsicher. Ihm war klar, warum Schirmer gekommen war.

»Wir trinken dein Bier nicht. Schick es zurück, trink es selbst oder leere es in den Blumentopf, mir egal. Ich werde mich kurz fassen und euch beide dann eine Frage stellen, auf die ich eine Antwort verlange.« Ohne zu fragen, bediente Schirmer sich an Grafs Zigaretten und begann nach einem kräftigen Lungenzug.

Simon Graf schien mit seinen Gedanken woanders zu sein. Bei den Fahrzeugen, die in einer unendlichen Kolonne an dem Café vorüberzogen. Bei der Tankstelle auf der gegenüberliegenden Straßenseite. Bei den Wolken, die ein Unwetter ankündigten. Die ganze Zeit über blickte er aus dem schmutzigen Fenster und ließ keine Regung erkennen. Doch der Eindruck täuschte. Graf sog das Geschilderte auf wie ein Schwamm, durchlebte noch einmal die Ereignisse, die einen gebrochenen Mann aus ihm gemacht hatten.

Als Schirmer mit seiner Erzählung fertig war, nahm Graf eines der Biergläser und trank es in einem Zug leer. »Das Schwein hat Dragana einfach nach Serbien verkauft. Wie ein Stück Vieh hat er sie verschachert«, flüsterte Graf. Er griff nach dem zweiten Glas und leerte es zur Hälfte. »Als die Idioten von der Internen erfahren haben, dass Heinzbauer und ich noch eine alte Rechnung offen haben, hat man mir den Fall einfach weggenommen. Okay, jetzt hast du mich am Wickel. Ich habe also eigenmächtig gegen Heinzbauer ermittelt. Und was nun?«

Schirmer überlegte, ob er noch eine von Grafs Zigaretten nehmen sollte, unterließ es aber. »Ich werde dich deshalb nicht anzeigen, kann dir aber nicht versprechen, dass es nicht ein anderer tun wird, Plasch zum Beispiel. Außerdem ist mir völlig egal, ob du an dem Abend wirklich einen Hinweis hattest, dass Heinzbauer auf Illegale wartet.«

»Das hat gestimmt«, rechtfertigte sich Graf. »Wenn man so lange in der Szene ermittelt wie ich, dann hat man seine Informanten. Ich schwöre Stein und Bein, dass die Razzia verraten worden ist. Man kann mir höchstens den Vorwurf machen, den Tipp nicht an den zuständigen Sachbearbeiter weitergegeben zu haben. An den, der jetzt mit meinem Fall betraut ist«, setzte er nach, nur um sich gleich darauf dem dritten Bier zu widmen.

Schirmer dachte an Müller und ihren Kampf um Leben und Tod. Augenblicklich kehrte der Schmerz in seinem Rücken zurück, und auch seine Hand pochte bedenklich. Die Wirkung der Schmerztabletten ließ allmählich nach.

»Mir kann man nichts vorwerfen. Ich habe mich bloß in die falsche Frau verliebt.«

Schirmer überging die Bemerkung. Er hatte keine Zeit für Sentimentalitäten. »Und jetzt will ich von euch wissen, über was ihr beide im Europapark gesprochen habt.«

Wenzel reagierte, wie Schirmer es erwartet hatte. Der durchtrainierte Vollblutpolizist hatte nicht damit gerechnet, dass jemand von ihrem Treffen im Park wusste. Außer einigen unzusammenhängenden Worten brachte er nichts heraus.

Schirmer wandte sich angewidert ab, als Graf zu seiner Überraschung laut zu lachen begann. Der Alkoholpegel war ihm bereits deutlich anzusehen.

»Du hast uns beobachtet? Meine Güte, ich kann es nicht glauben. Los, Erwin. Erzähl deinem Boss doch mal, was ich dir im Park so Geheimes übergeben habe.«

»Bewerbungsunterlagen«, presste Wenzel hervor, während sein Gesicht die Farbe reifer Tomaten annahm.

Schirmer blickte ihn ungläubig an. »Bewerbungs… was?«

»Ich wollte bei Gelegenheit ohnehin mit Ihnen darüber reden. Ich will mich um eine freie Stelle im Bundeskriminalamt bewerben. Die haben dort ein breites Betätigungsfeld, und ich bin überzeugt, dass ich in einer Großstadt besser aufgehoben wäre als hier. Im BKA würden sie mich sogar auf Zuteilungsbasis nehmen. Für den Anfang halt, bis ich den Kriminalbeamtenkurs absolviert habe.«

Schirmer stand ruckartig auf. »Du undankbarer Kerl. Seit Wochen setze ich mich schon für dich ein, und du fällst mir in den Rücken! Nicht genug, dass du anscheinend doch auf den Dreck hereinfällst, den die PO überall verbreitet, jetzt kommst du mir auch noch mit einer Versetzung daher!«

»Aber, Chef. Es ist doch ganz normal, dass –«

»Nichts ist normal bei dir! Ich habe die Tasse mit dem Schriftzug der PO auf deinem Schreibtisch gesehen.«

»Die Tassen wurden letztens am Bahnhof verteilt. Ich habe mir nichts dabei gedacht, Chef. Ehrlich!«, beteuerte Wenzel. »Außerdem finde ich nichts dabei, wenn –«

»Und genau das ist das Problem.« Schirmer beugte sich zu Wenzel, packte ihn am Kragen und flüsterte ihm ins Ohr: »Du denkst zu wenig, Erwin. Manchmal drehen sich die Dinge. Opfer werden zu Tätern und Freunde zu Verrätern.«

35

Schirmer strich zufrieden über das Navigationsgerät. Es hatte ihn ohne Probleme zu der Adresse gelotst, die Istvan Gellers Cousine ihm genannt hatte. Nachdem er den Wagen vor der im Süden der Stadt gelegenen Plattenbausiedlung abgestellt hatte, machte er sich mit der näheren Umgebung vertraut. Schirmer war noch nie in Sopron gewesen, obwohl die Kleinstadt bekannt war für ihre vielfältigen Einkaufsmöglichkeiten. Täglich kamen Tausende Österreicher, um den einen oder anderen Euro zu sparen. Schirmer war da anders. Er stillte seine Bedürfnisse lieber in Läden, die er kannte. Er war niemals weiter als bis nach Wien gekommen, und es wäre ihm im Traum nicht eingefallen, wegen ein paar Euro Preisersparnis in ein anderes Land zu fahren. Nun denn, jetzt musste er sich berufsbedingt hier umschauen. Und sollte sein Vorhaben scheitern, musste er wissen, wie er schnell von hier wegkam. Er stieg aus.

Nachdem er den Erkundungsgang beendet hatte, kehrte er zu dem Haus zurück und blickte an der Fassade hoch. Es war alt und baufällig, der Schraubenzieher im Kofferraum sollte reichen. Da er dem Aufzug nicht vertraute, nahm er die Treppe in den vierten Stock. Vor der Tür hielt er inne und lauschte. Ein Radio plärrte in einer Wohnung einen Stock unter ihm, irgendwo weinte ein Kind. Ohne über sein Handeln weiter nachzudenken, stieß er den Schraubenzieher in das Schloss, drehte das Werkzeug ein paarmal hin und her und lehnte sich dann mit ganzer Kraft gegen die Tür. Sie sprang auf, und Schirmer verschwand blitzschnell in Istvan Gellers Wohnung.

Als er wenig später das Haus verließ, zitterten seine Knie. Wieder hatte ihn sein Instinkt nicht getäuscht. Er hatte zwar gegen jede denkbare Vorschrift verstoßen und am Ende sogar einen Wohnungseinbruch begangen, war aber dennoch überzeugt, richtig gehandelt zu haben. Hätte er die offiziellen Kanäle bemüht, wäre das, was er auf dem Weg zum Wagen unter seinem

Hemd versteckt hielt, niemals oder viel zu spät in seinen Besitz gelangt. Schirmer stieg ein, schloss den Wagen von innen ab und vergewisserte sich ein letztes Mal, dass sich rings um ihn herum nichts Verdächtiges tat. Dann erst holte er den Umschlag unter seinem Hemd hervor und riss ihn ungeduldig auf. Was er auf den ersten maschinenbeschriebenen Seiten las, machte ihn so nervös, dass ihm die Unterlagen beinahe aus der Hand fielen. Hasler kam ihm in den Sinn. Er hatte vor Tagen von Baustellen gesprochen, die es zu bearbeiten galt.

»Graf und Plasch sind die eine Baustelle. Die andere besteht aus Dietrich Schornitz, Mehrdad Heinzbauer und Erwin Wenzel«, murmelte er Haslers Worte vor sich hin. »Nur hast du dich geirrt, Arno, was die Zusammensetzung dieser Baustellen betrifft.« Sein Zeigefinger fuhr über die Linien. »Wenn das hier an die Öffentlichkeit gelangt, bricht der heftigste Sturm los, den Mödling je erlebt hat.«

***

Zu seiner Rechten verschwammen die Lichter einer Stadt zu undeutlichen Linien. Entgegenkommende Fahrzeuge blendeten ihn, ließen den niedergehenden Regen auf den Scheiben des Fahrzeuges tanzen, Blitze zuckten hell durch die Nacht. Schirmer befand sich auf der Autobahn Richtung Wien. Seit er ihn in dem kleinen Café vor der Grenze zurückgelassen hatte, hatte er von Wenzel nichts mehr gehört. Jetzt tat ihm sein Mitarbeiter beinahe leid. Er hoffte, dass er mit Graf gefahren war oder einen anderen Weg nach Mödling zurück gefunden hatte. Wieder einmal hatte Schirmer überreagiert und kein Blatt vor den Mund genommen. Seit er nicht mehr trank, waren Ausraster wie jener im Café zwar seltener geworden, aber ganz verhindern konnte er sie noch nicht. Er dachte an den Folder, den ihm Hasler vor Monaten zugesteckt hatte und der nun in einer seiner Schreibtischschubladen verrottete. Ein ehemaliger Polizist bot in Mödling Anti-Aggressions-Training an. Hasler hatte sogar in Erfahrung gebracht, dass die Behörde in besonderen Fällen einen Teil der Kosten übernahm. Er hatte Schirmer vorgeschlagen, doch eine Schnupperstunde zu nehmen, und war zum Dank dafür hochkant aus dem Büro geworfen worden. Von schlechtem Gewissen geplagt überlegte Schirmer nun, ob er sich die Sache nicht doch einmal ansehen sollte. Natürlich würde er niemandem davon erzählen, er wollte ja nicht als Verrückter abgestempelt werden.

Der Regen wurde stärker. Einige Male hatte Schirmer große Mühe, den Wagen auf der Straße zu halten. Als er von einem laut hupenden Lastwagen überholt wurde, merkte er, dass er beinahe eingeschlafen war. Er lenkte den schwarzen Volvo in die nächste Pannenbucht und schaltete die Warnblinkanlage ein. Sein eigenes Schnarchen weckte ihn wenig später. Obwohl er höchstens ein paar Minuten weg gewesen war, fühlte er sich deutlich besser als zuvor. Er nahm den Umschlag zur Hand und ging im matten Schein der Innenbeleuchtung noch einmal einige der Seiten durch. Als er zu einem Abschnitt kam, der die Überschrift »Erntehelfer« trug, läutete das Autotelefon.

»Wo bist du? Die Leute von der Internen haben auf dich gewartet, und ich habe mindestens zehnmal bei dir angerufen.« Hasler war aufgebracht. Seine Art, seine Sorge um seinen Chef zu zeigen.

»Ich war in Ungarn. Kann sein, dass ich dort keinen Empfang hatte. Bin grad erst über die Staatsgrenze.«

»In Ungarn? Die halbe Welt sucht nach dir, und du bist in Ungarn? Kannst du mir vielleicht erklären, was du dort gemacht hast?«

Das könnte ich, dachte Schirmer, nur würdest du es unter den jetzigen Umständen nicht verstehen. »Ist Wenzel schon zurück?«, antwortete er stattdessen mit einer Gegenfrage.

»Ich dachte, Erwin ist bei dir?«

»Das war er. Verdammt. Pass auf, Arno, das ist eine lange Geschichte. Sobald ich wieder zurück bin, muss ich dir etwas zeigen.« Er sah auf die Uhr. »Was machst du um Viertel nach sechs noch im Büro?«

»Wir sind an Dietrich Schornitz dran. Die Staatsanwaltschaft hat am frühen Nachmittag endlich eine Handypeilung genehmigt. Vor Kurzem hat jemand vom Mobilfunkbetreiber bei Plasch angerufen, Schornitz' Standort konnte festgestellt werden.«

»Wohin soll ich kommen?« Plötzlich war Schirmer wieder hellwach. Er lenkte den Wagen aus der Pannenbucht und drückte das Gaspedal durch.

36

Der Hintereingang des Gebäudes war von Unkraut beinahe völlig verdeckt und in der Dunkelheit kaum zu finden. Erst nachdem Schreitler die Taschenlampe aus dem Wagen geholt und noch einmal bei Mehrdad Heinzbauer angerufen hatte, entdeckte er die angerostete Tür hinter einer mannshohen Bärenklaustaude. Obwohl er seinen massigen Körper mehrmals dagegen warf, öffnete sich die Tür nur einen schmalen Spalt. »Hier rein«, zischte er erschöpft über seine Schulter.

Schornitz zögerte, bis Schreitler sein Hemd so weit hochzog, dass die im Hosenbund steckende Pistole zum Vorschein kam. Er verstand die Drohung. Als er sich hinter Schreitler durch die Tür zwängte, begann es zu regnen. Dicke Tropfen klatschten auf das Wellblechdach und übertönten den Klang der Schritte auf dem gefliesten Boden.

***

Als Schirmer eintraf, erwartete ihn Hasler bereits vor einem quer zur Fahrbahn abgestellten Streifenwagen. Ein ganzer Straßenzug war für den öffentlichen Verkehr gesperrt worden. Hier, im südlichen Teil von Wiener Neudorf, waren vorwiegend Betriebe angesiedelt, weshalb Kommunalpolitiker dem Stadtteil den sperrigen Namen »Industriezentrum Niederösterreich-Süd« verliehen hatten.

»Es ist angerichtet.«

Haslers Gesicht war unter der Kapuze nicht zu sehen. Lediglich die hervorstehenden Enden des durchnässten Schnauzbartes verrieten ihn. Schirmer blickte angewidert in die schwarzen Wolken, die ihn von Ungarn bis hierher begleitet hatten. Er fror, war müde und beneidete Hasler um dessen Regenjacke.

»Ungefähr einen halben Kilometer die Straße entlang befindet sich ein leer stehendes Gebäude, in dem früher eine Spedition untergebracht war. Die Handypeilung hat ergeben, dass sich zumindest das Telefon von Dietrich Schornitz dort drinnen befindet. Der Irre scheint in den letzten Tagen eine halbe Weltreise gemacht zu haben, sein Handy war kurzfristig sogar knapp vor der Grenze nach Ungarn eingeloggt«, fuhr Hasler fort. »Eigentlich hättest du ihn für uns gleich einsammeln können.«

Haslers Versuch, die Stimmung ein wenig zu lockern, verpuffte wirkungslos. »Wer sichert das Gebäude?«, wollte Schirmer wissen.

»Ein paar Streifenbeamte. Wir warten immer noch auf die Cobra. Die sind ausgebucht und müssen ein Team aus Graz schicken, was bei dem Wetter dauern kann.«

»Von Wenzel immer noch kein Zeichen?«

»Nein, Chef. Kannst du mir jetzt vielleicht endlich erklären, was du mit dem Jungen in Ungarn zu suchen hattest?«

Schirmer rechnete im Kopf nach. Wenn Wenzel mit Graf oder einem Taxi zurückgefahren wäre, hätte er längst wieder in Mödling sein müssen. Schirmer tippte darauf, dass Wenzel noch in einem Zug saß. »Erwin kommt heute nicht mehr«, beantwortete er brummend Haslers Frage. Er fingerte ein zerknittertes, leeres Zigarettenpäckchen aus seiner Hosentasche und warf es in weitem Bogen von sich. »Sieht so aus, als würde der Dreck hier an uns beiden hängen bleiben, Herr Abteilungsinspektor.« Schirmer nieste. Er hatte sich bereits eine Erkältung eingefangen. Der Regen fiel jetzt fast waagerecht, es war kurz vor Mitternacht.

***

Der Angriff kam unerwartet. Dietrich Schornitz hatte den Raum gerade erst betreten, als ihn Schreitlers Faust mitten im Gesicht traf. Seine Nase brach mit einem lauten Knacken, er selbst wurde von der Wucht des Schlages niedergestreckt. Sofort stürzte Schreitler sich auf den am Boden Liegenden und trat zu. Die ersten Tritte spürte Schornitz noch als stechenden Schmerz in seiner Seite, dann aber kollidierte die Spitze von Schreitlers Stiefel zum ersten Mal mit seinem Gesicht, und der Schmerz vermischte sich mit der Verwunderung über das Geschehen zu einer undefinierbaren Emotion. Als seine Gliedmaßen brachen, hörte Schornitz zwar das Geräusch, brachte es aber nicht mit seinem Körper in Zusammenhang. Nicht mit ihm, nicht mit diesem Raum, nicht mit der Gegenwart. Sein Mund füllte sich mit Blut. Schreitler blickte spöttisch auf ihn herab, dann senkte sich der Vorhang.

***

»Das ist der einzige Eingang, die Hinterseite ist total zugewachsen.« Hasler schlug die Kapuze zurück, während er sprach.

Sie standen im Wartehäuschen einer Bushaltestellte, nur durch die Fahrbahn von dem Gebäude getrennt, in dem sie Dietrich Schornitz vermuteten. Durch den Regen hatte es spürbar abgekühlt, Schirmers Atem stieg in weißen Wölkchen auf. Nur mit Mühe konnte er durch den noch immer dichten Regen die Umrisse der Polizisten erkennen, die zu beiden Seiten der Tür Aufstellung bezogen hatten. Schirmer war sich des Risikos bewusst, das sie eingingen. Vielleicht stand Dietrich Schornitz schon dort drüben hinter einem der Fenster und wartete auf sie.

»Wissen wir irgendetwas? Sind seine Frau und Albrecht bei ihm? Ist er bewaffnet?« Schirmer dachte an die vielen Jagdtrophäen, die sie in der Villa von Otto Schornitz gesehen hatten.

Hasler schüttelte den Kopf. »Wir wissen gar nichts. Ich bin wirklich froh, wenn die Cobra hier eintrifft.«

Als plötzlich ein ohrenbetäubender Knall ertönte, fielen die beiden Beamten zu Boden und verharrten in der Stellung.

Hasler zerrte an seiner Jacke, um an das Pistolenholster zu gelangen, aber die Waffe glitt aus seinen Händen und fiel auf den nassen Asphalt. Nachdem er sie endlich in Anschlag gebracht hatte, begann er aufgeregt zu schreien: »War das ein Schuss? Harald, hat da jemand geschossen?«

Schirmer lag neben seinem Assistenten und konnte sich die Mühe, nach seiner Waffe zu greifen, sparen. Sie lag sicher im Handschuhfach seines Dienstwagens, gleich neben dem Umschlag aus Istvan Gellers Wohnung.

Ein Blitz entlud sich in unmittelbarer Nähe. Das Echo des metallischen Krachens, das folgte, bahnte sich seinen Weg durch die Lagerhallen und Firmengebäude. Als es endlich verklungen war, fiel ein weiterer Schuss. Es war ein Schuss, auch Schirmer war sich nun sicher. Im Aufstehen zog er Hasler am Ärmel hoch. »Los, wir müssen da rein!«

37

Sie hetzten einen engen Korridor entlang. Hasler vorn, die Pistole im Anschlag, Schirmer leuchtete mit einer Taschenlampe über die Schulter seines Assistenten hinweg den Weg. Das Dach über ihnen vibrierte im wütenden Stakkato des fallenden Regens. Ab und zu drang das grelle Licht von einschlagenden Blitzen durch die über den gesamten Flur verteilten Oberlichtfenster. Am Ende ihres Sichtbereichs tat sich ein schwarzes Loch auf, das sich im Näherkommen als ein Durchgang ohne Tür entpuppte. Die Kriminalbeamten liefen hindurch, achteten nicht darauf, was um sie herum geschah: Das Jagdfieber hatte sie erfasst.

Der Lichtkegel von Schirmers Taschenlampe fand den leblosen Körper, der mitten im Raum lag, auf Anhieb. Später würde Schirmer sich vor allem an das Wagnis erinnern, das sie mit ihrem ungestümen Eindringen in die Halle eingegangen waren. Und an den Anblick von Dietrich Schornitz, der mit zerschossenem Gesicht vor ihnen lag.

Schreitler sah sie kommen. Das Licht ihrer Taschenlampe verriet sie. Hektisch begann er, in Dietrich Schornitz' Taschen nach dem Autoschlüssel zu suchen.

»Erledige die Sache und bring mir das Geld«, hatte er den Auftrag von Heinzbauer im Ohr. Ein letztes Mal durchwühlte er die Kleidung am noch warmen Körper, aber erfolglos. Er musste weg von hier. Wenige Augenblicke, bevor die beiden Gestalten den Durchgang passierten, verschwand er im hinteren Teil des Raums. Die Bullen riefen nach Unterstützung, ein Krankenwagen sollte sofort verständigt werden. Ein Krankenwagen. Während Schreitler die Wand nach dem Ausgang abtastete, begann er zu lächeln. Dietrich Schornitz würde keinen Krankenwagen mehr brauchen. Sie sollten besser einen Leichenwagen anfordern. Endlich hatte er die Tür gefunden, doch als er sie öffnen wollte, blendete ihn das Licht einer Taschenlampe. Sie hatten ihn entdeckt.

»Da ist er raus! Los, los!« Hasler stürmte hinterher. Er hatte sich den Bruchteil einer Sekunde zu lange Zeit gelassen, sodass der Schuss aus seiner Pistole im Mauerwerk neben der Tür eingeschlagen war.

Seite an Seite kämpften sie sich durch dichtes Gebüsch und wild wachsende Stauden. Hasler schoss einige Male in die Luft, um die mit der Sicherung des Gebäudes beauftragten Kollegen zu alarmieren. Schwer atmend erreichten Hasler und Schirmer nach mehreren Minuten das Ende des bewachsenen Areals. Als sie aus dem Bewuchs traten, fanden sie sich an einer Straße wieder. Eine Gestalt stand keuchend mitten auf der Fahrbahn und sah sie an. Die Arme hingen ihr schlaff an den Seiten hinab, die Körpersprache des Unbekannten verriet, dass er es wusste: Die Jagd war zu Ende.

Von allen Seiten näherten sich jetzt auch die anderen Beamten. Sirenen heulten, dann erklang die Stimme von Major Plasch aus einem Lautsprecher.

Schreitler betrat die Fahrbahn und sah sich um. Finsternis überall. Wohin sollte er jetzt noch fliehen? Die Gegend war ihm fremd, er hatte keine Orientierung. Als die Sekunden verstrichen, wusste er, dass er das Spiel verloren hatte. Blaulichter und Zurufe. Seine beiden Verfolger kamen langsam auf ihn zu, blendeten ihn. Auf ihn war Verlass gewesen, er hatte immer getan, was von ihm verlangt worden war, und dennoch würde heute niemand kommen, um ihm aus der Patsche zu helfen. Er hörte noch einen Polizeihund bellen, dann steckte Erich Schreitler sich den Lauf seiner Pistole in den Mund und drückte ab. Es war null Uhr siebenunddreißig.

38

Zwei Stunden und einundvierzig Minuten später betrat Schirmer den »Zeus Club«. Nass, durchgefroren und mit Blut besudelt steuerte er wie in Zeitlupe durch den leeren Gästebereich auf die Bar zu, hinter der Mehrdad Heinzbauer mit der Abrechnung beschäftigt war. Als dieser ihn bemerkte, stellte er die Arbeit ein und legte beide Hände auf die Theke. Nichts an seinem Verhalten ließ erkennen, ob er eine Ahnung davon hatte, wessen Blut an Schirmer klebte oder was es mit dem braunen Umschlag auf sich hatte, den der Kriminalbeamte trug, als wäre er zentnerschwer.

»Wir haben schon geschlossen«, sagte Heinzbauer abweisend und wartete auf eine Reaktion.

Schirmer schlurfte nach vorn gebeugt weiter. Wie ein Greis legte er die letzten Meter bis zur Bar zurück.

»Oder haben Sie einen Durchsuchungsbefehl?«, fragte Heinzbauer und klang diesmal deutlich weniger bestimmt. Das unerwartete Auftauchen dieses rabiaten Bullen behagte ihm nicht.

»Einen doppelten Espresso, eine Packung Marlboro und einen Platz, wo wir ungestört reden können.« Schirmer wandte sich ab und schlug den Weg ein, der zu Heinzbauers Büro führte.

»Was willst du von mir?«, fragte Heinzbauer der Form halber. Er ahnte bereits, dass in der Lagerhalle etwas schiefgelaufen war. Etwas, das diesen Bullen dazu bewogen hatte, hierherzukommen. Etwas, das anscheinend nicht für einen Haftbefehl mit allem Drum und Dran genügte. Der Bulle war allein gekommen. Sein schwarzer Volvo war das einzige Fahrzeug vor dem Club, Heinzbauer hatte einen kurzen Blick auf den Monitor der Überwachungskameras geworfen. Während der Clubbesitzer seine Gedanken ordnete, wurde er wieder ruhiger. Er genoss Heimvorteil, außerdem stand Christian vor der Tür.

***

Schirmer rauchte die erste Zigarette in wenigen Zügen, kippte den Kaffee in einem Schluck hinunter und zündete sich erneut einen Glimmstängel an. »Was ich will?« Er blickte auf seine Knie, auf denen der Umschlag lag, dessen Inhalt gleich alles ändern würde. »Ich will dir erzählen, was ich weiß.«

»Und was wäre das?« Heinzbauer hob die Augenbrauen.

»Ich weiß, dass du Menschen schmuggelst und Drogen verkaufst. Ich weiß, dass du krumme Geschäfte mit Dietrich Schornitz am Laufen hattest und in das Verschwinden von Istvan Geller verwickelt bist. Ich weiß, dass der Mann, der vor drei Stunden in Wiener Neudorf erst Dietrich Schornitz und dann sich selbst erschossen hat, einer von deinen Leuten war. Und ich weiß, dass dir Heinrich Müller seit Monaten Informationen verkauft hat.«

Heinzbauer atmete erleichtert durch. Obwohl die Dinge nicht wie geplant gelaufen waren, konnte er zufrieden sein. Schornitz war tot, und Schreitlers Schicksal kümmerte ihn einen Dreck. Dass ihm das Geld in Schornitz' Wagen durch die Lappen gegangen war, musste er wohl oder übel akzeptieren, aber da Müller ebenfalls nicht mehr am Leben war, würde man seine Rolle in diesem Spiel nie zur Gänze aufklären können. Sie hatten nichts gegen ihn in der Hand. Diese jämmerliche Gestalt auf der anderen Seite des Tisches veranstaltete ein lächerliches Schauspiel.

»Du weißt es also.« Heinzbauer legte das Kinn auf seine gefalteten Hände. »Und warum verhaftest du mich dann nicht?«

Schirmer blies den Rauch in Heinzbauers Richtung und starrte auf den braunen Umschlag. »Weil ich es in ein paar Minuten nicht mehr beweisen kann.«

»Aber jetzt kannst du es noch?«, fragte Heinzbauer verwirrt. Er wurde aus dem wirren Zeug, das der Beamte von sich gab, nicht schlau.

Schirmer öffnete den Umschlag. »Hier, das ist das Vermächtnis von Istvan Geller. Er hat über die Fahrten, die er für dich und Schornitz gemacht hat, genau Buch geführt. Jede Fuhre ist gewissenhaft dokumentiert. Ich lese dir ein Beispiel vor.« Schirmer blätterte, bis er fündig wurde. »3. Juli 2012. Acht Personen über Nickelsdorf nach Österreich gebracht. Fünfhundert Euro von H. Das bist wohl du, oder? Schon auf die Schnelle habe ich über sechzig solcher Einträge gefunden.« Schirmer drückte die Zigarette aus. »Bis zum Missgeschick in Guntramsdorf hat Geller also mindestens sechzig solcher Fahrten für euch durchgeführt. Das ist der Beweis.«

Heinzbauer tat verständnislos. »Ich kann dir nicht folgen.«

»Du weißt ganz genau, wovon ich spreche.« Schirmers Stimme klang schneidend. »Istvan Geller hatte die Unterlagen, nach denen ihr tagelang gesucht habt, in seiner Zweitwohnung in Ungarn deponiert. Sieben Menschen mussten sterben, weil sie in den Verstecken, in die man sie gepfercht hatte, nicht genügend Luft bekamen. Geller hat die Leichen aus dem Wagen geworfen und ist dann zu euch gekommen. Er hatte keine Lust mehr, aber unter Schock hat er den Fehler gemacht, euch zu drohen. Solltet ihr ihn nicht ziehen lassen, würde er die Unterlagen der Polizei übergeben. So war es doch?«

Heinzbauer blickte auf den Umschlag. Auf seinen Ruf hin würde Christian in den Raum kommen. Worauf wartete er? »Wenn es stimmt, was du sagst, kann ich sofort einen meiner Männer rufen. Er wird dich in tausend kleine Teile zerhacken und gemeinsam mit diesen Unterlagen verschwinden lassen. Das wäre für mich die einfachste Lösung, und das weißt du. Verrate mir also, warum du hier bist. Was willst du wirklich von mir?«

Schirmer hatte mit einem ähnlichen Gesprächsverlauf gerechnet. Er musste pokern, und eine Lüge war ein kleiner Preis dafür. Dass er sich still und heimlich aus dem Staub gemacht hatte und niemand wusste, wo er sich jetzt befand, brauchte Heinzbauer ja nicht zu wissen. »Mein Assistent weiß, dass ich mit den Unterlagen zu dir gekommen bin. Sollte ich mich innerhalb der nächsten zwei Stunden nicht bei ihm melden, wird hier die Hölle los sein.«

Heinzbauer stand auf und setzte sich auf die Tischplatte. Seine Beine baumelten nur wenige Zentimeter vor Schirmer hin und her. »Angenommen, das stimmt: Warum bist du nicht gleich mit deiner ganzen Armee und den verfickten Unterlagen hier aufmarschiert und hast mich eingebuchtet?«

»Weil ich dir jetzt jenen Teil der Unterlagen überlassen werde, der dich betrifft.«

»Oh, wie überaus zuvorkommend.« Heinzbauer klatschte in die Hände und sprang vom Tisch. »Und warum bist du so nett zu mir, Herr Chefinspektor Schirmer?«

»Weil ich etwas von dir will.«

»Ich bin ganz Ohr.«

»Ich will das Leben von Linda und Albrecht Schornitz.«

39

Als Jonas Friedl die Post aus dem Briefkasten holte, fiel ihm sofort der dicke Umschlag auf, der zwischen den Zeitungen und der Reklame steckte. Auf dem Weg zurück in seine Wohnung siegte die Neugier über die Geduld, er öffnete die erwartete Briefsendung, setzte sich auf die Treppe und begann zu lesen. Nach wenigen Zeilen klappte sein Kiefer nach unten. Harald Schirmer hatte nicht zu viel versprochen.

40

Der Winter hatte auf Gut Schornitz Einzug gehalten. Ein eisiger Westwind peitschte über das Grundstück, dunkle Wolken krochen behäbig über den Mödlinger Hausberg, den Anninger, und kündigten den ersten Schnee des Jahres an. Schirmer und Linda Schornitz gingen den gleichen Weg, den sie im Sommer schon einmal gegangen waren. Wieder hakte sie sich bei ihrem Begleiter unter, wieder fühlte dieser sich nicht wohl dabei. Aber diesmal war der Grund dafür ein anderer: Er schämte sich für das angenehme Gefühl, das ihm die körperliche Nähe einer Frau bereitete. Er blickte sie von der Seite her an. Linda Schornitz hatte sich von den Geschehnissen überraschend schnell erholt. Polizisten hatten sie und ihren schwer verletzten Sohn nach einem anonymen Hinweis in einem abgelegenen Gehöft nahe der Grenze zu Ungarn gefunden. Der Besitzer der Liegenschaft, ein alter Bauer, konnte sich nicht erklären, wie die Frau und der junge Mann in seinen Heustadel gekommen waren. Jetzt, Monate nach den schrecklichen Vorfällen, schien Linda Schornitz wieder in guter Verfassung zu sein. Der Tod ihres zweiten Mannes war mehr Befreiung als Belastung gewesen, und dass die Verantwortung auf dem Gut nach dem vollkommenen Rückzug ihres Vaters auf sie übergegangen war, stellte für sie eine Herausforderung und keine Belastung dar.

»Ich werde Ihnen wohl niemals genug danken können«, sagte sie, nachdem sie eine ganze Weile geschwiegen hatten.

Schirmer schob die viel zu große Pudelmütze ein Stück nach oben und winkte ab. »Sie müssen mir nicht danken. Ich habe nur meinen Job gemacht. Das passt so.«

»Fällt es Ihnen eigentlich immer so schwer, etwas Nettes anzunehmen?« Sie lächelte.

Schirmer löste sich von ihr und hielt nach Erhard Ausschau, der irgendwo in die kahlen Büsche gesaust war. »Wie geht es Ihrem Vater?«, fragte er, um nicht antworten zu müssen.

Ein Schatten legte sich auf das eben noch so fröhliche Gesicht.

»Die Tatsache, dass sein Schwiegersohn in illegale Machenschaften verwickelt war, hat ihm sehr zugesetzt. Dann noch der Artikel in der ›Mödlinger Zeitung‹ … Mein Vater ist ein gebrochener Mann. Ich sehe ihn kaum mehr, er verbringt die meiste Zeit bei Freunden auf irgendwelchen Jagdschlössern.«

Jonas Friedl hatte in einer viel beachteten Geschichte aufgedeckt, dass auf Gut Schornitz in den letzten Jahren vorwiegend unangemeldete Arbeitskräfte zum Einsatz gekommen waren. Otto Schornitz, der Saubermann der Patriotischen Option, hatte daraufhin alle politischen Ämter niederlegen müssen und sich ins Privatleben zurückgezogen.

»Wissen Sie eigentlich schon, dass wir Istvan Geller gefunden haben? Der Regen im Herbst hat seine Leiche freigeschwemmt. Ihr verstorbener Mann hatte ihn unterhalb der Burg Mödling vergraben.«

»Diese Schatten werden mich bis ans Ende meiner Tage begleiten. Ich kann noch immer nicht glauben, dass das alles wirklich passiert ist. Am schlimmsten ist, dass ich mich an die Entführung durch meinen Mann nicht mehr erinnern kann.«

Oder am besten, dachte Schirmer. Sie waren wieder am Beginn ihrer Runde bei den steinernen Löwen angelangt. »Also dann. Ich wünsche Ihnen viel Glück mit all dem hier.« Er streckte ihr in förmlicher Weise die Hand entgegen.

»Danke. Allerdings wird es vom Gut Schornitz keinen Wein mehr geben. Ich werde die Weinberge verkaufen und damit einen Teil der Schulden bezahlen, die in letzter Zeit angehäuft wurden.«

»Gut so, ich trinke ohnehin nicht.«

Schirmer nahm auf dem Beifahrersitz Platz und sah durch die Heckscheibe noch einmal zu Linda Schornitz, die zwischen den steinernen Löwen stand. Er hatte ihr Leben und das ihres Sohnes durch einen Handel mit einem Schwerverbrecher erkauft, aber in diesem Moment störte ihn diese Tatsache nicht im Geringsten.

Die Vandalenakte waren ungeklärt geblieben. Dass der Mann, der in Schirmers Augen dafür die Verantwortung trug, gescheitert war, erfüllte ihn mit Schadenfreude. Er dachte an Otto Schornitz' Worte: »Als Weinbauer bin ich für Tausende Weinstöcke verantwortlich, ich weiß also über den richtigen Umgang mit Schädlingen Bescheid. Auf unserem Gut werden sie erbarmungslos bekämpft, bis auch der letzte von ihnen tot ist.«

Während Erhard auf die Rückbank kroch, nahm Schirmer einen Ordner aus dem Ablagefach. »Katja – Ermittlungen« war auf der Hülle zu lesen. »Parkstraße 8 c«, brummte er, und Wenzel startete den Wagen.

Albrecht saß auf der Fensterbank und blickte den Rücklichtern des schwarzen Volvos nach, bis der Wagen hinter den Weinbergen verschwunden war. Er hatte lange darüber nachgedacht und wusste jetzt endlich, welche Farbe er für den Polizisten nehmen musste. Er öffnete das Mäppchen, kramte in den Stiften und wählte Weiß. Weiß passte.

Danksagung

Ich möchte mich bei den Mitarbeitern des Emons-Verlags für das mir entgegengebrachte Vertrauen bedanken. Danke auch an meine Familie, meine Freunde und all die anderen Menschen, die mich immer wieder in dem bestärken, was mich wirklich glücklich macht: dem Schreiben. Mein besonderer Dank gilt meiner Frau Susanne für ihre Geduld mit mir. Es ist nicht leicht, mit einem Kriminalbeamten verheiratet zu sein, der sich das Schreiben von Kriminalromanen in den Kopf gesetzt hat. Dafür liebe ich dich.